Kristien Dieltiens

Das goldene Spiegelzeichen

Die abenteuerliche Geschichte des Jungen Olrac

Kristien Dieltiens
wurde 1954 in Antwerpen geboren und ist seit 1974 als Lehrerin tätig. Heute lebt sie in einem kleinen Ort in der Nähe von Brügge. In ihrer Freizeit schreibt und erzählt sie Geschichten, vor allem über Dinge, die eine tiefere Bedeutung haben oder die besonders Kinder angehen. Neben dem Schreiben illustriert sie auch Bilderbücher und Erzählungen für Kinder. *Das goldene Spiegelzeichen* ist ihr erster großer Roman und gleichzeitig ihr erstes ins Deutsche übertragene Buch.

Kristien Dieltiens

Das goldene Spiegelzeichen

Die abenteuerliche Geschichte des Jungen Olrac

Aus dem Flämischen von Verena Kiefer

Arena

Dieses Buch ist meinem Sohn Gust gewidmet.
Als er drei Jahre alt war, erzählte er etwas über sich selbst.
Das wurde Anfang und Ende dieser Geschichte.

Die Originalausgabe erschien 2000 unter dem Titel »Olrac«
beim Verlag Clavis, Hasselt

In neuer Rechtschreibung

1. Auflage 2001

Aus dem Flämischen von Verena Kiefer
Einbandillustration von Tilman Michalski
Gesamtherstellung: Westermann Druck Zwickau GmbH
ISBN 3-401-05132-6

. . . Das Licht, das im Jenseits vom
Himmelsgewölbe scheint, über alles,
über jeden, im Allerhöchsten
worüber keine Welten mehr sind,
wahrlich, dieses Licht ist dasselbe, das
im Menschen brennt.

Nach Chandoga – Upanischaden 3.13.7.9
(altindische philosophisch-theologische Schrift)

Prolog

Mit gezückten Messern und Schwertern in der Hand stürmten die Männer das Schloss. Der Angriff kam so plötzlich, dass keiner der Wachtposten oder Knechte mehr zur Waffe greifen konnte. Überall weinten und schrien Menschen in Todesangst. Überall floss Blut. Nicht ein Einziger wurde verschont.

Eine Frau, völlig außer Atem, eilte mit zwei weißen Bündeln, die sie an ihre Brust drückte, zur schmalen Treppe im Hauptturm der Burg. Aus den weißen Tüchern kam das klägliche Weinen von Kindern, die gewaltsam aus dem Schlaf gerissen worden waren. Die Frau stolperte über ihre vielen Röcke und ließ eines der Bündel fallen. Das Kind weinte. Die Frau keuchte. Sie musste zurück und es aufheben! Das Weinen wurde lauter. Die Frau rief, aber niemand antwortete.

Die Männer stürmten mit ihren Schwertern in den Turm, rannten nach oben und fanden die Frau, die keine Zeit mehr gehabt hatte, sich zu verbergen. Sie hatte gerade noch die beiden Wickelkinder verstecken können . . .

1

Der Nebel hing wie ein fransiger gelber Vorhang über den Hügeln. Noch eine Stunde und das Dorf würde in eine undurchdringliche graue Masse gehüllt sein. Aus ein paar Schornsteinen ringelten sich dünne Rauchfahnen empor und schienen den Nebel durchdringen zu wollen. Aber der Rauch löste sich auf und verschwand im Nichts.

In diesem Teil des Landes war der Nebel gnadenlos.

Im Tal lag nur ein einziges Dorf; es war klein und unbedeutend. Es hatte noch nicht einmal einen Namen. Einfache Leute und Bauern, die ein paar Felder an den Hügelhängen gepachtet hatten, wohnten dort.

Auf einem kleinen Plateau der nördlichen Hügel stand ein etwa dreizehnjähriger Junge. Seine lockigen Haare waren blond und ganz seidig wie bei kleinen Kindern, die noch den Kranz der Unschuld um den Kopf tragen. Seine Augen spiegelten die Farbe eines hellen Sommerhimmels, aber es war nicht Sommer. Es war bitterkalt. Er trug selbst genähte Kleider in blassen, unauffälligen Farben, wie es bei armen Leuten üblich war.

Olrac schnaubte laut und wischte mit seiner schmalen Hand den flüssigen Schleim unter der Nase weg. Nicht dass es viel geholfen hätte. Die Haut zwischen Nase und Oberlippe sah immer wund und entzündet aus. Während der Wintermonate war er ständig erkältet, im Gegensatz zu den anderen aus der Höhle. Nur in den Monaten, in denen die Sonne hoch am Himmel stand, fühlte er sich richtig wohl; wenn Rosmarin und Lavendel blühten und die letzten Gerüche des Todes verjagt hatten. Wenn sich die Schafe ohne Winterfell an wildem Klee gütlich taten und fröhliche Bocksprünge vollführten, ausgelassen wie kleine Kinder.

Die Wintergeister hatten ihr Kommen mit einem schweren Sturm angekündigt und alle Blätter von den Bäumen gezerrt. Auf einmal sah alles nackt und frostig aus. Sogar die letzten Nüsse und Beeren waren verschwunden. Tiere, denen der Winterschlaf schon unterm Fell juckte, hatten sie hastig mitgenommen. Der erste Winteratem hatte die Hügel geplündert. Gerupft wie fette Masthähnchen vor der Festtagen.

Olrac hustete in seine Weste hinein, damit sich das Geräusch nicht über die tiefer gelegenen Hügelrücken fortpflanzen konnte. Mit dem ersten Nebel war sein Husten gekommen. Ein schlimmer, hartnäckiger Husten, der wie jedes Jahr für den Rest des Winters ein unerwünschter Begleiter werden würde.

Aber zum Glück gab es den alten Laszlo. Er kannte Olracs Schmerz, als wäre es sein eigener. Während der warmen Monate zog der alte Mann jeden Tag los und sammelte Kräuter, Blüten und Pflanzen. Einige davon durften nur bei Vollmond gepflückt werden. Dann verschwand er nachts und ging mit einem Weidenkorb auf den mageren Schultern in die Hügel. Er kannte jede Ritze und Spalte, jeden Vorsprung und Pfad. Der Berg war sein Zuhause.

Olrac hauchte auf seine erstarrten Fingerknöchel. Brrr! Was für eine Kälte! Bei diesem Wetter war wirklich nichts Besonderes los. Ein heiserer Husten entschlüpfte seinen Lippen. Das war ein schlechtes Vorzeichen! Olrac zog seine

Jacke enger um sich und suchte in der Tasche nach Süßholzstangen, die er kauen konnte. Manchmal halfen sie gegen das unangenehme Kribbeln im Hals. Nichts! Er hatte sie natürlich vergessen, genau wie den lauwarmen Gerstenfladen, den ihm der alte Laszlo hingelegt hatte. Heute ging aber auch alles schief.

Am Morgen war er mit Kopfschmerzen aufgewacht. In der Nacht hatten ihn wieder schlimme Alpträume heimgesucht. Die quälten ihn häufiger. Außerdem hatte er sich am Haferbrei die Zunge verbrannt. Und jetzt das. Säße er doch bloß am Feuer und könnte zuschauen, wie der alte Laszlo seine Mischungen herstellte!

Olrac seufzte tief und aus seiner Nase kamen kleine Wolken wie bei einem dampfenden Fohlen.

In den letzten Wochen, seit dem Fest des heiligen Martin, war der alte Laszlo in der Höhle geblieben. Er hatte genug für den Winter und den Frühling gesammelt. Mit Mörser und Stößel zerkleinerte er die getrockneten Pflanzenteile zu Pulver. Der alte Laszlo stampfte und mahlte ohne Unterlass, ohne sich zu beeilen, immer mit derselben Geschwindigkeit. Olrac überkam dabei eine wunderbare Ruhe. Bei seinem ersten Hustenanfall hatte der alte Laszlo eine Mischung aus Engelwurz und Wermut hergestellt. In diese tauchte er die Binden, die Olrac um die Brust tragen sollte. Das andere Gebräu war ein scharfer Saft. Beim Gedanken daran hatte Olrac wieder den ekligen Geschmack im Mund und zog eine Grimasse. Eine Elster flog vorbei und krächzte, als sie den Jungen sah. Olrac lachte. Können Vögel vielleicht Grimassen erkennen? Er dachte wieder an jenen Tag im vergangenen Jahr beim ersten Tauwetter.

Der Husten hatte ihm den Atem genommen und die Geister der Unterwelt hatten sein Bewusstsein ausgelöscht. Der alte Laszlo hatte ihn vor dem Feuer ausgezogen. Aus dem Kessel über der Feuerstelle stiegen die scharfen Dämpfe des Eukalyptus. Es tat weh, sie einzuatmen. Danach begann das Klopfen. Stundenlang klopfte der alte Mann mit den Handkanten. In einem bestimmten Rhythmus und ohne müde zu werden. Ab und zu legte er seinen Kopf an die Brust des Jungen und lauschte. Dann wusste er, ob er fester oder sachter klopfen musste. Olrac lag wie betäubt da. Ihm war, als würde er in tausend Stückchen zerklopft. Aber nach der Behandlung fühlte er sich wie neugeboren. Es war herrlich, wieder frei atmen zu können und zu spüren, wie das strömende Blut unter seiner Haut prickelte. Nur der alte Laszlo kannte das Geheimnis, das den Rhythmus der Lebensgeister wecken konnte. Nur er wusste, wie man die Geister der Wärme hegen und ihnen behagen konnte, damit das Lebensfeuer geschürt wurde. Nur der alte Laszlo wusste, wie man das Feuer unter dem Rauchabzug in der Höhle am Brennen hielt. Solange sich Olrac erinnern konnte, war es noch nie erloschen.

Olrac schob seine Hände unter die warmen Achseln. Aber die Kälte seiner Haut schnitt ihm sofort in den Körper, sodass er die Hände eiligst wieder aus der Schafsweste zog.

Um ihn herum hatte sich der Nebel zu einem Wolkenfeld zusammengeballt. Er konnte den faulen Atem schon riechen und spürte, wie die feuchte Kälte von seiner Körperwärme Besitz ergriff. Er nahm seinen Stock mit beiden Händen, streckte sich und legte ihn sich in den Nacken, wie es die Schafhirten taten, wenn sie ein Lamm auf ihren Schultern zum Stall tragen mussten, weil es zu schwach zum Gehen war. Er ließ seine Halsmuskeln gegen das glatte Holz rollen und beugte ein paarmal seine Knie. Es tat gut, zu spüren, dass er noch Muskeln und Sehnen im Leib hatte. Von

Fleisch oder Fett konnte kaum die Rede sein. Er war so dünn wie eine Hopfenstange.

Olrac kratzte sich unter seiner Mütze und schaute sich um. Der Nebel war zu einem dicken, klebrigen Brei geworden. Alles war unter der wattigen Nebeldecke verborgen. Geradezu ideal für die Elfen und Luftgeister, die dann ihre bösen Pläne durchführen konnten. Bei solchem Wetter brachten sie ihre hässlichen Elfenkinder mit, um sie gegen Menschenbabys auszutauschen. Wenn ein neugeborenes Kind auf dem Hinterkopf drei Wirbel hatte, wusste man, dass es sich um einen Wechselbalg handelte. Das hatte ihm Friggor erzählt.

Bei diesem Wetter Wache zu stehen war eine unmögliche Aufgabe. Außer den Baumwipfeln, die hier und da aus dem Nebel ragten, war nichts zu sehen. Olrac konnte nicht erkennen, ob jemand den Hügel heraufgeritten kam oder nicht. Er musste sich vollkommen auf sein Gehör verlassen.

Heute war er an der Reihe, auf dem Plateau unterhalb der Höhle Wache zu halten. Der Eingang zur Höhle lag in einem schmalen Spalt einer hohen Felswand verborgen. Solange Olrac denken konnte, wohnte er dort mit den fünf anderen Räubern. Noch nie hatte ein Unbekannter ihre Räuberhöhle entdeckt. Die Leute aus dem Tal trauten sich nicht auf den dunkelsten Teil des Berges, den sie Todesberg nannten. Schon etliche Dorfbewohner hatten durch lockeres Gestein, einen unerwarteten Abgrund und . . . durch hungrige Raubtiere den Tod gefunden.

Wer sich dennoch hierher wagte, wurde schnell von beängstigenden Geräuschen abgeschreckt. Das Kreischen von Fledermäusen, das schaurige Geheul hungriger Wölfe, das drohende Knacken des Braunbärs, der im Unterholz nach

Nahrung suchte. Niemand aus dem Dorf wusste, dass es die Räuber waren, die diese Geräusche nachahmten. Und sie taten ihre Wirkung. So gut, dass sich sogar die neugierigsten Wagehälse vom Berg fern hielten. Nur Domien, der Dorftrottel, streifte manchmal allein durch die Gegend. Er führte immer Selbstgespräche, während er mit seinen großen Händen heftig nach den unsichtbaren Wesen um seinen Kopf herumgrapschte. Vor diesen kleinen Plagegeistern war er ständig auf der Flucht. Sie bissen Stücke aus seinem Kopf, behauptete er. Immer saß eines dieser Wesen auf seiner Schulter und rief ihm mit kreischender Elfenstimme etwas ins Ohr. Dann lief er ängstlich weg, bis er die Stimme nicht mehr hörte. Die Dorfbewohner hielten ihn für vollkommen verrückt, aber harmlos.

Bei den Kindern war Domien sehr beliebt, denn er ließ sich gern als Pferd ihre selbst gemachten Zügel aus Flachs und Hanf anlegen. Dann rannten die Kinder johlend durch die Dorfstraßen, der schwerfällige Dorftrottel als schnaubendes Riesenpferd vorweg. Domien konnte wunderbar wiehern. Damit verjagte er den Elf auf seiner Schulter und das Knabbern an seinem Kopf hörte für kurze Zeit auf. Er kannte nur ein paar Worte, denn niemand hatte sich die Mühe gemacht, ihm das Sprechen beizubringen. Er war schließlich mit drei Wirbeln auf dem Hinterkopf geboren. Alle ließen ihn in Ruhe und gaben ihm zu essen, vor allem um die Elfen nicht zu beleidigen.

Olrac hatte schon einmal gesehen, dass Domien der Höhle sehr nahe gekommen war, aber er war so mit sich selbst beschäftigt gewesen, dass er den Eingang nicht bemerkte oder ihm keine Bedeutung beimaß. Und laut wiehernd wie ein junges Fohlen war er den Berg wieder hinabgaloppiert.

Wenn er etwas sagte, dann waren es einzelne Wörter, die

zusammen nie einen Satz ergaben. Wie die Perlen einer zerrissenen Kette, die auf den Boden prasselten.

Es war eine schwierige Zeit, denn es herrschte große Armut. Die Edelleute in den Burgen der Umgebung jedoch waren sehr wohlhabend. Das Land bestand aus verschiedenen Grafschaften. Jede Grafschaft hatte ihren eigenen Burgherrn, einen Vogt und einen Pachtverwalter.

Der Burgherr dieses Gebiets kannte kaum einen seiner Untertanen. Er wusste nicht, wer im Tal wohnte, und die übrigen Dörfer lagen über das ganze Gebirge verstreut. Schon seit einigen Jahren kränkelte er und überließ all seine Tätigkeiten dem Vogt Armand de Boncourt. Den Vogt allerdings kannten die Leute im Tal gut. Noch nie wurde ein Mann so gefürchtet wie er.

Ein Junge, den man im vergangenen Sommer beim Stehlen eines Hühnereis erwischt hatte, war ohne Pardon im Holzblock auf dem Marktplatz festgeklemmt worden. Drei Tage musste er dort ausharren, ohne Essen oder Trinken, und die Bürger durften ihn mit faulen Eiern bewerfen. Der Junge wurde erst freigelassen, nachdem ihm der Vogt eigenhändig einen Daumen abgehackt hatte.

Olrac erschauderte beim Gedanken, der Vogt könnte ihre Höhle entdecken. Sie würden allesamt auf dem Hügel beim Knochenfeld aufgeknüpft werden, wo es sieben Meilen gegen den Wind nach verfaulenden Kadavern stank. Daher war es sehr wichtig, dass immer jemand Wache hielt, sogar bei Nebel. »De Boncourt hat das Kind des Teufels verschluckt«, sagte ihr Hauptmann oft.

An den tief fliegenden Vögeln und den feuchten Dämpfen, die aus den Spalten des Berges aufstiegen, merkte Olrac, dass es schon später Nachmittag war. Er wollte seinen Platz aber nicht frühzeitig verlassen, obwohl er wusste, dass sich in diesem Nebel niemand auf den Berg trauen würde. Es wäre der reine Selbstmord für jeden, der die Gegend nicht wie seine Westentasche kannte. Aber man konnte nie wissen.

Vor einer Woche – es herrschte ebensolcher Nebel, aber es war noch nicht so kalt – war eine junge Stute aus einem der Ställe im Tal entlaufen. Völlig orientierungslos, mit einem verstauchten Bein und voll blutiger Schrammen war sie in Richtung des Plateaus gerannt, wo Olrac Wache hielt. Dort konnte sie nicht mehr weiter und bäumte sich angstvoll auf; in der Ferne bellten die Hunde, die sie suchten.

Olrac hatte die Stute bei den Zügeln fassen können. Ihre Augen glänzten scheu und vor dem Maul hatte sie weißen Schaum. Sie schnaubte, entblößte ihre Zähne und stampfte auf. Die Hufeisen klirrten gegen die kahlen Felsen und das Geräusch hallte durchs Tal. Olrac konnte die Stute nur mit Mühe bändigen. Er nahm alle seine Kräfte zusammen, zog die Zügel nach unten und hielt sie fest; das Leben auf dem Berg hatte seine Muskeln gestählt. Niemand würde vermuten, dass in einem so schmächtigen Jungen so viel geballte Kraft steckte. Zum Glück hatte er an diesem Tag ein großes Stück Bienenwabe gefunden, prall gefüllt mit wildem Thymianhonig. Der Duft war so betäubend, dass das Pferd zu schnauben aufhörte und sich auf die Suche nach der süßen Leckerei machte.

Olrac stand ganz still, während der helle Honig an seinen Händen hinabtropfte. Mit ihrer langen Zunge leckte die Stute die ganze Herrlichkeit auf. Wie gerne hätte er mitgeleckt! Es war ihm so schwer gefallen, sie für seine Freunde aufzubewahren. Und jetzt musste er tatenlos zusehen, wie die köstliche Süßigkeit mit allem Drum und Dran verputzt wurde. Die Stute beruhigte sich und kurz darauf konnte Olrac noch näher an sie herantreten, ihren Nasenrücken streicheln und sie bei den Zügeln fassen, ohne dass sie sich wehrte. Das Bellen kam näher. Die Hunde hatten den Berg schon zur Hälfte erklommen und folgten der Blutspur.

Olrac erschrak. Er musste sofort handeln, wie er es von den Räubern gelernt hatte. Er legte die Hände an den Mund und heulte schaurig wie der blutrünstigste Wolf. Die Hunde reagierten gereizt.

Olrac nahm die schwierigsten Durchgänge im Gestrüpp und zog das Pferd hinter sich her. Damit keine Spur zur Höhle führte, lief er in die entgegengesetzte Richtung. Es klappte! In der Ferne hörte er das wilde Kläffen der Hunde. Sie rochen die Angst ihrer Begleiter und zerrten wütend an den Leinen. Es waren schließlich keine Jagdhunde, sondern ganz gewöhnliche Straßenköter, die nicht ans Jagen gewöhnt waren.

Als sich die Verfolger den gefährlichen Abgründen näherten und Raubvögel über einer Schlucht kreisen sahen, bekamen sie Angst. Es war ein schlechtes Vorzeichen, daher kehrten sie schleunigst um, erleichtert, dass sie den Todesberg verlassen konnten. Sie hatten die Stute verloren, aber das war ihnen lieber, als weiter an einem Ort voller unbekannter Berggeister und wilder Tiere suchen zu müssen.

Ein paar Stunden später hatte Olrac mit Blesse – so nannte er die Stute wegen ihres hellen Stirnflecks – die Höhle erreicht. Als er mit seiner Geschichte fertig war, hatte Thalan, der Hauptmann, ein bedenkliches Gesicht gemacht. Der wortkarge Mann hatte seinen dunklen Kopf geschüttelt, während er ins Feuer starrte: »Sie werden zurückkommen ... so eine kostbare Stute ... ich kenne de Boncourt ... er wird nicht ruhen ... Wir sind hier nicht mehr sicher.«

Alle hatten geschwiegen. Wenn Thalan sprach, wogen seine Worte wie Gold. Er sah beim Sprechen nicht auf. Es war, als würde er das Wort an die Flammen richten.

»Auf der anderen Seite des Berges ist das Leben besser. Die Leute dort essen dreimal am Tag.«

Golus fiel bei diesem unvorstellbaren Gedanken die Kinnlade hinunter. Dreimal am Tag?

»Die Schornsteine rauchen dort immer und in den Wäldern gibt es genügend Wild für alle. In den Bergflüssen tummeln sich die Forellen. Die Ställe sind voller fetter Ferkel. Bei der jährlichen Schlachtung hat jedes Haus seinen Räucherschinken und seine Blutwurst. Die Vorratskammern sind zu klein für das viele Gemüse. Die Kinder haben rote Wangen und dicke Bäuche. Sie kennen keine Angst, denn das Leben ist gut. Die Männer sind stark und unerschrocken. Sie haben so viel, dass es ihnen kaum auffällt, wenn etwas aus ihren Schuppen verschwindet. Und die Frauen ... ach, die Frauen sind weich und rund. Sie sind eine Wonne für ihre Männer und bringen mühelos Kinder zur Welt. Wir müssen dort hinziehen, denn die Verfolger werden wieder zurückkommen und eines Tages unseren Unterschlupf entdecken. Wir wohnen hier schon viel zu lange!«

Thalan hatte noch nie so viele Worte hintereinander gesprochen. Alle schwiegen. Wie immer wussten sie, dass ihr Hauptmann Recht hatte.

Seither hatten sie die Wachen verstärkt. Thalan erwähnte das Ereignis mit keinem Wort mehr, aber er verschwand mehrfach einen ganzen Tag lang.

Es war der alte Laszlo, der Olrac erzählte, dass ihr Hauptmann auf der Südseite der Berge einen neuen Unterschlupf suchte. Nach dem Winter würden sie weggehen.

Olrac zog sich die Mütze noch tiefer ins Gesicht, denn der

Wind war eisig. Er ging in die Hocke, um nahe am Boden die Geräusche besser hören zu können. Er lauschte auf das leise Knabbern eines Eichhörnchens, das ganz in der Nähe Haselnüsse auspulte. Über ihm flog ein Raubvogel, der eine junge Ratte in den Klauen hielt. Aus dem Gestrüpp dicht neben ihm kam ein leises Rascheln. Olrac verharrte regungslos. Unter den Zweigen lief eine Wachtelmutter mit sieben Küken. Sie pickten eifrig im kargen Boden. Olrac war erstaunt, dass die Küken um diese Jahreszeit noch am Leben waren. Sie waren ungefähr drei Wochen alt und sahen rund und gut genährt aus. Ihre Daunen machten stellenweise schon kleinen Federn Platz. Er beobachtete die beweglichen Daunenbällchen andächtig und für einen Moment vergaß er die Kälte um sich herum. Er spürte eine tiefe Sehnsucht in seiner Brust aufsteigen. Eine Sehnsucht wonach ...? Er wusste es selbst nicht. Vielleicht war es das Bedürfnis, auch einmal unter das warme Federkleid einer Mutter zu kriechen, genau wie diese Kleinen. Die Mutter schien mit den Küken zu reden. Wenn eines zu weit zurückblieb, gluckte sie tadelnd. Dann sah sie Olrac. Sie öffnete ihre kleinen Flügel, plusterte sich auf und scheuchte rasch ihre Küken unter die verschlungenen Zweige eines Brombeerstrauchs.

Die Zeit verstrich quälend langsam. Olrac musste bis zum Ende Wache halten. Wenn die Eule rief, durfte er zur Höhle zurückgehen. Um sich die Zeit zu vertreiben, nahm er sein Taschenmesser und schnitzte ein paar Figuren in seinen Stock.

Mareck und Golus zanken sich jetzt sicherlich gerade vor Hunger und Langeweile, dachte er. Oder sie hatten schon die Finger im Topf. Selbst der Klaps vom Löffel des alten Laszlo schreckte sie nicht ab. Sie setzten höchstens ein schuldbewusstes Schelmengesicht auf. Sie wussten, dass der Alte der Herr über Feuer und Essen war. Thalan mischte sich nie in die kleinen Streitereien rund ums Feuer ein.

Olrac hatte nie einen anderen Hauptmann gekannt als Thalan. Er war mächtig und weise, genau wie der alte Laszlo. Olrac hatte viel von ihm gelernt: Schreiben, Rechnen und Lesen. Er kannte auch die Lieder und Balladen der Spielleute und Barden. Keiner außer dem alten Laszlo stellte Thalan irgendwelche Fragen. Der Hauptmann beschloss selbst, was jeder wissen musste und durfte. Er konnte hart sein, aber auch gerecht. Er sprach selten, doch seine Augen sagten mehr als tausend Worte. Seine Augenbrauen ähnelten einem wilden Gestrüpp: undurchdringlich und drohend. Manchmal ließen sie das Licht durch. Dann schimmerten seine Augen wie ein Bündel Sonnenstrahlen, das hinter einer dunklen Wolke hervorblitzt. In solchen Momenten war Thalan fast schön. Wenn er lachte, merkte man nicht, dass seine Kleidung schmutzig war. Aber Thalan lachte fast nie. Nur wenn er sang. Unter seiner dunklen Haut schimmerte ein tiefes verborgenes Geheimnis. Es machte ihn zu dem, der er war. Ein dunkler, geheimnisvoller Mann. Thalan war in allem der Beste: Bogenschießen, Messer ziehen, Ringen und Reiten. Neben dem Hauptmann fühlte sich Olrac sehr klein, aber auch sicher.

Wenn das Feuer schwelte, das Leben verstummte und die Nacht sich über die Hügel senkte, suchte jeder seinen Platz in den Nischen der Höhle auf. Der alte Laszlo schlief dicht am Feuer neben dem Jungen. Er schlief wenig. »Ich mache Nickerchen, wie jeder alte Mann«, sagte er oft. Aber er wachte unablässig über das Feuer, das die wilden Tiere fern halten sollte.

Olrac wurde nachts oft wach, beängstigende Traumbilder

schreckten ihn auf. Das leise Knistern des Feuers beruhigte ihn immer und die helle Glut der Kohlen vertrieb die abscheulichen Spukbilder.

»Olrac«, sagte der alte Mann. »Wenn dich böse Bilder im Kopf quälen, dann lausche deiner eigenen Stimme, der Stimme des inneren Feuers. Sie klingt in jedem Menschen, aber nicht jeder Mensch hört sie. Der erste Schritt, sie kennen zu lernen, ist Singen. Der nächste Schritt ist Zuhören. Dem zuhören, was in dir selbst klingt. Manchmal hörst du das Plätschern eines Bachs an einem Sommertag oder die Sehnsucht eines Amselmännchens nach einer Gefährtin, manchmal das Lied der Blume, die darum fleht, vom Sonnenlicht geküsst zu werden ... Und manchmal hörst du die Stimme des Feuers tief in dir selbst. Wenn du die vernimmst, musst du aufmerksam zuhören. Sie schenkt Vertrauen. Die Angst vor dem Unbekannten wird kleiner und du lernst auf das Morgen zu vertrauen.«

Der alte Laszlo sprach schöne Worte. Noch schöner als die Balladen, die Thalan Olrac beibrachte. Er verstand sie nicht richtig, aber er empfand sie wie süßen Nektar auf den Lippen.

Dank der Worte des alten Laszlo fand er Ruhe und der Alptraum verschwand wie Schnee in der Sonne. An seine Stelle trat ein froher Gedanke. Immer, wenn er Worte für diesen Gedanken suchte, verschwand alles, nur das Gefühl der Freude blieb. Es war, als ob er immer wieder eine vergessene Erinnerung nach oben holen wollte, er wusste nicht was, er wusste nur, dass es ihn glücklich machte.

Nach den Worten des alten Laszlo hüllte ihn der Schlaf wie eine Decke ein und führte ihn ins Land von allem und nichts.

Olrac sah, dass der Abend hereinbrach, und er hörte den

Ruf der Steineule in der Ferne. Seine Wache war zu Ende. Die Abendkälte hatte sich schon gründlich in seinen Knochen eingenistet. Er schritt kräftig aus, wobei er jedem Stein und jedem tief hängenden Zweig geschickt auswich. Seine Jacke aus gewendetem Schaffell schützte ihn vor den scharfen Dornen. Der Hunger und die Sehnsucht nach Wärme ließen ihn seine Schritte beschleunigen. Vor ihm stoben plötzlich zwei Murmeltiere davon. Zwei leckere, fast pfannenfertige Happen. Aber heute hatte er keine Lust mehr, sein Messer zu benutzen. Im Kochtopf brutzelten schließlich schon zarte Hasenkeulen mit Rübchen in Olivenöl. Friggor sorgte meistens für Fleisch im Topf. Er konnte gut mit Schlingen und Netzen umgehen. Gestern hatte er tatsächlich noch zwei Hasen gefangen. Das war ungewöhnlich, denn diese Tiere kamen sonst nie so weit herauf. Nach ihnen musste man auf den offenen Feldern unten im Tal suchen.

Die Tiere waren schnell von ihrem Fell befreit und wenig später hingen sie zum Trocknen am Feuer, auf Spieße aus jungen Ahornästen gespannt. Friggor schnitt ihnen sorgfältig die rechte Pfote ab und hängte sie stolz neben die anderen Hasenquasten an seinen Gürtel. »Hasenpfoten bringen Glück«, verkündete er voller Überzeugung. Seine Beuteltasche war auch noch mit Rüben, Zwiebeln, Wintermöhren und Pastinaken gefüllt gewesen. Er hatte alles von einem Feld im Tal mitgehen lassen.

In dieser Zeit, kurz vor dem Winter, zog Friggor oft los. »Olrac, es ist der richtige Zeitpunkt zum Hasenfangen. Sie sind rund und fett von wilder Endivie und wilden Möhren. Ihr voller Bauch macht sie faul und leichtsinnig. Sie wechseln seltener, wenn Jagd auf sie gemacht wird. Und sie haben keinen Unterschlupf wie Kaninchen. Sie müssen sich auf ihre Schnelligkeit und den Zusammenhalt untereinander verlassen. Tja, ein bisschen wie bei uns ...« Er grinste bei der Vorstellung. Sein Mund wurde ganz schief, wenn er lachte. Friggor hatte eine Hasenscharte. »Deshalb musst du diese Tiere mit Respekt behandeln, Olrac. Bis zum kürzesten Tag des Jahres darfst du sie in Schlingen fangen. Dann legt sich die Erde auf ihre andere Seite, um sich von der Sonne wärmen zu lassen. Danach musst du vier Monde abwarten, bis die Jasminknospen geschwollen sind und das Bergwasser das letzte Eis brechen lässt. Dann sind die jungen Hasen groß genug und passen in den Kochtopf.«

Der Junge hatte sich Friggors Rat gut hinter die Ohren geschrieben und er hatte ihn schon ein paar Mal begleitet.

In zwei Tagen war es so weit, dann war der kürzeste Tag des Jahres. Dann feierten die Leute im Tal das Mittwinterfest und keiner der Räuber brauchte Wache zu halten. Dann saßen sie zu sechst ums Feuer und tranken den edlen Honigwein, den der alte Laszlo eigens für diesen Tag aufbewahrte.

Olrac spürte, wie seine Brust beim Atmen eng wurde. Aus seiner Kehle kamen keuchende Atemzüge. Der Weg zur Höhle führte steil bergan, es war das schwierigste Stück. Man musste genau wissen, wohin man trat. Hier und dort lagen lose Felsbrocken, die unwillkommene Gäste abschreckten.

Als er oben ankam, merkte er, wie sich der Nebel auflöste und dem ersten Schnee Platz machte, der leise wie Pulver hinabrieselte. Olrac atmete gierig die frische Luft ein. Er liebte den Geruch des ersten Schnees, der die Luft reinigte. In seinem Innersten war er ruhig und froh, genau wie bei den schönen Worten des alten Laszlo. Aber wie die angenehmen Gedanken, die er nie festhalten konnte, ließ sich auch der erste Schnee nicht einfangen. Er schmolz augenblicklich auf seiner Haut. Ein hauchdünner glitzernder Teppich überzog allmählich die Felsen und die kahlen Äste.

Keuchend erreichte Olrac die Spitze des Berges. Bei Sonnenuntergang war es das allerschönste Fleckchen. Dann konnte man alles ringsum sehen und er fühlte sich als Herrscher über Leben und Tod, als König der Welt.

Jetzt aber sprang er in den Felsspalt und suchte einen sicheren Weg zwischen den scharfen Dornen hindurch. Ein paarmal musste er sich bücken, um zum Eingang zu gelangen. Er schlüpfte hinein. Eine einzige Fackel beleuchtete den engen Gang, der zu der grob ausgehauenen Treppe führte. Olrac kannte jede Stufe und jedes Geräusch. Die Fackel brauchte eigentlich nicht zu brennen, er hätte den Weg auch mit geschlossenen Augen gefunden. Aber das tanzende Licht an der nackten Felswand hieß ihn willkommen und munterte ihn auf. Sofort roch er den Duft des Fleisches und der würzigen Rüben. Sein Magen knurrte. Die Wärme aus dem Berg schlug ihm entgegen und verjagte die Kälte der Schneeluft in dem Felsgang. Alles wirkte friedlich und vertraut. Alle waren da und taten genau das, was er sich vorgestellt hatte. Aus seiner Kehle kam ein tiefes zufriedenes Brummen. Er war wieder zu Hause, bei seinen Leuten, an dem Ort, wo er hingehörte.

2

Das gebratene Perlhuhn mit Mandeln und junger Endivie hatte köstlich geschmeckt. Armand de Boncourt fühlte sich gesättigt. Sein Bauch war voll, genau wie seine Geldbörse, sein Hühnerhof und sein Weinkeller. Ja, er durfte sich zu Recht als glücklichen Mann bezeichnen. Mit den Jahren war es immer nur vorangegangen. Er wischte seine fettigen Lippen mit einem Fingertuch ab, steckte sich noch ein paar übrig gebliebene Datteln in den Mund, rülpste laut und stand mühsam auf. Sein schwerer Bauch behinderte ihn manchmal nach dem Essen. Der Gürtel saß zu stramm, das Wams spannte an den Knöpfen und die Hose rutschte, wenn er aufstand. Er war wirklich zu dick, seine Frau dagegen war viel zu dünn. Nur Haut und Knochen, dachte er, wie ein spillriges Huhn.

Träge ging er zu dem ovalen Spiegel, den er aus Italien hatte kommen lassen. Es war ein prachtvolles Stück, verziert mit Silberornamenten und Edelsteinen. Kein anderer weit und breit besaß einen solchen Spiegel, abgesehen vom Burgherrn natürlich. Er betrachtete sich voller Wohlbehagen. Sein dicker Bauch war lästig, aber er verlieh ihm auch das nötige Ansehen. Ein dünner Pinsel könnte niemals dieselbe Macht ausüben wie er. War er denn nicht der Mann, vor dem alle Angst hatten? Öffneten sich etwa nicht alle Türen für ihn? Armand de Boncourt lächelte seinem Spiegelbild zu. Es sah genauso träge aus wie er. Mit seinen dicken, beringten Fingern zog er das Wams zurecht, schob die Kupferschnalle des Gürtels mitten auf seinen Bauch und rückte den neuen Hut gerade. Es handelte sich um ein prächtiges Exemplar, noch dazu einzigartig, denn es stammte vom besten florentinischen Hutmacher. Der Hut war aus weinrotem Samt. Die schönen Aufschläge an der Seite erinnerten an den vollen Kamm eines Zierhahns. Ausgesprochen elegant und vornehm. Niemand außer ihm konnte sich einen solchen Hut leisten. Aber er war schließlich auch der wichtigste Mann der ganzen Gegend. Ja, ja, er hatte seine Schäfchen im Trockenen, die vergangenen Jahre hatten ihm nur Vorteile gebracht.

Jetzt noch einen einzigen Schritt. Den allerletzten und wichtigsten! Er grinste beim Gedanken daran. Eines nicht mehr allzu fernen Tages würde er Herr und Meister der Gegend sein. Er, Armand de Boncourt, würde Burgherr dieser Grafschaft werden! Der Gedanke erregte ihn, ein zartes Rosa überzog seine aufgedunsenen Wangen. Bloß seine Frau, die taugte nichts. Er hatte sie geheiratet, weil sie die einzige Tochter eines reichen Gutsbesitzers war, der schon viele Ländereien hatte freikaufen können. Sie war hässlich, aber ihre Mitgift war umso schöner gewesen. Dürr wie eine Grille in der Fastenzeit war sie, ihre vorstehenden Knochen taten ihm nachts unter der Decke weh.

Aber sie verrichtete ihre Arbeit, wenn auch mürrisch und schweigsam, und verprasste keinen Pfennig. Obwohl sie die Gattin des Vogts war, kleidete sie sich immer wie eine schlichte Bäuerin. Sie trug grob gewebte Röcke ohne Überkleid oder Schmuck und verzichtete auch auf ein gestärktes Kinnband. Er schämte sich für sie, er, der wichtigste Mann der Gegend, musste sich mit einem gerupften Wasserhuhn zeigen. Wenn er der neue Burgherr wurde, dann . . . dann wurde es Zeit, ein zartes Hühnchen ins Haus zu nehmen. Eines, das rund und willig war. Um das ihn jeder beneidete. Seine Frau könnte dann weiterhin die Arbeit tun, für die sie sich am besten eignete: dafür sorgen, dass im Haushalt alles reibungslos lief, wie ein Verwalter auf dem Schloss des Grafen. Alles gut im Auge behalten, damit keine einzige Dienstmagd auch nur eine Hand voll Getreide in der Innentasche ihrer Schürze aus dem Hause schmuggeln konnte. Damit kein einziger Stalljunge ein Hühnerei ausschlürfen konnte. Seine Frau Adèle hatte ihm drei Töchter und drei Söhne geschenkt. Aber sie taugten allesamt nichts. Die Mädchen sahen aus wie ihre Mutter. Wie scheue graue Ratten stoben sie auseinander, wenn er in die Nähe kam. Die Jungen waren Schwächlinge und schrecklich dumm, bis auf den Ältesten. Der war geschickt und hatte einen scharfen Verstand, wie sein Vater. Der ließ sich nicht in die Karten schauen und aus jeder Wette ging er als Sieger hervor. Bei Tisch war er erst zufrieden, wenn er das beste Stück Fleisch bekam, und wann immer jemand vom Gesinde es wagte, die Zähne in einen Apfel zu schlagen, sah es der junge Kwinten bestimmt. Den anderen Kindern fehlte es an Saft und Kraft. Sie waren Schafsköpfe, ganz wie die Verwandten seiner Frau. Wenn sie beim Schlachten helfen sollten, begannen sie wie Schafe zu blöken, weil sie kein Blut sehen konnten. Sie jammerten, wenn er den Knechten befahl junge Katzen zu ersäufen. Sobald er Herr und Meister war, wollte er sich mit der Erziehung seiner Söhne befassen. Kerle aus ihnen machen, sie im Kämpfen und im Jagen ausbilden; sie sollten Kaltblütigkeit entwickeln, mit Waffen umgehen und Damen den Hof machen können. Der dreizehnjährige Kwinten war vom selben Schlag wie er. Er hatte dasselbe Blut. Er besaß die notwendigen Fähigkeiten, um ein würdiger Nachfolger seines Vaters zu werden, wenn es so weit war. Erst jedoch musste der Vogt zusehen, dass er selbst Herr und Meister der Burg wurde.

Herr Alderick war schon seit Jahren krank, aber in der letzten Zeit verschlechterte sich sein Zustand zusehends. Armand de Boncourt lachte lüstern. Er war gut Freund mit dem Wundarzt. Der hatte ihm ins Ohr geflüstert, es könne durchaus bald vorbei sein mit dem Burgherrn. Dann musste ein neuer Herr gewählt werden, denn es gab keine Nachkommen. Der Wundarzt hatte viel sagend gezwinkert. Er war auch Leibarzt beim Bischof von Pamiers und dieser hatte großes Interesse an de Boncourt gezeigt. Er hatte sich nach den Beglaubigungsschreiben des Vogts erkundigt. Nach seinen Familienverhältnissen, seinen Besitzungen und danach, wie er das Eintreiben der Abgaben bewerkstelligte.

Armand de Boncourt rieb sich erwartungsvoll die fetten Hände. Er war ein geborener Führer, viel besser als der heutige Herr. Der war ein erbärmlicher Schwächling ohne Nachkommenschaft. Hatte er selbst nicht sechs Kinder und ein siebtes war unterwegs? Und bezahlte nicht jeder sofort seine Abgaben? Die Leute nannten sie »Zittergeld«, so viel Angst hatten sie vor ihm. Aber immerhin zahlten sie! Hatte er nicht alles Gesindel aus der Stadt gejagt? Bettler, Quacksalber und Prediger?

Blieben nur noch diese elenden Räuber. Dieser verfluchte Thalan mit seiner Bande! Wenn er bloß wüsste, wo auf dem Todesberg sie sich versteckten. Schon der Name ließ jeden schaudern. Kein Wunder, dass diese abergläubischen Dummköpfe seine beste Stute hatten laufen lassen. Der Vogt kniff seine kleinen Knopfaugen zu Schlitzen und sein Spiegelbild tat exakt dasselbe. Aber er würde sie finden! Mit Ludovics Hilfe. Dieses Unkraut musste für immer und ewig vertilgt werden.

Verdammt, wo blieb diese Frau nur? Immer wieder brachte

sie ihn so weit, dass er Herzrasen bekam. Er musste ihr einmal eine gehörige Tracht Prügel verpassen, ihr zeigen, wer der Herr im Hause war. Aber das musste er noch ein bisschen aufschieben, da sie gerade mit dem siebten Kind schwanger war. Er hatte keine Kinder mehr erwartet und die Ankündigung dieses kleinen Eindringlings war eine unangenehme Überraschung gewesen. Laut rief er ihren Namen.

Sie schlurfte ins Zimmer. Sie war bleich, hatte Ringe unter den Augen und der gewölbte Bauch unter ihren Röcken ließ vermuten, dass die Geburt nicht mehr fern sein konnte.

Sie war müde, todmüde. Sie empfand nichts als Widerwillen gegen diesen Mann, den Vater ihrer Kinder. Aber sie tat ihre Pflicht, wie sie es ihren Eltern und dem Priester in der Kirche versprochen hatte.

»Adèle, ich will, dass du sofort meine rote Jacke, meine Beinkleider und meinen Samtumhang bereitlegst. Sorg dafür, dass meine Stiefel gefettet sind, und mach eine Provianttasche für unterwegs fertig. Ach ja, und vergiss auf keinen Fall den Branntwein. Bespreng meine Kleider mit Rosenwasser, denn ich muss weit weg, auf die andere Seite der Hügel. Ich werde nicht vor Sonntag zurück sein. Schick Ludovic zu mir. Ich habe einen wichtigen Auftrag für ihn. Sehr wichtig . . .«

Adèle nickte kaum merklich. Sie schlurfte in die Küche und begann den Reiseproviant vorzubereiten.

An dem großen Küchentisch saß Domien. Ausgehungert schaufelte er den heißen Haferbrei in sich hinein. Einige Bissen fielen auf seine schäbige Kleidung und die schwarzen Bodenfliesen. Die Hunde des Vogts ließen sie nicht kalt werden. Im Nu war der Boden sauber geschleckt. Als Domiens Schale leer war, sah er Adèle voller Hoffnung mit kindlichem Blick an. Sie füllte ihm wortlos wieder auf.

Domien war ihr täglicher Gast. Trotz seines beschränkten

Verstandes wusste er, dass er durch die Hintertür immer zu der Frau des Vogts gehen konnte. Und sie wusste, dass er die Kinder mit seinen Späßen unterhielt, wenn ihr Mann nicht zu Hause war.

Dumpfe Schritte im Flur kündigten jemanden an. Es war Ludovic. Auch er ging immer zuerst in die Küche, bevor er den Vogt aufsuchte. Dort war immer Wein vorrätig und Adèle war eine ausgezeichnete Köchin.

Domiens Gesicht leuchtete auf, als er den Besucher sah. Ludovic! Der Mann, der ihn manchmal in den Ställen duldete. Dann durfte er ein Pferd striegeln! Das war für Domien das Schönste auf der Welt. Stundenlang konnte er das Fell bürsten, ohne müde zu werden. Manchmal lehnte er den Kopf einen Augenblick an den warmen Pferdeleib. Das war der Himmel auf Erden!

Domien begann leise zu wiehern. Aber Ludovic hatte heute keine Zeit für ihn. Er knabberte an einer übrig gebliebenen Haxe aus dem Schmortopf und fragte sich, wie de Boncourt heute wohl gelaunt sein würde. Seit dem Verschwinden der Stute war er überhaupt nicht mehr zu genießen.

Adèle schob ihm das Holzbrett mit Brot und Käse hin.

»Wenn ich nur wüsste, wohin diese verdammte Stute gelaufen ist . . .«, murmelte er vor sich hin.

Domien begann lauter zu wiehern. Er klatschte dabei in die Hände, und als Ludovic den Verrückten zerstreut ansah, bemerkte er, dass Domien mit Gebärden und kehligen Lauten etwas zu erklären versuchte. Es ging um ein Pferd. So viel war jedenfalls klar.

»Stututut, Stututut«, plapperte er.

Ludovic legte den Brotbrocken weg und lauschte der verworrenen Sprache Domiens. Adèle tat unterdessen ihre Arbeit. Demütig und schweigsam. Sie holte die Kleider ihres

Mannes aus der Holzkiste und überprüfte alles sorgfältig. Jeder noch so kleine Fleck, jeder lose Faden konnte ihn zur Weißglut bringen. Sie bemerkte nicht, wie Ludovics Augen bei Domiens seltsamer Erzählung aufleuchteten.

Kurz darauf betrat sie das Zimmer, in dem Ludovic mit ihrem Mann im Flüsterton ein Gespräch führte. Armand de Boncourt lauschte gespannt. Seine wässrigen Augen glänzten. Welcher bösartige Plan ging ihm nun wieder durch den Kopf?

Adèle de Boncourt war sehr besorgt. Ihr Mann hatte schon so vielen Menschen das Leben schwer gemacht und noch immer hatte er nicht genug davon. Wenn sie doch bloß den Mut hätte, Gift in sein Essen zu rühren oder ihm ein Messer in den fetten Leib zu rammen. Aber sie war noch nicht einmal in der Lage, ein Huhn zu schlachten. Sie seufzte tief, legte beide Hände auf ihren Bauch und spürte die drängelnden Tritte des ungeborenen Kindes. Sie nahm ihren Stickrahmen und setzte sich außer Sichtweite der beiden Männer dicht neben den Kamin. Wie eine Dienstmagd füllte sie immer wieder die Weinbecher nach. Lautlos. Kein einziges Wort entging ihr. Die Männer nahmen sie nicht wahr und besprachen bei Kerzenlicht und blutrotem Wein ihre Pläne.

Um den Mund des Vogts spielte ein zufriedenes Lächeln. Sein Sieg war nah.

Adèle hörte, wie der schreckliche Plan Gestalt annahm, und das Blut gefror ihr in den Adern. Der Tod lag in der Luft! Der Tod Unschuldiger!

3

Mareck scherzte: »Da ist ja unser langer Lulatsch!«, und er schlug seinem Bruder kräftig auf die Schulter. Golus verschluckte sich an der warmen Ziegenmilch und prustete laut. Er fiel hintenüber und riss Mareck im Fallen mit sich. Eine Sekunde später rauften sie miteinander wie junge Hunde. Knurrend und feixend fuhren sie sich gegenseitig ins Haar und in das Schaffell.

Olrac lachte. Die beiden Brüder waren wie kleine Kinder. Sie waren so verknotet, dass man nicht mehr erkennen konnte, wo der eine anfing und der andere aufhörte. Nur wirbelnde Schaffelle, Bärte unter glänzenden Nasen, schwingende Stiefel und grapschende Hände waren zu sehen.

Der alte Laszlo stellte den heißen Kochtopf vorsichtig auf den lockeren Sand neben der Feuerstelle. Sofort beendeten Mareck und Golus die Rauferei. Ihre Augen strahlten und der Mund stand ihnen offen, als erwarteten sie, dass das Essen von allein hineinfliegen würde. Sie hielten ihre Schalen an den großen Topf.

»Erst Olrac«, sagte der alte Mann bedächtig. »Er kommt gerade von der Wache. Er muss sich als Erster aufwärmen und seinen Bauch füllen!« Mareck und Golus knurrten, aber sie protestierten nicht. Die Gesetze des alten Laszlo wurden respektiert.

Der alte Laszlo verteilte das Essen in die hölzernen Näpfe, einen Teil aber ließ er im Topf. Verwundert schaute sich Olrac um, doch erst nach drei gierigen Bissen bemerkte er es. Thalan war nicht da! Fragend und mit vollem Mund sah er zu den anderen hinüber. Die Brüder hatten nur Augen für ihre Näpfe, aber der alte Laszlo verstand seinen Blick.

»Unser Hauptmann ist schon früh losgezogen. Ich erwarte ihn bald zurück«, antwortete er gelassen. Friggor ergänzte mit vollem Mund: »Er traut der Sache nicht mehr. Die Leute aus dem Tal sind dabei, unseren Berg auszukundschaften. Sie wollen genau wie die Südländer Äcker und Weiden an den Hängen anlegen. Auf dem Eichenberg sind sie schon mit hundert Mann und Zugpferden zugange.«

Friggor hielt einen Moment inne, um ein Knöchelchen aus seinem Mund zu entfernen. Er stocherte damit Essensreste zwischen seinen Zähnen hervor, begutachtete den kleinen Knochen dann sorgfältig und steckte ihn vorsichtig in seine Beuteltasche. Das scharfe Ding könnte vielleicht einmal als Pfeilspitze oder Nadel nützlich sein.

»Sie fällen die Bäume und schleifen die Stämme mit Zugochsen bis zum Fluss. Dort lässt man sie ins Wasser rutschen, damit der Strom die Stämme bis zur Burg transportiert. Offensichtlich braucht man das Holz für das Schiff einer Kathedrale. Und dabei werden alle Tiere verjagt, so kurz vor dem Winter . . . Es ist schlimm.« Friggor schüttelte seinen schweren Kopf, als könnte er das alles nicht begreifen. Er sah bedrohlich aus. Niemand würde je vermuten, dass dieses bösartig wirkende Gesicht einem sanftmütigen Mann gehörte. Friggor liebte die Tiere im Wald sehr.

»Was ist daran so schlimm?«, fragte Olrac. »Wenn die Tiere flüchten, laufen sie vielleicht in unsere Richtung. Dann brauchen wir nicht mehr so weit zu gehen. Wer weiß, vielleicht erlegen wir sogar ein paar große Gämsen!«

Friggor schüttelte den Kopf und holte mit dem Finger den

letzen Rest aus seinem Napf. »Nein, Olrac, es ist ernster. Es geht um uns!«

Mareck und Golus hatten noch nichts gesagt. Sie schienen dem Gespräch nicht richtig zu folgen. Ihre Aufmerksamkeit galt dem Auslecken ihrer Näpfe, aber ab und zu schielten sie kurz aus den Augenwinkeln zu den anderen hinüber.

Olrac verharrte regungslos. Sein Hunger war auf einmal verflogen. Seinen noch halb vollen Napf hatte er zwischen die verschränkten Beine geklemmt. Er verstand nicht, was Friggor sagen wollte, aber er spürte, dass es um etwas Ernstes ging. Wie ein böser Traum, der noch kommen sollte.

Dann wurden auch die Brüder hellhörig. Sie sahen abwechselnd von Friggor zum alten Laszlo.

Der alte Mann sah müde aus und seine Antwort klang düster. »Olrac, diese Leute kommen immer näher. Bald werden sie unseren Unterschlupf entdecken. Der Vogt will es so. Sie wollen den Berg in ihre Gewalt bringen, seine Lebenskraft auslöschen, die Berggeister verjagen, die Blumen und Pflanzen vernichten. Sie werden Äcker und Weinberge anlegen. Ihr Wein wird in die ganze Welt verschifft werden und dann . . . Wenn die Leute erst einmal den Geruch des Geldes wahrgenommen haben, wollen sie mehr. Viel mehr! Ihre Häuser werden größer, aber auch ihre Unzufriedenheit wird wachsen. Sie werden mehr Knechte und Mägde haben, aber auch mehr Streit.«

Betrübt starrte der alte Laszlo ins Feuer.

»Ja, aber ich verstehe es immer noch nicht«, sagte Olrac hastig. »Wir sind doch Räuber! Wir sind doch auch froh um Geld! Wenn wir von einem Raubzug zurückkommen, lassen wir die Münzen an die Felsen klingeln. Wie oft haben wir nicht vor Freude getanzt! Alle waren froh! War die Beute mager, dann haben wir geflucht.«

Der alte Laszlo stocherte in der Asche, ließ die Funken sprühen und legte einen Holzscheit nach. Die Feuerzungen leckten am Eichenholz und ließen ein zufriedenes Knistern hören. Mühsam setzte sich der alte Mann wieder hin. Das feuchte Wetter machte ihm zu schaffen. Seine Muskeln schmerzten und waren steif, seine Gelenke verschlissen. Aber seine Stimme blieb ruhig.

»Ja, Olrac, wir sind Räuber. Auch wir brauchen Geld zum Überleben. Aber … wir sind keine Bösewichter, was immer man auch behauptet. Wir sind nicht schlechter oder besser als jeder andere Dorfbewohner aus dem Tal. Es gibt allerdings doch einen großen Unterschied.« Er seufzte tief.

»Wir sind Räuber und dies ist unser Leben! Wir können nicht mehr zurück, selbst wenn wir es wollten. Keiner hier in der Höhle hat Räuber werden wollen. Jeder von uns hat einst ganz andere Wünsche und Erwartungen für sein Leben gehegt. Es sind so viele Dinge geschehen, die uns zu dem gemacht haben, was wir sind.« Der alte Laszlo sah den erstaunten Blick des Jungen. »Wir sind alle ohne Eltern aufgewachsen. Noch bevor wir erwachsen waren, mussten wir auf eigenen Beinen stehen. Aber wir haben gelernt zu überleben. Dafür mussten wir stehlen, sonst wären wir vor Hunger gestorben. Nur in höchster Not zogen wir aus. Nie haben wir jemanden verletzt oder getötet. Nie haben wir einen armen Schlucker bestohlen. Arbeit suchen, um unser Brot zu verdienen, konnten wir nicht, denn man hielt uns allesamt für gefährlich. Jeder von uns hat seinen persönlichen Grund, nicht mehr unter Leute zu gehen.«

Es wurde mucksmäuschenstill in der Höhle. Sogar die Flammen schienen leiser zu knistern.

»Aber weil wir nun einmal als gefährliche Räuberbande

gehandelt werden, müssen wir Vorsichtsmaßnahmen ergreifen, um unseren Hals vor der Schlinge zu retten. Darum ist unser Hauptmann losgezogen. Wir müssen hier weg, noch bevor es richtig Winter wird. Wir sind zum aufgescheuchten Wild geworden.«

Olrac saß wie versteinert da. Er merkte nicht, dass Golus ihm den Napf wegnahm, gierig die letzten Bissen aufaß und laut rülpste. Olrac überkam ein merkwürdiges Gefühl. Seine sichere Welt bröckelte ... Noch nie hatte er über all diese Dinge nachgedacht. Diese Höhle war sein sicheres Zuhause, und das sollte so bleiben, für alle Zeiten ... Hier konnte ihm nichts geschehen. Für ihn war die Höhle der Ort, an dem alles endete und alles begann. Schlagartig wurde ihm bewusst, dass er einmal einen Vater und eine Mutter gehabt haben musste. Wo waren seine Eltern? Wer waren sie? Wie war er eigentlich hierher gekommen? Warum lebte er nicht in einem Haus wie die Jungen aus dem Tal? Diese Fragen schienen sich in seine Gedanken zu bohren wie Pfeile in ihr Ziel. Und sie trafen.

Er war todmüde. Nicht von den Anstrengungen des Tages, es war vielmehr eine Schwere, die ihn plötzlich überfiel. In ihm schien ein großes Loch entstanden zu sein. Eine Leere. Wie ein großes leeres Zimmer, dessen Tür er geöffnet hatte und in dem niemand wohnte. Ein Zimmer, das er noch nie betreten hatte.

Eine heftige Sehnsucht überkam ihn, diese große Lücke in seinem Leben zu füllen. Aber wie sollte er das machen? Er wusste nicht einmal, wer er eigentlich war! Fast schien es, als wäre er von der Erde verschwunden, so sehr nahmen ihn seine Gedanken gefangen. Dann hörte er Schritte, die sich näherten. Gedämpfte Geräusche aus dem Felsgang, die seine Aufmerksamkeit erregten.

Es war Thalan. Breitbeinig und mit einer Fackel in der Hand stand er da und schien den ganzen Raum zu füllen.

Mürrisch setzte er sich ans Feuer, zog den Kochtopf heran und aß, ohne ein Wort zu sagen oder den anderen einen Blick zu gönnen. Seine Anwesenheit war bedrohlich. Seine Augenbrauen hingen so tief wie Regenwolken und er hatte einen stumpfen Blick. Sogar sein Schnurrbart, dessen Spitzen er jeden Tag zu Knebeln drehte, wirkte struppig. Seine Regungslosigkeit mahnte alle zum Schweigen.

Die Zeit verstrich und Friggor begann ungeduldig die spitzen Füße des Untergestells aus dem Topf zu drehen. Mit einem kleinen Schleifstein polierte er sie einen nach dem anderen.

Auch Mareck wurde ungeduldig. Schließlich wickelte er sich in sein Ochsenfell, legte sich hin und zog sich die Mütze über die Augen. Ein paar Minuten später schnarchte er laut. Golus nahm den Krug mit Schaffett und begann mit heftigen Bewegungen sein Schuhwerk einzufetten.

Nur der alte Laszlo und Olrac saßen noch im Lichtschein des Feuers, sahen ihren Hauptmann an und warteten auf das erste Wort. Hier ging es um etwas Ernstes.

In dieser Nacht schlief Olrac schlecht. Auf seinem Lager aus Schaffellen strampelte er sich ständig bloß. Ein seltsamer, immer wiederkehrender Traum beunruhigte und ängstigte ihn. Er sah sich selbst, wie er an einem großen See stand und sein Spiegelbild im unbewegten Wasser betrachten wollte. Aber jedes Mal, wenn er sich vorbeugte, kräuselte sich das Wasser, als hätte jemand ein Steinchen über die Oberfläche hüpfen lassen. Wenn sich die Kräuselung auflöste, erschien ein Gesicht im Wasser. Es lachte plätschernd, erfrischend, verlockend. Das Gesicht ähnelte seinem eigenen, aber es war nicht seines ... Immer wieder fuhr er hoch, aber der alte Laszlo, der neben ihm lag, beruhigte ihn jedes Mal.

Am nächsten Morgen fühlte sich Olrac wie gerädert. Er spürte, dass der Traum etwas mit einer lange vergessenen Erinnerung zu tun hatte.

Der Höhleneingang war vollkommen zugeschneit. Niemand brauchte Wache zu halten, denn der jungfräuliche Schnee hatte alle menschlichen Spuren und Gerüche zugedeckt. Es wäre ungeschickt gewesen, frische Fußabdrücke im Schnee zu hinterlassen.

Olrac konnte nur mit Mühe wach werden. Sein Kopf schien leer zu sein, nur tröpfchenweise kehrten die ersten Gedanken zurück. Erst als ihm der Geruch des Rosmarintees in die Nase stieg, kam die Erinnerung an den vergangenen Tag hoch. Er kratzte sich am ganzen Körper. Morgens prickelte seine Haut überall. Es tat gut, an allen Stellen zu kratzen, die er mit den Fingern erreichen konnte.

In der Höhle war es still. Wie immer verrichtete der alte Laszlo lautlos seine Arbeit. Friggor schnarchte, er lag lang ausgestreckt und mit gespreizten Armen und Beinen auf dem Rücken, als wäre er geradewegs vom Himmel auf die Erde geplumpst. Es war ein lustiger Anblick. Die Wollmütze hatte sich um seinen Kopf gedreht, sodass die Hälfte des Gesichts verborgen war. Wegen seiner Hasenscharte bekam er den Mund nie ganz zu. Seine Kiefermuskeln zogen sich immer ruckartig zusammen, dadurch sah es aus, als würde er im Schlaf versuchen zu lächeln.

Golus war schon wach und überprüfte die Waffen.

Mareck befand sich im Seitengang der Höhle. Der führte zu einem tiefer gelegenen Raum, wo die paar Schafe, die sie besaßen, in aller Ruhe den Winter verbringen konnten. Von da aus gelangte man durch einen schmalen Ausgang in ein kleines Tal. Dort lag ein Stück Weidegrund, vollkommen windgeschützt und unsichtbar für jeden, der den Berg nicht kannte. Thalan war der Ansicht, dass es sich gerade hierbei um die größte Schwachstelle ihrer Höhle handelte. Mareck sollte darauf achten, dass die Tiere immer frisches Heu und Wasser aus dem Brunnen bekamen. Er war auch für die Schafschur zu Pfingsten verantwortlich und musste bei der Geburt der Lämmer im Februar helfen.

Im vergangenen Jahr hatten sie einen großen Verlust erlitten. Zwei Lämmer waren tot geboren worden und kurz darauf war ihre Mutter, selbst noch ein junges Schaf, verblutet. Es war Marecks Schuld gewesen. Er hatte in dieser Nacht zu viel alten Holunderwein getrunken und war danach so benebelt gewesen, dass er nicht bemerkt hatte, dass sich die Lämmer im Schoß der Mutter gedreht hatten. Sie kamen verkehrt herum zur Welt. Das brachte Unglück und Mareck war daraufhin in Panik geraten. Er war weggerannt und hatte das Mutterschaf seinem Schicksal überlassen. Es war gestorben. Am nächsten Tag hatte er von Thalan einen gezielten Fausthieb in den Magen bekommen. Seitdem trank er keinen Holunderwein mehr und war der beste Hirte geworden, den man sich vorstellen konnte. Er versorgte die Schafe, als wären sie seine Kinder. Nicht einmal Blanche, Olracs Schaf, hätte besser versorgt werden können. Olrac rieb sich die letzten Körnchen Schlaf aus den Augen und trank gierig von dem Tee, den der alte Laszlo vor ihn hingestellt hatte. Ein Stückchen weiter lag ein runder Gerstenfladen zum Abkühlen auf einer geflochtenen Schilfmatte.

Thalan saß am Feuer, in derselben Haltung wie am Abend zuvor. Er schien sich gar nicht schlafen gelegt zu haben.

Olrac rollte seine Schlaffelle auf und verstaute sie in einer der vielen Nischen in der Felswand. Er setzte sich neben Thalan. Der Hauptmann saß regungslos da und starrte ins Feuer. Kein Wort kam über seine Lippen.

Olrac nahm all seinen Mut zusammen, doch seine Worte klangen zögernd: »Hauptmann, heute Morgen bin ich mit Fragen im Kopf aufgewacht. Sie stören meinen Schlaf und schicken immer denselben Traum. Ich glaube, dass es mit meiner Vergangenheit zu tun hat.« Er wartete einen Moment und sah den stillen, dunklen Mann an. Thalan bewegte sich immer noch nicht, aber Olrac wusste, dass der Hauptmann zuhörte.

»Heute Abend will ich ruhig schlafen können, ohne Träume, ohne Fragen, aber dafür brauche ich eine Antwort.«

Olrac erschrak über seinen eigenen Mut. So offen und frei hatte er noch nie gesprochen, erst recht nicht zum Hauptmann. War das wirklich er selbst? Hatte er tatsächlich diese Frage gestellt? Auf einmal wollte er alles wissen. Alles! Und er wollte selbst Entscheidungen treffen. Sein Leben selbst in die Hand nehmen. Die Fragen in seinem Kopf kamen von einer Stimme tief in ihm. Er wusste, dass es diese Stimme gab, aber es war das erste Mal, dass er sie wirklich hörte. Die Stimme kam aus seinem Herzen. Vielleicht war es das, was der alte Laszlo mit seinen Worten gemeint hatte: »Jeder Mensch wird mit der Stimme der Geister der Weisheit geboren. Es ist die Stimme des inneren Feuers, so alt wie die Welt. Es sind die Fragen, die wir uns selbst stellen. Jeder Mensch entscheidet, ob die Stimme leben darf, indem er ihr zuhört, oder ob sie einen langsamen Tod sterben muss ...« Jetzt verstand er, was der alte Laszlo damit sagen wollte. Sein Mund bekam einen entschlossenen Zug und er wartete geduldig auf die Antwort des Hauptmanns.

Thalan wandte die Augen langsam vom Feuer zu Olrac. Sein Blick war sehr eindringlich, aber seine Gedanken schienen noch sehr weit weg. Er sprach leise.

»Ja, Olrac, es ist Zeit, zu sprechen.«

Sein Gesicht bekam einen sanften, fast traurigen Ausdruck.

»Wenn der Schnee geschmolzen ist, ziehen wir fort. Südwärts. In die Gegend meiner Jugend. Der Weg ist lang und wir werden schwierige Bergpässe überwinden müssen. Der Burgherr hat seinem Vogt freie Hand gegeben. Ich kenne diesen Mann. Er ist der Teufel in Person und wird nicht ruhen, bevor wir an seiner Schlinge baumeln. Bei jedem, der das Gesetz übertritt, egal ob jung oder alt, spielt er selbst Richter und Henker. Er hackt Menschen Gliedmaßen ab wie eine Küchenmagd Wurst in Scheiben schneidet. Auf einem meiner Streifzüge habe ich gehört, dass er diesen Sommer einer Frau die Oberlippe abgeschnitten hat, weil sie einen seiner Soldaten hatte verführen wollen . . .«

Die anderen Räuber hatten sich zu ihnen gesellt. Zu sechst bildeten sie einen Kreis um das Feuer. Die tanzenden Flammen erleuchten ihre Gesichter und die Schatten hinter ihren Rücken bildeten einen zweiten Kreis, wie ein Kelch aus dunklen Blütenblättern.

»Es ist gut, dass du heute deine Fragen stellst, Olrac, denn du bist jetzt dreizehn Jahre alt und stehst auf der Schwelle zum Erwachsenwerden. Du wirst lernen für dich selbst zu sorgen.«

Olrac spürte, dass seine Wangen glühten. Kam das vom Feuer oder war es die Aufregung?

Alle sahen zu dem Jungen hin, sogar Golus, der schon zu essen angefangen hatte. Sie warteten auf seine Fragen und Olrac räusperte sich. Ihm war, als hörte er zum ersten Mal den Klang seiner eigenen Stimme, als er fragte: »Ich will wissen, wer ich bin und woher ich komme. Wie bin ich bei euch gelandet und . . . wer seid ihr? Warum seid ihr Räuber?«

Er stellte alle Fragen in einem Atemzug. Thalan nickte, ohne ihn anzusehen.

4

Thalan sah brüsk auf und richtete seinen Blick auf Friggor, der mit einer knöchernen Nadel eine seiner Schlingen flickte. »Friggor, willst du anfangen? Erzähl Olrac, wie du hierher gekommen bist.«

Friggor rückte ein bisschen näher ans Feuer. Das Licht der Flammen sprenkelte seine kleinen Augen, als er zögernd zu sprechen begann.

»Ich werde alles erzählen, was ich weiß. Es ist allerdings keine vergnügliche Geschichte, Olrac. Aber es ist meine Geschichte. Als ich geboren wurde, hat mich meine Mutter ausgesetzt. Wie du weißt, trage ich das Zeichen des Teufels. Meine Hasenscharte ...« Er wies mit seinem dicken, verwitterten Finger auf den dunklen Schlitz unter seiner Nase. Sein Oberlippe sah gespalten aus und zeigte das schwarze Loch seiner Mundhöhle und ein paar schief gewachsene Zähne in geschwollenem Zahnfleisch. »Wahrscheinlich sind meiner Mutter, wer sie auch immer sein mag, während ihrer Schwangerschaft ein paar Hasen über den Weg gelaufen. Das ist verhängnisvoll für eine schwangere Frau. Als ich geboren wurde und sie meinen entstellten Mund sah, hat die Angst ihr Herz versteinert. Niemand will ein Kind, das äußerlich die Zeichen der bösen Geister trägt. Mein Mund sieht aus wie ein Wolfsrachen! Ich war sogar zu hässlich, um beim Armenkloster hinterlassen zu werden. Man fand mich auf einem Bauernhof im leeren Schweinetrog und es ist ein kleiner Trost zu wissen, dass meine Mutter mich doch ein bisschen geliebt hat. Sonst hätte sie mich den Wölfen im Wald überlassen. Ich war nur in ein altes, schmutziges Umschlagtuch gewickelt. Der Bauer fand mich, denn ich schrie so laut wie ein junges Spanferkel. Er muss geglaubt haben, eines seiner Ferkel würde von einem Frettchen oder einem Iltis totgebissen. Er nahm mich mit ins Haus und so wuchs ich auf dem Bauernhof auf. Zu jedermanns großer Überraschung blieb ich am Leben, auch wenn ich klein und schwach aussah. Der Bauer sorgte allerdings viel besser für seine Tiere als für mich. Als kleiner Junge musste ich in dem Schuppen schlafen, in dem Holz und Torf für den Winter aufbewahrt wurden. Mein Essen bestand aus Resten und Küchenabfällen. Es war oft so eklig und verdorben, dass selbst der Hund die Nase rümpfte. So habe ich als kleiner Junge gelernt für mich selbst zu sorgen, Schlingen herzustellen und die Ratten zu fangen, die mir nachts im dunklen Schuppen Gesellschaft leisteten. Als ich laufen und sprechen konnte, wurde ich als jüngster Knecht eingespannt. Die dreckigste Arbeit musste ich tun ... Wenn ich mich weigerte, weil ich erschöpft war, ließen sie den Hund los. Meist lag er an der Kette, weil er falsch und bösartig war. Die Stallknechte schlossen dann untereinander Wetten ab, wer wohl der Schnellere war: der Hund oder das kleine Ungeheuer. Eines Tages, ich war etwa neun Jahre alt, übernachtete ein Pilger in unserem Heuschuppen. Er war auf dem Weg nach Santiago de Compostela. Er erzählte mir von seiner Reise und davon, dass man im ganzen Land Leute suchte, die beim Bau von Kathedralen und Klöstern helfen sollten. Sie suchten gute Maurer, Steinmetzen, aber auch Steinträger, kleine Jungen, die mit dem Steinsack auf dem Rücken behände von Gerüst zu Gerüst klettern konnten. Ich lauschte mit glühenden Ohren. Bis zu diesem Moment hatte ich geglaubt, die Welt sei nicht größer als das Gehöft mit den umliegenden Bergen. Ich beschloss noch in derselben Nacht zu fliehen. Alles schien mir besser als das viehische Leben auf dem Hof. Ich füllte einen Sack mit ein paar Dingen, um zu überleben. Aus der Küche stahl ich ein Messer, einen Holznapf und getrocknete Würste. Es war Vollmond und einer der Knechte sah, wie ich davonschlich. Man ließ den Hund los und bald hatte er mich gepackt. Er verbiss sich fest in meinem Gesicht, denn er wollte seine Beute nicht loslassen. Obwohl der Schmerz mörderisch war, konnte ich mich losreißen. Seitdem sehe ich so aus.« Und er wies auf sein rechtes Auge, das mit einem dicken Fetzen verwachsenem Fleisch bedeckt und geschlossen war. Bei unfreundlichem Wetter machte es ihm immer zu schaffen. Dann tropfte eine gelbe, entzündete Flüssigkeit heraus und nur die Kamillekompressen des alten Laszlo halfen dagegen.

»Dann bin ich in die Hügel geflohen. Ich wollte mich dort für kurze Zeit verstecken, bis ich sicher sein konnte, dass sie mich nicht mehr suchten. Aber es lief anders, als ich erwartet hatte. Man sah in mir einen Dieb. Der Bauer benachrichtigte den Vogt und der wiederum schickte seine Soldaten aus. Sie suchten überall und es sprach sich herum, dass man sich vor dem Dieb mit dem grässlichen Wolfskopf in Acht nehmen müsse. Mütter machten ihren Kindern Angst, wenn sie unartig waren. Sie drohten und machten die Geschichte noch schlimmer: ›Pass auf, wenn du nicht gehorchst, kommt der Mann mit dem Wolfskopf, der *Friggor!* Und der ist wild auf Kinderfleisch.‹ Ich habe nie einen Namen gehabt. Die meisten nannten mich Hase oder Wolf. Aber seit meiner Flucht nennen mich alle *Friggor,* denn in ihrem Dialekt heißt das so viel wie Ungeheuer, schreckliches Wesen . . . Ich konnte nicht weiterziehen und mein Traum, einmal an einer Kathedrale mitzubauen, ist nie wahr geworden. Seitdem gehe ich nur noch selten unter die Leute. Ich habe viel mehr Angst vor ihnen als sie vor mir. Nachdem ich zwei Jahre in den Bergen umhergestreunt war, bin ich Mareck und Golus begegnet. Sie waren auf der Flucht, genau wie ich . . .«

Friggor hörte auf zu reden. Er hatte alles gesagt, was er wusste. So viele Worte an einem einzigen Tag. So viele schreckliche Erinnerungen in kurzer Zeit.

Er schenkte sich erneut Tee ein, trank ihn in einem Zug und wischte sich mit dem Ärmel den Mund ab. Mit dieser Bewegung schien er zugleich seinen Mund zu verschließen. Seinen Mund, den Anfang allen Elends. Friggor versank in düsteres Schweigen.

Olrac setzte ein paarmal zum Sprechen an. Aber die Worte blieben in seinen Gedanken hängen. Für ihn war Friggor, dieser knurrige, aber gute Mensch, sein Freund. Sein Lehrmeister, der ihm beigebracht hatte, wie man kleine Tiere in Schlingen fängt. Der einzige Mann in der Höhle ohne Schnurrbart. Er liebte Friggor, den Mann mit dem Wolfsrachen. Tränen des Zorns brannten in seiner Kehle angesichts solchen Unrechts. Auf einmal hatte er das Bedürfnis, die Arme um seinen Freund zu legen.

Aber er tat es nicht.

Da ergriff Mareck das Wort.

»Meine und meines Bruders Geschichte ist nicht viel besser und unsere Erinnerungen gleichen scheußlichen Träumen.«

Golus nickte. Jetzt, da sein Bauch gefüllt war, konnten seine Ohren wieder zuhören und er war ganz bei der Sache.

»Ich bin ein Jahr älter als Golus. Sein richtiger Name ist

Galenus-Geronimo. Und ich heiße Aaron-Marecki. Wir hatten jüdische Eltern: Myriam und Levi Azarjas. Wir wohnten in einem Dorf in den Bergen der Iberischen Halbinsel. Dort waren wir sehr glücklich, auch wenn ich mich nicht mehr an alles erinnere. Das Gesicht meiner Mutter habe ich vergessen, aber ihre Stimme höre ich noch immer. Sie sang jeden Abend für uns, wenn wir müde vom langen Studium des Heiligen Buchs auf unseren Strohsäcken einschliefen. Sie schmierte Salbe auf unsere Hände, wenn Vater mit seinem Stock draufgeschlagen hatte, weil wir nicht gut aufgepasst hatten. Als Kinder wussten wir nicht, dass manche Leute einen heftigen Hass gegen die Juden hegten. Unsere Dörfer waren sehr wohlhabend und der Neid wuchs. Im katalanischen Gebirge leerten sich die jüdischen Dörfer allmählich, ihre Bewohner wurden von Nichtjuden vertrieben. Wir waren also nicht mehr sicher. Aber unsere Eltern und Verwandten wollten nicht gehen. Sie waren zu stolz, um ihr Land und ihre Besitzungen einfach im Stich zu lassen. Außerdem konnten sie nicht glauben, dass Menschen zu derartig Bösem im Stande waren.

Eines Tages wurde unser Dorf von Bürgern, Soldaten und Geistlichen gestürmt. Dieses Bild werde ich niemals vergessen ... Mit Speeren, Schwertern und Messern wurden unsere Väter, Großväter, Onkel und Rabbiner vor unseren Augen erstochen. Alle Frauen und jungen Mädchen wurden gefangen genommen und abgeführt. Wohin? Wir haben es nie erfahren und wir wagen es nicht, genauer darüber nachzudenken. Golus und ich hatten uns in einer Eichenholzkiste versteckt, in der Vater seine Bücher und Gebetsschals aufbewahrte. Durch die kleinen Löcher der Flechtmotive im Schnitzwerk konnten wir beobachten, was geschah. Wir hätten besser nicht hingesehen.

Roh fesselten sie unsere Mutter und warfen sie auf einen Karren, als handele es sich um ein Stück Vieh, das zum Schlachter sollte. Rebecca, unsere kleine Schwester, hatte sich ebenfalls versteckt. Sie wollte erst zu uns in die Kiste, aber dort war kein Platz mehr, also verbarg sie sich im Wäschekorb.

Hätten wir sie bloß zu uns gelassen . . . Vor Angst schluchzte sie so laut, dass man sie sofort entdeckte. Zwei Soldaten schleiften sie grob an ihren Zöpfen nach draußen. Sie weinte und rief meinen Namen. Ich war ihr ältester Bruder, sie verließ sich immer auf mich. Und ich habe nichts getan . . .«

Ein trockener Schluchzer kam aus Marecks Mund. Golus starrte mit glasigem Blick in die Flammen. »Innerhalb einer Stunde war das Dorf leer. Völlig geräumt. Überall sah man Scheiterhaufen, errichtet aus Hausrat, auf den sie die Heiligen Bücher geworfen hatten. Sie suchten nach Geld, Gold und Juwelen und plünderten die Häuser. Alle Erwachsenen waren tot oder verschwunden. Säuglinge weinten nach der Milch ihrer Mütter, kleine Kinder liefen verwirrt von Haus zu Haus auf der Suche nach ihren Eltern. Wir auch. Wir konnten nicht glauben, was wir gesehen hatten. Die überall herumliegenden toten Körper waren nicht unsere Väter. Es konnten nicht unsere Väter sein! Väter lachen und reden doch. Die Angst trieb uns in die Kiste zurück.

Zwei Tage und Nächte sind wir darin geblieben, bis uns der Gestank unserer eigenen Ausscheidungen hinausjagte. Erst haben wir alle Fenster und Türen verrammelt, damit niemand hereinkonnte. Aber nach einer Woche hatten wir nichts mehr zu essen und der schreckliche Geruch verwesender Leichen drang durch jeden Spalt und jede Ritze. Es war Sommer und die Sonne tat ihr Werk. So wurden wir von unseren eigenen toten Vätern aus dem Dorf gejagt, denn der Gestank war nicht mehr zu ertragen. Als wir unser Haus verließen, war kein Kind mehr zu sehen. Es war still. Überall. Nur das unheimliche Schreien von Raubvögeln und wilden Katzen war zu hören. Zum Glück fanden wir auf den Äckern und an den Hängen der Hügel genug zu essen. Es gab Trauben und Rüben im Überfluss. Wir schlürften Eier aus und knabberten Sonnenblumenkerne. Wir waren noch nicht alt genug, um zu wissen, dass wir Vorräte für den kommenden Winter anlegen mussten. Vor Hunger und Elend sind wir fast umgekommen. Wie wir am Leben blieben, ist uns noch immer ein Rätsel. Immer, wenn wir etwas fanden, aßen wir es gierig auf und nach einer Weile wussten wir, was essbar war und was nicht. Wir lernten schnell dazu. Wir lernten auch, wie man Tiere tötet. Im nächsten Winter hatten wir eine Höhle und einen Nahrungsvorrat. Aber jeder Tag war ein neuer Kampf ums Überleben. Seitdem haben wir Hunger. Und der wird nie mehr zu stillen sein . . . Wir durchstreiften die Wälder auf den Hügeln und schliefen in Höhlen. In die Welt der Menschen trauten wir uns nicht mehr zurück. Sie waren unsere größten Feinde geworden. Wir waren Judenkinder! Wir wurden von den Leuten für die Kreuzigung ihres Heilands verantwortlich gemacht. Wir waren die Ursache für Krankheiten, Seuchen, schlimme Naturereignisse und andere Übel! Wir trauten uns auch nicht zurück in unser Dorf. Der Gestank verrottenden Fleisches hatte sich nicht nur für immer und ewig in unserer Nase, sondern auch in unserer Erinnerung festgesetzt. Das Kreischen der Frauen, die abgeführt wurden, wühlt noch immer unseren Schlaf auf. Ihre Angst hat sich uns tief eingeprägt. Das letzte Bild unserer Schwester, unserer lieben Rebecca mit den schwarzen Zöpfen, hat für immer unser Bild vom Frieden zerstört. So sind wir zu Bergbewohnern geworden. Und jedes Mal, wenn wir einen Menschen sahen, flohen wir tiefer in die Berge hinein. Eines Tages trafen wir jemanden, der nicht so aussah wie die Mörder aus unserer Erinnerung. Es war Friggor. Er stand an einem Bergfluss und hatte aus Zweigen und Weidenruten eine Art Netz gemacht. Eine Forelle nach der anderen hüpfte hinein. Friggor saß daneben und röstete die köstlichen Fische über einem Feuer. Den Geruch der gebratenen Forellen werden wir nie mehr vergessen. Unser Hunger hat uns zu Friggor getrieben ...«

Mareck saß zusammengekauert da, er hatte nichts mehr von einem wilden Räuber an sich. Olrac konnte es fast nicht mehr ertragen. Es schien ihm, als wäre die Zeit stehen geblieben, als geschähe alles in einem zeitlosen Traum. Jedes Wort, das ausgesprochen wurde, blieb im Raum hängen und zauberte ein riesenhaftes Bild vor seine Augen. Eine große Traurigkeit überkam ihn. Wollte er dies alles wirklich wissen?

Plötzlich waren Friggor, Mareck und Golus andere Menschen für ihn geworden. Er hatte sich nie vorgestellt, dass auch sie einmal Kinder gewesen waren. Dass sie in der Vergangenheit mit Kummer hatten fertig werden müssen. Kummer, der nun durch seine neugierigen Fragen wieder aufgelebt war. Wie dumm er doch war! Ein Schafskopf, ein dreifach großer Esel! Olrac wurde wütend auf sich selbst. Aber das Geschehene war nicht rückgängig zu machen. Er wusste, dass sich an diesem Tag etwas in seinem Leben verändert hatte.

Der alte Laszlo stand auf und verschwand durch den Gang nach draußen. Seine Schritte waren leise, schlurfend. Er fühlte sich müde und alt. Die Geschichten seiner Freunde kannte er bereits, aber sie taten ihm immer wieder aufs Neue weh. Wie grausam und herzlos konnten Menschen doch sein!

Am Höhleneingang sah er, dass sich der Himmel gelb und grau färbte. Neuer Schnee würde fallen und in der Zwischenzeit schmolz der alte. Die Erde war noch zu warm, um den weißen Teppich festzuhalten. Er hörte zartes Knacken und das Tröpfeln von Eiswasser um sich herum. Der Winter hatte begonnen. Ein kleiner Strahl Schmelzwasser lief durch eine schmale Rinne in die Höhle. Dort wurde es als Trinkwasser in einem Becken aufgefangen, das in den Fels gehauen war.

Für den alten Laszlo war jeder Tropfen Wasser kostbar – eine heilende Träne der Lebensgeister. Aber heute spürte er vor allem die Tränen seines eigenen Herzens. Er hätte den Tag der Wahrheit gerne noch ein wenig aufgeschoben, obwohl er immer gewusst hatte, dass dieser Moment einmal kommen würde. Olrac war so jung, fast noch ein Kind. Laszlo hatte warten wollen, bis der Mann in Olrac erwacht war. Diese Geschichten waren nicht für junge Ohren bestimmt! Aber das Schicksal wählt nun einmal seinen eigenen Weg und hat seine eigene Zeit.

Der alte Laszlo seufzte und kehrte in die warme Höhle zurück. Ach, was wusste er alter Trottel schon von Kindern!

Aber Olrac kannte er gut! All die Jahre hindurch hatte er zusammen mit den anderen für Olrac gesorgt. Ihm laufen und sprechen beigebracht, den Umgang mit Blüten und Pflanzen, die Grundlagen der Heilkunst. Wie er den Jungen liebte! Als wäre er sein eigener Sohn. Mehr noch. Seit er Olrac zum ersten Mal in den Armen gehalten hatte, hatte er nie mehr den Wunsch nach eigenen Kindern verspürt. Er hatte sich nicht einmal mehr einer Frau genähert. Bei diesem Gedanken wurde er wehmütig. Die dreizehn Jahre waren nur so verflogen. Und Olrac war das schönste Geschenk, das er vom Schöpfer hatte empfangen dürfen.

5

Der alte Laszlo setzte sich wieder zu den anderen an der Feuerstelle. Er wusste, dass alle auf ihn warteten. Jetzt war er mit Erzählen an der Reihe. Es würde eine lange Geschichte werden, denn er war der Älteste von ihnen.

»Ich heiße Laszlo Alfonso Moredo. An meine Mutter erinnere ich mich nicht mehr. Ich bin in einer alten Abtei bei Rocamadour aufgewachsen. Es war ein viel besuchtes Kloster, von nah und fern kamen Pilger und Büßer. Letztere vor allem, um die 278 Stufen der Treppen der Reue auf bloßen Knien zu erklimmen. Für mich war das die normalste Sache der Welt: Ich sah es schließlich jeden Tag. Einer der Brüder kümmerte sich besonders um mich, er war der Vater Abt des Klosters. Vater Alfonso Moredo, benannt nach dem Bischof von Toledo. Im Kreuzgang des Klosters kam mir schon bald zu Ohren, dass er auch mein leiblicher Vater war. Tja, Klosterbrüder dürfen nicht mit Frauen Gemeinschaft haben, aber das Fleisch ist manchmal schwach. So hatte er mit einer der Frauen, die die Pilger manchmal auf ihrer Reise begleiteten, ein Kind gezeugt. Die Frauen bieten Wärme und Behaglichkeit gegen Essen und ein bisschen Geld.

Die Frau, die mich zur Welt brachte, suchte sich eine Unterkunft in der Nähe des Klosters. Vielleicht liebte sie meinen Vater sogar. Das ist ein Gedanke, der mir gut gefällt, obwohl ich nicht weiß, ob es wirklich so war. Meine Mutter blieb dort, bis sie mich nicht mehr ernähren konnte. Nach dem Abstillen brachte sie mich ins Kloster und drückte mich meinem Vater in die Arme. Sie hatte inzwischen schon ein anderes Kind an ihrer Brust und war mit einem dritten schwanger. Nur solange die Ernährung kein Geld kostete, hatte ich bei ihr bleiben können. Als ich unter die Obhut Vater Alfonsos kam, war ich ein kräftiges und gesundes Kerlchen, das behände laufen und gut sprechen konnte.

Darum beschloss mein Vater mich nach den Regeln des heiligen Benedikt selbst zu unterrichten. Vater Alfonso war nicht mehr jung und er wollte sein Wissen gern weitergeben. Er war sehr bewandert in der Heilkunst: Vor allem in der alten Lehre von den Merkmalen und Eigenschaften von Pflanzen, Blüten, Früchten und Mineralien und ihrer Heilkraft bei Krankheiten. Obwohl der Papst allen Klosterbrüdern verboten hatte, weiterhin die Heilkunst auszuüben, wollte mein Vater nicht, dass seine Kenntnisse verloren gingen, und dafür bin ich ihm sehr dankbar. Er hat meinem Leben ein Ziel gegeben.

Ich kann nicht behaupten, dass ich unglücklich gewesen sei, die warme Umarmung einer Mutter aber hat mir ganz sicher gefehlt. Das Leben in einem Kloster ist hart, erst recht, wenn man sich nicht selbst dafür entschieden hat, so wie ich. Ich sei dazu auserkoren, Mönch zu werden, sagten die Brüder. Meine Erziehung war hart und getragen vom festen Glauben an die Kraft der Selbstkasteiung: sich selbst peinigen und geißeln, um ein besserer Mensch zu werden, der sich ausschließlich mit göttlichen Dingen beschäftigt. Das war keine Regel der Lehre des heiligen Benedikt, sondern der des Kanonikus. Wir schliefen nie länger als drei Stunden, dann war es wieder Zeit für die Gebete. Seitdem habe ich nie mehr länger geschlafen. Sosehr ich mich auch danach sehne, einmal eine ganze Nacht durchzuschlafen – es ist mir nie gelungen. Es war eine harte Schule für mich, aber ich dachte, es gehöre sich so. Ich glaubte, dass alle Kinder meines Alters dieselbe Erziehung erhielten, dass sie alle Entbehrungen ertragen mussten, um so bessere Menschen zu werden, dass die tägliche Tracht Prügel so notwendig war wie Brot und Kleidung. Eines Tages erwachte mein Widerstand. Ich war ein Knabe, etwas älter als du jetzt, Olrac. Es war Frühling und ich spürte das Leben in mir brausen. Ich war wie ein junger Weidenspross, der neugierig in die Welt um ihn herum hineinwächst. Das merkten auch die Brüder und es gefiel ihnen ganz und gar nicht. Diese Lebenslust konnte mir gefährlich werden. Mein Blut musste beschwichtigt werden. Sie banden mich auf einer hölzernen Pritsche fest, bis auf ein Lendentuch war ich vollkommen nackt. Ein Bruder geißelte mich mit frischen Brennnesseln und Birkenzweigen, während ein anderer aus der Bibel vorlas, vor allem die Stellen, die von Unkeuschheit, Verführung und Unzucht handeln. Ich war noch ein Kind, aber ich empfand es als großes Unrecht, was mit mir geschah.

Während eines Monats wurde ich am ganzen Körper gegeißelt. Abends war er voller roter Striemen und Blasen, morgens waren sie alle verschwunden. Die Brüder verstanden nicht, weshalb ich keine bleibenden Wunden davontrug. Wie konnte das sein? Sie hatten vergessen, dass ich ein guter Schüler Vater Alfonsos war. Er hatte mir beigebracht, welche Pflanzen ich brauchte, um Wunden zu heilen. Gegen Brennnesselschmerz reicht es, den Saft zerdrückter Sauerampferblätter auf die Haut zu schmieren. Einer Pflanze also, die immer in der Nähe der Brennnessel wächst. Ja, Gottes Schöpfung ist vollkommen!

Auf die Striemen an meinem Körper legte ich Lehmpflaster und am nächsten Tag war ich auf wundersame Weise genesen. Aber die Mönche wurden misstrauisch. Das alles konnte nicht sein. Bekam ich Hilfe von Gott oder war es das Werk des Teufels?«

Der alte Laszlo erzählte mit großer Ruhe und Olrac hing an seinen Lippen. Er sah alles genau vor sich.

»Als ich sechzehn wurde, war mein Wissen über die Heilkunst größer als das meines Vaters. Im Kloster befand sich auch eine große Bibliothek und so erfuhr ich, dass es nicht nur ein Leben im Kloster gab. Meine Sehnsucht, die Welt kennen zu lernen, wuchs. Dem Leben im Kloster konnte ich nichts mehr abgewinnen und es gab niemanden dort, der mich wirklich liebte. Im Gegenteil. Mir war nicht mehr zu trauen, einem Kind, das durch eine verbotene Liebe gezeugt worden und inzwischen zu einem jungen Mann herangewachsen war, der sich nicht an die Regeln hielt und sein Leben selbst in die Hand nehmen wollte.

Eines Tages nahm ich Abschied von dem Mann, der mich aufgezogen hatte. Ich machte mich auf den Weg und streunte monatelang von Dorf zu Dorf. Schließlich fand ich Unterkunft und Arbeit in einem kleinen Ort in den Bergen, nicht weit von Hispania. Dort wohnten die Albigenser. Bei ihnen wurde mir bald klar, dass ich niemals Mönch werden wollte. Ich trennte mich von meiner Mönchskutte. Die Leute führten ein gutes Leben, sie waren sehr gastfreundlich und fromm. Aber sie hatten auch ganz eigene Auffassungen über alles, was mit Gott, dem Papst und der Kirche zu tun hatte. Mir schien es, als wäre ich endlich nach Hause gekommen. Ich fand Arbeit bei einer jungen Frau, einer Witwe. Sie setzte mein Herz in Flammen. Zum ersten Mal in meinem Leben lernte ich die Liebe kennen. Sie wurde meine Frau . . .«

Ein sanftes Lächeln erschien auf Laszlos altem Gesicht und auf einmal sah er um Jahre jünger aus. Die liebevolle Erinnerung spiegelte sich in seinem Ausdruck.

Golus grinste, aber Mareck stieß ihn sofort in die Seite. Olrac rührte sich nicht. Die Geschichte hielt ihn völlig in Bann. Es gab noch so vieles, was er noch nicht wusste und nicht verstand, was er noch lernen musste. Er konnte sich nicht vorstellen, dass der alte Laszlo sein Herz an eine Frau verloren hatte. Frauen waren doch nur dumme Geschöpfe ohne Kraft in den Armen, sie hatten keine kräftige Stimme und verstanden nichts von Waffen und Jagd. Sie waren nur gut, um Kinder auf die Welt zu bringen, sie zu ernähren, das tägliche Brot zu backen und den müden Männern zu dienen und sie aufzuheitern.

»Aber mein Glück hatte keinen Bestand«, fuhr der alte Laszlo fort. »Fünf glückliche Jahre habe ich erlebt . . . Dann verdächtigte man das Dorf der Ketzerei. Es folgte eine Untersuchung nach der anderen. Alle Leute wurden über ihr Tun und Lassen befragt, über ihre Gedanken und Gefühle, ihren Besitz und ihr Streben. Die Dorfbewohner erzählten alles arglos und ehrlich. Sie wussten noch nicht einmal, dass man sie der Gotteslästerung verdächtigte. Die gesamte Dorfgemeinschaft wurde der Ketzerei für schuldig befunden. Wir wurden ›Katharer‹ genannt. Wer nicht rechtzeitig flüchtete, wurde verfolgt und gefangen genommen.

Eines Tages, als ich in die Berge gezogen war, um Kräuter zu sammeln, wurde meine Frau gemeinsam mit vielen anderen zum Scheiterhaufen gebracht . . . Sie wusste seit ein paar Wochen, dass sie ein Kind unter dem Herzen trug. Mein Kind . . .«

Er senkte kurz den Kopf und fuhr sich mit seiner dürren

Hand über die runzelige Stirn. Dann setzte er seine Erzählung fort.

»Wenn ich nicht auch getötet werden wollte, musste ich weiter, weg von diesem Dorf, weg von meinem Haus. Wo Menschen in Güte und Frieden miteinander gewohnt hatten. Ich musste in eine Gegend, wo man meinen Namen nicht kannte. Monatelang zog ich von Stadt zu Stadt. Ich lebte überall und verrichtete jede Art von Arbeit.

Nachdem ich ein ganzes Jahr umhergeschweift war, kam ich in eine große, wohlhabende Stadt. Die Leute liefen dort mit schwarzen Tüchern um den Kopf herum. Sie erzählten mir, die Burgfrau sei gestorben und ihr Mann liege mit dem gleichen Fieber im Sterben. Der Hofwundarzt habe alles versucht, aber es gebe keine Hoffnung mehr.

Ich meldete mich bei dem Priester, der dem Burgherrn die Sterbesakramente erteilt hatte, stellte mich als Arzt vor und wurde eingelassen. Vom Schlossverwalter erfuhr ich, was der Wundarzt unternommen hatte.

Eines Tages hatte die Burgfrau hohes Fieber und rote Flecken bekommen, die sich vom Kopf aus über den ganzen Körper verbreitet hatten. Der Arzt hatte Krötenblut auf die Stellen geschmiert, aber die Krankheit verschlimmerte sich. Die Flecken wurden zu schrecklichen Wunden, die tiefe Krater in ihrer Haut entstehen ließen. Das Fieber stieg weiter und nach drei Tagen war sie tot.

Man ließ mich in die Gemächer des Herrn, warnte mich aber vor der verheerenden Krankheit. Ich sah sofort, dass es sich um Scharlach handelte, auch Schlangenkrankheit genannt, nicht gefährlich, aber sehr ansteckend. Diese Krankheit wird von drei Dämonen verursacht: Asmodeus, Astaroth und Beelzebub. Der erste gibt den Menschen eine dicke Zunge, die ›Scharlach-Himbeerzunge‹, der zweite zeichnet ein weißes Dreieck um den Mund des Kranken und der dritte sorgt für die rosafarbenen Flecken, die sich nach ein paar Wochen schälen, sodass die neue Haut zum Vorschein kommt, genau wie bei einer Schlange. Ich wusste, wie ich die Krankheit zum Stillstand bringen konnte. Ich habe sofort alle Zimmer lüften und Kräuter verbrennen lassen, damit die giftige Luft der Dämonen abziehen konnte. Sämtliches Bettzeug und die Kleidung aller, die mit den Kranken in Berührung gekommen waren, wurden verbrannt. So verjagte ich die drei Quälgeister.

Der Herr genas und ich wurde sein neuer Hofwundarzt. Ich nahm am gesamten Hofleben teil, aber . . . ich hatte dadurch auch einen Erzfeind: den Hofwundarzt, der entlassen worden war. Der Herr und sein Gefolge lebten sorglos in den Tag hinein. Ich habe versucht sie davon zu überzeugen, dass es wichtig sei, alles sauber und rein zu halten, um die Dämonen nicht herauszufordern: keine Nahrungsmittel verschimmeln zu lassen, sich selbst einmal pro Woche zu waschen oder ein Bad zu nehmen, sich regelmäßig einer Fastenkur zu unterziehen und vor allem das Ungeziefer zu verjagen, insbesondere die Ratten. Ich weiß, dass die Krankheitsdämonen gerne auf dem Rücken von schwarzen Ratten in die Häuser reiten. Es wimmelte dort nur so vor schwarzen Ratten und niemand tat etwas dagegen. Sie schlugen meine Ratschläge in den Wind und lachten mich aus.

Jahre vergingen und eines Tages, als schon die ersten weißen Haare in meinem Bart wuchsen, war es so weit. Das, wovor ich die ganze Zeit Angst gehabt hatte, geschah: Der schwarze Tod stand vor der Tür. Innerhalb von drei Tagen hatte er so vielen Menschen das Leben gekostet, dass wir noch nicht einmal Zeit hatten, sie alle würdig zu begraben.

Einer nach dem anderen starb und dagegen war kein Kraut gewachsen. Ich musste tatenlos zusehen. Die Kinder des Herrn starben innerhalb weniger Tage. Da schlug mein Feind, der ehemalige Wundarzt, zurück. Jedem, dem er begegnete, drängte er seine teils wahren, teils unsinnigen Geschichten auf. Er hatte viel über meine Vergangenheit in Erfahrung gebracht. Er erzählte, dass ich von den Benediktinern verjagt worden sei, weil ich die schwarze Magie ausübte. Er berichtete, dass ich als Ketzer, als Katharer, vor der kirchlichen Verfolgung geflohen war. Ich war ein Jünger Satans. Schließlich trug ich das ›dritte Auge‹ auf meiner Stirn, das Hexenzeichen, das Tod und Vernichtung sät.«

Der alte Laszlo zeigte auf die fast unsichtbare Narbe zwischen seinen Augenbrauen. Sie hatte die Form eines kleinen Dreiecks. Er hatte Olrac früher einmal erzählt, dass er als kleiner Junge von einem Esel gefallen sei.

»Diese Narbe hat die Form eines umgekehrten Dreiecks. Würde die Spitze des Dreiecks nach oben weisen, wären alle davon überzeugt, dass ich ein ›Eingeweihter‹, ein Vertrauter Gottes sei. Wenn die Spitze nach unten weist, ist es das Teufelszeichen. Ich wurde auf einmal zum Kind des Teufels. Und die Leute hatten Angst, denn der schwarze Tod ging von Haus zu Haus. Überall hörte ich Jammern und Schreien, überall herrschte unermessliches Leid. Irgendjemand musste an all dem schuld sein! Jemand musste dieses Übel über die Stadt gebracht haben! Jemand musste büßen, dann würde das Unheil verschwinden.

Ich versuchte die Kranken zu versorgen, so gut ich konnte, aber ich merkte, dass viele Leute die Türen und Fensterläden schlossen, wenn ich an ihrem Haus vorbeikam. Klatsch und Tratsch waren sogar schneller als der schwarze Tod. Nach ein paar Tagen gingen mir alle aus dem Weg.

Kurz danach wurde ich aus der Stadt gejagt. Sie bewarfen mich mit Steinen und liefen mit Knüppeln und brennenden Fackeln hinter mir her. Ich musste um mein Leben rennen. Sie holten mich ein und folterten mich, bis ich mehr tot als lebendig war. Sie dachten, ich wäre wirklich tot, aber ich konnte mit äußerster Kraftanstrengung entkommen und in die Berge fliehen.

Dort fühlte ich mich wieder sicher. Bei den Felsen, Pflanzen, Blumen und Tieren war ich willkommen. Im Herbst suchte ich Zuflucht in einer Höhle. Es war diese Stelle auf dem Todesberg. Hier traf ich Thalan. Erst hatten wir Angst voreinander, denn wir hatten beide das Vertrauen in die Menschen verloren. Thalan konnte allerdings nicht davonrennen, seine Füße waren erfroren und kurz vorm Absterben. Da verlor ich meine Angst. Ich war schließlich Arzt. Er brauchte mich und ich ihn.

Er teilte sein Essen mit mir und ich versorgte seine Wunden und Frostbeulen. Ein paar Wochen später wohnten auch Friggor, Mareck und Golus hier. Seitdem sind wir immer zusammengeblieben. Das ist meine Geschichte, Olrac. Alles, was du von mir wissen musst, habe ich dir jetzt erzählt.«

Der alte Laszlo stand mühsam auf, um das Feuer zu schüren. Auf einmal wirkte er zehn Jahre älter. Das Erzählen hatte ihn viel Kraft gekostet. Er hängte einen Kessel mit schmelzendem Schnee über das Feuer und begann mit der Zubereitung des Abendessens. Auch Thalan erhob sich und blickte unruhig in Richtung Ausgang. Wolfsgeheul hatte seine Aufmerksamkeit erregt.

»Bevor wir weitermachen, müssen wir erst unsere täglichen Aufgaben verrichten. Heute Abend reden wir weiter.«

Alle standen auf und taten stillschweigend ihre Arbeit.

Die Waffen wurden weiter überprüft, die Schafe und Ziegen bekamen frisches Heu. Der Holzvorrat neben dem Feuer wurde aufgestockt und die benutzten Schlingen wurden ausgebessert.

6

Für Olrac verging die Zeit quälend langsam. Es kostete ihn unsägliche Mühe, seine Gedanken bei der Arbeit zu halten. Ständig gingen ihm die Geschichten seiner Freunde durch den Sinn. Daher nahm er auch Thalans besorgten Gesichtsausdruck nicht wahr. Er bemerkte nicht, dass sich der Hauptmann immer wieder zum Ausgang begab und unruhig die Bergrücken in der Ferne beobachtete. Er sah nicht, wie die Waffen bereitgelegt wurden. Er spürte nicht, dass sogar die Ruhe des alten Laszlo gewaltig gestört war. Er brannte vor Neugier auf seine eigene Geschichte, seine Abstammung, seine Eltern ... Beim Essen war er so ungeduldig, dass er sich an der Kohlsuppe Finger und Zunge verbrannte. Endlich war es so weit!

Die Dunkelheit war schnell hereingebrochen und die feuchte Kälte von draußen drang bis in die Höhle. Alle saßen wieder im Lichtschein des Feuers und Thalan ergriff als Erster das Wort.

»Eines Tages vor dreizehn Jahren beschlossen wir, zum ersten Mal auf Raubzug zu gehen. Wir brauchten Pferde und Leder für Schuhwerk, aber wir besaßen kein Geld mehr.

In der Gegend von Aragón gab es eine Burg, in der viel zu holen war, ohne dass wir dort jemanden in Gefahr brachten. Ich wusste, dass der Burgherr, seine Frau und ihr Gefolge zu den Mittwinterfesten eingeladen waren, die im Schloss des Königs abgehalten wurden. Ich kannte die Burg und wusste, wo Schildwachen standen und wo die Schwachstellen in der Verteidigung waren. In den Ställen gab es mehr Pferde als Menschen im Schloss wohnten. Viele Ritter waren auf Kreuzzug. Wir hatten eine Dreitagesreise vor uns und es herrschte ebensolches Wetter wie jetzt: außerordentlich kalt für die Jahreszeit. Als wir ankamen, erblickten wir keine Menschenseele. Nirgends standen Wachen. Hier und da lag der Leichnam eines Soldaten, eines Dienstboten oder einer Kammerzofe, aber die meisten waren offenbar geflohen. Eine andere Räuberbande, die niemanden verschont hatte, war uns zuvorgekommen. Jeder Saal, jedes Gemach war durchsucht und geplündert worden. Es war das Werk von Wüstlingen. Überall hatten sie mit ihren Schwertern drauflosgehackt ...«

Thalan brach ab. Von draußen drangen Geräusche zu ihnen. Mit einer Handbewegung mahnte er alle zum Schweigen. Seine Augen blickten ernst und wachsam. Olrac hörte nichts Ungewöhnliches. Es waren die üblichen Geräusche eines Winterabends. Aber der Hauptmann war offensichtlich beunruhigt. Er stand auf und ging zum Ausgang. Alle lauschten angespannt.

Als Thalan nicht zurückkehrte und der alte Laszlo die Ungeduld in Olracs Gesicht sah, setzte er die Geschichte fort.

»... ja, das ist ein Anblick, den keiner von uns jemals vergessen wird. Ich habe an diesem Tag beschlossen nie mehr auf Raubzug zu gehen. Als wir zum Todesberg zurückkamen, wurde ich der Mann am Herd und verrichtete die Arbeit, die sonst von Frauen getan wird.

In der Burg, in der die abscheuliche Stille des Todes hing, durchsuchten wir alle Zimmer. Jeder nahm sich einen Teil des Hauptturms vor. Es war schrecklich, die Toten lagen überall, in der ganzen Burg. Über eine schmale Wendeltreppe gelangte ich in ein Schlafzimmer im Turm. Ich hoffte eine Flasche Branntwein zu finden, und sei es nur dazu, meinen Geist zu vernebeln, damit ich dem Tod nicht mehr in die Augen zu sehen brauchte. Branntwein habe ich nicht gefunden. Wohl aber etwas anderes. Ich kam in ein kleines Ammenzimmer. Auf dem Bett lag eine junge Frau auf dem Rücken. Die weißen Laken waren zerwühlt und rot von Blut. Ich hörte ein leises Geräusch. Es ähnelte dem Wimmern eines neugeborenen Kätzchens. Ich ging so leise wie möglich zum Bett und schob die blutigen Laken zur Seite . . . Dort lagen zwei kleine Bündel. Es waren Säuglinge, nur ein paar Monate alt. Sie waren fest in weißes Leinen gewickelt. Ich sah nur ihre Gesichtchen. Das kleinere der beiden Kinder war schon blau und zeigte keine Regung mehr. Das andere weinte leise. Es hatte offensichtlich Hunger und der kleine Körper zitterte vor Kälte. Das Feuer im Herd war erloschen. Wie lange sie wohl schon dort lagen, so ohne Feuer, ohne Muttermilch? Gegen Abend würde auch das zweite Kind vor Kälte und Entbehrung gestorben sein. Ohne nachzudenken, hob ich es hoch.

Dann kam Thalan herein. Ich befürchtete, dass er das Kind töten würde, aber als er es sah, nahm er es mir ab und trug es vorsichtig nach unten. Dank seiner Körperwärme und dem Schaffell wurde dem Kind wieder warm. Es öffnete die Augen und lachte uns an. Wir nahmen es mit, dazu noch ein Schaf und sein Lamm. Reihum tunkten wir die Zipfel unserer Hemden in die Schafsmilch und ließen das Kleine daran nuckeln. Dieses Kind bist du, Olrac.

Ich weiß noch immer nicht, was uns an diesem Tag beseelte. Auf Raubzug gehen und ohne Beute, aber mit einem Säugling zurückkommen . . . Niemand würde uns glauben, wenn wir das erzählten. Aber dennoch ist es die Wahrheit.

Du lagst so hilflos da und der Vollmond spiegelte sich in deinen Augen. Vielleicht war es ja die Mondgöttin, die wollte, dass wir für dich sorgten.

Ich habe es nie auch nur eine Sekunde bereut, Olrac. Du hast wieder Licht in unser Leben gebracht und dafür sind wir dir dankbar. Du hast dafür gesorgt, dass wir wieder ein Lebensziel bekamen.«

Olrac wurde ganz verlegen. Eigentlich war ihm viel lieber, dass die Räuber mit ihm lachten, ihn Grashalm oder Heuschrecke nannten, statt ihm so ernsthaft und dankbar in die Augen zu schauen.

Er musste erst einmal heftig schlucken, aber seine Stimme blieb rau, als er fragte: »Laszlo, diese Frau . . . die tote Frau auf dem Bett . . . War sie meine Mutter?« Er hoffte, dass es nicht so war.

»Ich weiß es nicht, Olrac. Vielleicht war sie eine Amme. Sie trug ihr Haar in Zöpfen, ohne Kopfbedeckung und ohne Kinnband. Sie war also eine unverheiratete Frau, die selbst auch gerade Mutter geworden war. Ob das tote Kind ihres war? Wer kann das sagen? Sie war gekleidet wie eine Frau aus dem Volk, ihre Sachen waren schlicht, aber sehr gepflegt. Und sie war jung und gut genährt. Du warst wie ein Kind von Adel gewickelt. Unter den Tüchern trugst du ein Hemdchen aus reiner gebleichter Seide. Um deinen Hals hing ein Beißring aus roter Koralle. Nur reiche Leute können ihrem Kind so etwas geben. Koralle wird von weit her zu uns gebracht und ist sehr wertvoll, denn sie ist für ihre beschützende und heilende Wirkung bekannt. Und dann ist da noch dies . . .«

Der alte Laszlo stand auf und schlurfte zu dem Holzkoffer, in dem er all seine wertvollen Dinge aufbewahrte, von Halbedelsteinen bis hin zu dem seltenen Safranpulver. Als er sich setzte, kam Thalan wieder herein. Er hatte Schnee an den Stiefeln und brachte einen Schwall kalte Luft mit sich.

Der alte Laszlo reichte Olrac ein Säckchen aus Waschleder, das mit einer gedrehten Kordel aus rotem Satin zugeschnürt war. In der anderen Hand hielt er ein feines Tuch. Olrac machte große Augen und öffnete das Säckchen äußerst behutsam. Als Erstes fühlte er das Stück Koralle an einer Schnur. Mit den Fingerspitzen betastete er zögernd den roten Beißring. Für einen Moment schloss er die Augen, als hoffte er durch die Berührung in die Vergangenheit schauen zu können. Dreizehn Jahre war es her! Er erinnerte sich an nichts, aber das kleine Stück Koralle machte ihn überglücklich. Es brachte ihn der Wahrheit ein bisschen näher, seiner Wahrheit. Einst hatte er einen Vater und eine Mutter gehabt. Und sie hatten ihn von ganzem Herzen geliebt, dafür war dieses waschlederne Säckchen ein spürbarer Beweis. Ein warmes Gefühl strahlte von seinem Kopf bis in die Zehen. Er spürte, wie er errötete. Aber nicht vom Feuer.

Seine Freunde sahen ihn lächelnd an und der alte Laszlo sagte: »Da ist noch etwas drin, Olrac.«

Begierig steckte Olrac seine schmale Hand in das Säckchen und zog einen merkwürdigen Stein hervor. Er wirkte unauffällig. Hätte er auf dem Boden gelegen, wäre Olrac achtlos daran vorbeigegangen.

»Diesen Stein nennt man Bezoar de Sol. Den Stein der Sonne. Adelige geben ihrem neugeborenen Sohn diesen seltenen Stein als Gegengift für mögliche Seuchen wie Scharlach, den schwarzen Tod und die Beulenpest. Mädchen gibt man den Bezoar de Luna. Den Stein des Mondes. Damit die Tochter fruchtbar sei und nicht an Kindbettfieber sterben sollte. Die Leute zahlen ein Vermögen, um diesen Stein aus dem Morgenland herbeizubringen. Er ist nämlich nur in den Eingeweiden von Ziegen aus dieser Gegend zu finden. Dieser Stein lag an deinen nackten Füßen und war mit eingewickelt. Olrac, ich denke, dass deine Eltern vornehme Leute waren. Wir konnten dich nicht zurücklassen, denn dann wärst du gestorben. Wir konnten dich auch nicht zurückbringen, denn das hätte unseren Tod bedeutet. Wir wurden schließlich dieses grausamen Gemetzels verdächtigt«, flüsterte der alte Laszlo.

Die Geschichte hatte Olrac völlig erschöpft. Aber seine Hände konnten nicht genug bekommen von diesem Säckchen mit dem Stein und der Koralle.

Dann gab ihm der alte Laszlo den letzten Gegenstand. Es war ein weißes Hemdchen, gewebt aus allerfeinsten Seidenfäden. Olrac traute sich kaum es anzufassen, aus Angst, den Stoff zu beschmutzen. Er konnte sich nicht vorstellen, dass er einmal so klein gewesen sein sollte. Seine Finger strichen über das glatte Gewebe. Es war mit so kleinen Stichen vernäht, dass er sogar glauben würde, die Elfen hätten es gefertigt, wenn man ihm das erzählen würde. Auf der Vorderseite war mit Goldfaden ein Motiv eingestickt. Ein kleines Zeichen mit zierlichen Schnörkeln. Aber er wusste nicht, was es bedeutete.

»Laszlo, ist das . . . habe ich das wirklich mal getragen?«

Der alte Laszlo nickte. Seine Augen waren voller Erinnerungen.

»Was bedeutet dieses Zeichen?«

Der alte Mann zuckte mit den Schultern und schüttelte den Kopf.

»Ich weiß es nicht, Olrac. Es kann einfach eine Verzierung sein. Aber es könnte auch das Kennzeichen deiner Familie sein oder Teil eines Wappens. Wer weiß?«

Olrac wollte noch so viel fragen, hundert Gedanken sausten durch seinen Kopf. Aber er war müde, so schrecklich müde!

Thalan betrachtete den Jungen und sah, dass es für einen Tag genug war. So viele Geschichten, so viele grausame Wahrheiten. »Olrac, morgen ist auch noch ein Tag und übermorgen auch ... Jetzt müssen wir unsere Schlafplätze aufsuchen.«

Olrac war viel zu aufgeregt, der Schlaf lockte ihn nicht. Es war jedoch schon spät und alle machten sich für die Nacht fertig. Die Geschichten seiner Freunde im Kopf, die mit seiner eigenen verwoben waren, schlief Olrac ein. Sein letzter Gedanke war: Thalan! Thalan hat noch nichts über sich und sein Leben erzählt ...

Aber er war zu erschöpft, um diesen Gedanken lange festzuhalten zu können.

7

Die Luft roch frisch und prickelte, als Olrac am nächsten Morgen den Kopf ins Freie streckte. Er war als Erster aufgewacht, sogar noch vor dem alten Laszlo. Im schwelenden Feuer knisterte das Holz, ein verkohltes Scheit brach mittendurch. In der Höhle hing noch ein leichter Geruch nach Kohlsuppe, vermischt mit Schafsfett. Ein federleichter Sprung und Olrac stand vor dem Höhleneingang. Zwischen den kahlen Ästen der Bäume schimmerte das Morgenlicht hindurch. Der Nebel hatte sich vollständig aufgelöst. Über Nacht hatte der Wind sich gedreht und führte die erste Eisluft aus dem Osten heran. Der letzte Schneerest war gefroren und knackte bei jedem Schritt. Nun hatte der Herbst endgültig dem Winter Platz gemacht.

Heute war der kürzeste Tag des Jahres. Mit Einbruch der Dunkelheit begann die Wintersonnenwende. An diesem Tag blieben alle Menschen zu Hause, um das kommende Fest vorzubereiten. Heute Nacht würde sich die Erde auf ihre andere Seite legen und morgen würde der alte Laszlo den neuen Krug mit Honigwein öffnen. Der war aus Apfelkernen, Honig und Waldmeister gemacht. Morgen Abend würden sie Rebhuhn mit Koriander und den Wurzeln des Bockshornklees essen. Olrac lief schon das Wasser im Mund zusammen, wenn er daran dachte.

»Olrac!«

Thalans Stimme hallte durch den Gang.

Schnell nahm Olrac eine Hand voll Schnee und rieb damit sein Gesicht, bis die Haut prickelte und sich fast warm anfühlte.

Die Männer waren inzwischen aufgewacht, aber nicht jeder hatte so gute Laune wie Olrac. Friggors Gesicht war zu einer schmerzlichen Grimasse verzogen. Ihn plagten heftige Zahnschmerzen und er suchte verzweifelt nach einem Nagel, den er in ein Stück Holz schlagen konnte. Seiner Meinung nach nahm das den Schmerz weg. Das Angebot des alten Laszlo, eine Gewürznelke in seinen schmerzenden Backenzahn zu stecken, hatte er entschieden abgelehnt.

»Gewürznelken gehören in warmen Wein, aber nicht in einen Wolfsrachen!«, hatte er bissig gegrummelt.

Mareck scheuerte unter Murren mit Wasser und Sand die schmutzigen Töpfe. Golus holte frische Milch aus dem Ziegenstall und der alte Laszlo hatte schon mit den Vorbereitungen für das Festmahl am nächsten Tag begonnen. Er stand in der hintersten Ecke und schaute nach den Kräutern, die er für den Abend benötigte.

Nur Thalan saß am Feuer. Ohne seine Mütze und seine Lederjacke sah er ganz anders aus. Überhaupt nicht wie ein Mann, vor dem man Angst haben musste. Olrac setzte sich neben ihn und wartete, bis der Hauptmann das Wort an ihn richtete.

»Olrac, du musst heute in die Stadt am Fuß des Eichenbergs. Es ist Jahrmarkt und wegen des Weihnachtsfests wird viel Volk da sein. Darum schicke ich dich. Uns könnten die Soldaten des Vogts erkennen. Dich kennen sie nicht. Nimm Blanche mit, damit du aussiehst wie ein gewöhnlicher Hirtenjunge. Versuche eine gefüllte Geldbörse an dich zu bringen. Wir haben das Geld bitter nötig, wenn wir von hier fliehen müssen. Vergiss auch nicht beim Schmied vorbeizugehen. Wir brauchen neue Hufeisen, sonst brechen sich die Pferde auf den glatten Felsvorsprüngen die Beine, und bring auch noch ein Beil und ein scharfes Messer mit. Der Schmied wird dich vielleicht misstrauisch beäugen, denn er wird es merkwürdig finden, dass du ohne Pferd dastehst. Sag ihm, dass Thalan dich geschickt hat, dann weiß er genug. Aber sorg dafür, dass kein anderer meinen Namen hört! Bezahl ihn mit dem Geld, das du erbeutet hast. Sprich mit niemandem und sorg dafür, dass sie dich nicht zu fassen kriegen! Denk an das, was ich dir beigebracht habe, stiehl nur Börsen von Leuten, die wohlhabend aussehen. Es ist das erste Mal, dass du allein losziehen musst, aber ich weiß, du schaffst das. Trödle nicht unterwegs, denn die Nacht ist viel länger als der Tag und im Dunkeln wird dein Weg durch die Berge schwierig. Und nun geh schnell los, denn es ist dringend.« Thalan stand auf und Olrac wusste, dass er gehen musste. Der Blick des Hauptmanns war dunkel und bedrohlich, aber auch besorgt. Kurz darauf war Olrac unterwegs, Blanche führte er an einem Strick mit sich. Sie blökte unzufrieden. Viel lieber wäre sie im warmen Stall am Heukorb geblieben. Der alte Laszlo hatte einen Buchweizenfladen, ein Stück getrocknetes Hirschfleisch, Hustenöl und einen Krug mit honigsüßem Salbeitee in seine Umhängetasche gepackt. Im Futter der Weste steckte Olracs geliebte Flöte, selbst geschnitzt aus glattem Ulmenholz.

Er ging nicht gern auf Raubzug, nicht einmal, wenn die anderen dabei waren. Aber es musste sein. Laszlo war zu alt und hatte geschworen nie mehr auf Raubzug zu gehen, Friggor hatte zu heftige Schmerzen und konnte mit seinem Wolfsrachen ohnehin nicht unter die Leute. Mareck und Golus sahen tatsächlich wie echte Räuber aus: Sie würden auf dem Jahrmarkt sicher auffallen. Tja, und Thalan – sein

Räubergesicht war inzwischen überall in der Gegend bekannt. Schließlich war er der größte Feind des Vogts und der meistgesuchte Räuber.

Olrac schritt kräftig aus und Blanche folgte ihm willig. Sein Schuhwerk war schon bald durchweicht und allmählich bedauerte er, dass er keine zusätzlichen Lederlappen um seine Füße gewickelt hatte. Ab und zu ließ er das Schaf am letzten Hornklee hier und da auf dem Hügel knabbern. Es war ein seltsamer Tag. Obwohl Olrac nicht gerne auf Raubzug ging, war er gut gelaunt, ja sogar glücklich! Er sehnte sich auf einmal danach, Menschen um sich zu haben und im Festtrubel unterzutauchen. Er wollte die Gefühle, die in seinem Herzen tanzten und umhersprangen, mit anderen teilen. Schon beim Aufstehen am Morgen war ihm festlich zu Mute gewesen. Alle naselang befühlte er das waschlederne Säckchen, das er seit dem vergangenen Abend um den Hals trug. Die Geschichten der Freunde waren in den Hintergrund gerückt, aber seine eigene Lebensgeschichte sprudelte frisch in seinem Gedächtnis.

Er wurde richtig froh bei dem Gedanken, dass er einmal Eltern gehabt hatte, die ihn liebten. Vielleicht lebten sie sogar noch, wer weiß! Olracs Herz machte einen kleinen Sprung und seine Füße tanzten behände den felsigen Hügel hinab. Blanche blökte. Ihr ging das alles viel zu schnell.

Olrac setzte sich auf einen kleinen Felsen, um dem Schaf ein bisschen Ruhe zu gönnen und seine Holzflöte hervorzuholen. Er war nun ein ganzes Stück von der Höhle entfernt. Zart kamen die ersten Töne. Sie brachen die Stille in den Hügeln. Die Melodie wehte wie ein Schleier über das verschneite Tal und die Klänge hallten leise. Blanche hatte sich hingelegt und kaute zufrieden am Lederriemen von Olracs Umhängetasche.

Das Flötenspiel tat ihm so gut. Er spielte erst zögernd, dann etwas schneller und schließlich frei heraus. Während des Spiels wurden seine Hände warm und er spielte aus vollem Herzen; sein Lied wurde zum Fest! Er spielte für seine Mutter und seinen Vater und die Luft füllte sich mit hohen, jubelnden Tönen. Die Melodie stieg auf wie eine Lerche, die sich einen Weg in den Himmel bahnt. Er spielte für die Frau, die ihn genährt hatte, und seine Finger tanzten auf den Löchern der Flöte. Er spielte für den alten Laszlo, für Thalan, Friggor, Mareck und Golus, seine Freunde, die Menschen, die ihm die Liebe zum Leben mitgegeben hatten. Er spielte für die Göttinnen der Sonne und des Mondes, für die Tiere und alle großen und kleinen Geschöpfe, für alle, die an dem Fest teilnahmen, das Leben hieß. Die Töne waren zum Bersten gefüllt mit Dankbarkeit und Freude, Lebenslust und Hoffnung, Sehnsucht nach dem, was der morgige Tag bringen würde. Die Berge hörten die Musik und sangen leise mit. Ihre Antwort erklang als gedämpftes Echo der Zufriedenheit.

Dann hatte Olrac genug gespielt. Seine Zehen unter den ledernen Schuhlappen waren steif vor Kälte. Er löste die Wadenbänder und massierte mit etwas Schnee seine Muskeln, bis er spürte, dass sein Blut wieder strömte. Blanche blökte, weil ihr Euter spannte. Olrac legte sich unter das Muttertier und nahm eine Zitze in den Mund. Die warme Milch spritzte verschwenderisch und gab Olrac ein wohliges Gefühl. Er trank, bis er nicht mehr konnte, legte dann den Kopf an das Fell des Schafes und döste ein paar Augenblicke vor sich hin.

Blanche fühlte sich erlöst und kaute zufrieden auf den restlichen Hirsehalmen herum, die noch gerade eben aus dem Schnee ragten. Dann blökte sie, als wüsste sie genau, dass sie weitermussten.

Die Sonne hatte fast ihren höchsten Stand erreicht, als Olrac in der Ferne die Tore der ummauerten Stadt sah. Endlich! Er bedauerte, dass er Blanche mitgenommen hatte. In der letzten Stunde ihres Marschs war sie sehr unwillig gewesen und hatte ständig geblökt. Nach kurzer Untersuchung entdeckte er den Stachel in ihrem Huf. Er stammte von einer Distel und steckte so tief, dass er ihn mit den Fingern nicht herausziehen konnte. In einem der vielen leer stehenden Schuppen am Fuße der Hügel band er Blanche fest und füllte ihr frisches Heu in den Futtertrog. Dann ging er allein weiter.

Er war kaum durch das Stadttor, als ihm auch schon der Jahrmarktsbetrieb entgegenschlug. Die Geräusche kamen von allen Seiten auf ihn zu. Menschen zogen fröhlich lärmend an ihm vorbei und Olrac blieb überall kurz stehen. Erstaunt, neugierig und verwundert. Es gab so viel zu sehen! Gelächter, rufende Händler, herumtollende Kinder, dazwischen schwänzelnde Hunde auf der Suche nach Essensresten. In den Gassen liefen die Tiere frei herum: Ferkel, Gänse, Hühner und Enten.

Es roch würzig. Olrac sog gierig die Luft ein und sein Magen begann zu knurren. Gebratene Spanferkel drehten sich über kleinen Holzfeuern, auf heißen Steinen backten Ingwerkuchen, die aus gesiebtem Mehl mit Gänseeiern geknetet waren. Der nagende Hunger sprengte Olrac fast den Magen. Das getrocknete Hirschfleisch in seiner Umhängetasche war auf einmal gar nicht mehr so verlockend wie am Morgen. Er schob sich durch die ausgelassene Menge und konnte sich nicht satt sehen. Da waren Jongleure in prächtigen zweifarbigen Schellenkostümen. Sie warfen mit Ringen, brennenden Fackeln, sogar mit zahmen Ratten, deren dicke Schwänze durch die Luft sausten. Olrac war stumm vor Staunen. Es war das erste Mal, dass er einen Jahrmarkt miterlebte und er fand es einfach wunderbar!

Einige abschreckend wirkende Männer standen halb nackt auf einer Tonne. Einer spie Feuer, der andere bog einen eisernen Stab und der letzte war ein Schlangenmensch, der seine Beine im Nacken verschlungen hatte. Dazu erklangen Dudelsack, Drehleier und Fiedel. Sie lösten die Füße vom Boden und drehten die Röcke zu farbigen Blütenkelchen. Frauen mit schneeweißen Zähnen, glitzernden Gürteln, an denen Glöckchen hingen, und schwingenden Schleiern tanzten zwischen dem Volk und hielten die Männer am Arm fest. Rufe, schallendes Gelächter, Prahlerei und Zank waren zu hören. Männer tranken und reichten gutmütig die Krüge weiter. Kinder liefen johlend hinter verzierten Reifen her oder naschten gierig von Zimtkuchen und hartem Kandiszucker. Die Kleinsten kreischten ängstlich beim Anblick des Bären, der einen Maulkorb trug und tapsig zum Klang einer Trommel tanzte. Männer stachelten sich gegenseitig bei einem Hahnenkampf an und Frauen schwangen die Hüften und prunkten mit ihren schönsten langen Unterkleidern. Verheiratete Frauen trugen steif ihre frisch gestärkten Kinnbänder und junge Mädchen hatten sich Bänder ins Haar geflochten. Junge Burschen forderten einander zum Tauziehen heraus, ein paar andere liefen neckend hinter einer alten, keifenden Witwe her.

Hinter den Marktständen priesen Hausierer ihre Ware an. Die Buden waren brechend voll mit Hinterschinken, Blutwurst und Melonen, frisch gebackenem Brot in Form eines Zopfes oder eines Sonnenrads. Jeder war in Bewegung und amüsierte sich. Nur die alten Frauen saßen vor ihren Türen und spannen Wolle um ihre Spindeln. Um sie herum standen Körbe voller Kammgarnstränge, die mit Krapp, Zwiebelschalen und grünem Gemüse gefärbt worden waren. Überall hingen aufgespannte Tierhäute, die darauf warteten, gegerbt und zu weichem Leder oder Pergament weiterverarbeitet zu werden. In den Straßen brannten so viele eiserne Feuerkörbe, dass an diesem Tag niemand unter der Kälte leiden musste.

Olrac vergaß fast, weswegen er gekommen war. Wie gerne wäre er noch weiter herumgeschlendert und hätte mit allen anderen das Fest genossen. Wie gerne würde er in der Stadt bleiben und mit Jung und Alt feiern, ohne nachzudenken und ohne Angst zu verspüren. Er sah die schmalen Häuser, die Schulter an Schulter gebaut waren. Wie es wohl wäre, darin zu wohnen? Er ging weiter und drehte dabei den Kopf hin und her, er wusste nicht, wo er zuerst hinschauen sollte. An der Ecke der Straße wurde fröhlich gelacht.

Gebannt beobachtete Olrac das Spiel einiger Mädchen und Jungen seines Alters. Sie spielten eine Art Blindekuh und machten zwischendurch die dazugehörigen Scherze. Olrac hatte noch nie einen Freund in seinem Alter gehabt. Es war das erste Mal, dass ihm das bewusst wurde. Das Mittwinterfest in der Höhle erschien ihm plötzlich nicht mehr so verlockend. Könnte er doch bloß hier bei dem jungen Volk bleiben, statt mit fünf alten Männern zu feiern. Aber er musste weiter. Erst musste er zusehen, dass er an Geld kam, und dann beim Schmied Waffen und Hufeisen kaufen. Vielleicht konnte er ja, wenn er genug erbeutete, so ein köstlich duftendes Sesambrot kaufen oder ein paar Äpfel, die in heißen Kandiszucker getunkt waren …

Langsam schlenderte Olrac weiter. Jetzt musste er vor allem auf reiche Herren mit gut gefüllten Beuteln achten.

Thalan hatte ihm oft gezeigt, wie man jemandem geschickt die Taschen leert. Er hatte ihm alle Kniffe beigebracht. Allerdings hatte Olrac sie noch nie ausprobieren können. Er war nur ein paar Mal mit auf Raubzug gewesen und dann hatte er meist aufpassen oder die Aufmerksamkeit der Leute ablenken müssen. Eigentlich verabscheute er auch das zutiefst. Er würde so gerne mit den Lehrlingen tauschen, die ihr Handwerk beim Fassmacher oder Gerber, beim Besenbinder oder Korbflechter lernten.

Olrac seufzte tief und betrachtete jeden, der vorbeiging. Ein paar Dinge musste er unbedingt beachten, das hatte Thalan ihm ans Herz gelegt. Sofern möglich, sollte er einen dicken Mann auswählen. Der Bauch war der sichtbare Beweis seines Wohlstands und er geriet bei einer möglichen Verfolgung sofort außer Atem. Frauen durften nicht überfallen werden! Und er musste im Voraus seine Fluchtwege festlegen. Olrac verließ das gesellige Treiben und suchte sich seinen Weg durch die engen Sträßchen. Ab und zu, wenn Abfall aus einem offenen Fenster gekippt wurde, schrak er zusammen. An den Straßenrändern vereinigte sich der Dreck mit menschlichen und tierischen Ausscheidungen und wurde in schmalen Rinnen von Wasser weitergeschwemmt. In den engen Gassen stank es fürchterlich. Olrac prägte sich jede kleine Straße ein, durch die er ging oder die er kreuzte. Jedes hölzerne Aushängeschild einer Herberge, eines Schneiders oder eines anderen Handwerkers merkte er sich. Der Grundriss der Stadt prägte sich seiner Netzhaut wie eine große Zeichnung ein. Die Wege, die auf das große Burgtor zuliefen, mied er. Er musste sich in der Nähe der Stadttore halten. Am Himmel türmten sich dunkle Wolken auf und Olrac fand es recht unheimlich in den schmalen Gassen, wo der Geruch von Fäulnis und Schimmel hing. Aus den kleinen Fenstern hörte er keifende und kreischende Stimmen – weinende Kinder, streitende Eltern. Von der heiteren Stimmung von vorhin war hier nichts zu spüren.

Auf einmal stolperte er. Er fiel bäuchlings hin und spürte feuchten Boden unter den Händen. Schnell rappelte er sich auf und sah, über was er gefallen war. Es war ein menschliches Bein! Kreideweiß und ausgemergelt schimmerte es im spärlichen Licht. Es bewegte sich nicht. Olrac spürte sein Herz bis zum Hals klopfen. Nur das Bein war zu sehen. Der Rest war im dunklen Schatten einer schmalen Öffnung zwischen zwei Häusern verborgen. Olrac berührte das Bein ganz kurz. Es war kalt. Das Bein eines Toten? Olrac wusste nicht, was er davon halten sollte. Verwirrt schaute er sich um, aber es war niemand zu sehen. Was sollte er tun? Er konnte diesen Menschen doch nicht einfach da liegen lassen! Der alte Laszlo hatte ihm immer gesagt, es sei eine heilige Pflicht, den Toten einen würdigen Ruheplatz zu geben. Diese stinkende Gosse konnte man nun wirklich nicht als solchen bezeichnen. Er musste etwas unternehmen! Olrac tastete nach dem anderen Bein, aber es war nirgends zu finden. Nun, dann musste es eben so gehen! Mit aller Kraft zog er an dem kalten Bein.

»Teufelshund! Natternbrut!!«

Eine raue Stimme schnauzte ihn an. Olrac erschrak gewaltig. Kalte Schauder liefen ihm über den Rücken. Voller Abscheu betrachtete er die Gestalt, die langsam sichtbar wurde. Es war ein Mensch, aber es war wenig Menschliches daran auszumachen.

»Ein Leprakranker!«, durchzuckte es ihn.

Es war tatsächlich der Körper eines Aussätzigen, der allmählich sichtbar wurde.

»Sieh an . . .«, ließ sich da die raue Stimme wieder hören,

»ein Jüngelchen, ein gut genährter, lieber Junge! Wolltest du mir vielleicht auch noch das andere Bein abreißen?« Abscheuliches Gelächter hallte zwischen den Häusern wider. »Oder wolltest du gern mein weiches Bett mit mir teilen?«

Olrac schüttelte den Kopf. Er stand da wie angenagelt. So etwas hatte er noch nie gesehen, obwohl der alte Laszlo auch darüber berichtet hatte. Er konnte den Kopf des Mannes nun deutlich erkennen und der Anblick war scheußlich! Dort, wo einmal seine Nase gewesen war, klaffte eine eiternde Wunde. Das Gesicht war von Pusteln und Geschwüren übersät. Um die Gliedmaßen waren schmutzige Binden gewickelt.

Der Mann streckte begehrlich die Hände nach dem Jungen aus. Hände ohne Finger. Olrac wich zurück.

»Du brauchst keine Angst vor mir zu haben, Hirtenjunge. Ich kann ja gar nicht nach dir greifen, wie du siehst!«

Und wieder tönte das kratzige Lachen durch die Gasse.

»Das Einzige, was ich hier in meiner gemütlichen Wohnung vermisse, ist ein bisschen Wärme neben mir. Willst du dich nicht kurz zu mir legen und die Reste meines edlen Körpers wärmen? Wenn du mich schon geweckt hast, bist du mir das doch schuldig. Meinst du nicht?«

Als der Leprakranke wieder anfing zu lachen, nahm Olrac die Beine in die Hand. Er musste aus dieser schrecklichen Gasse verschwinden! Das schaurige Lachen brach sich an den Hauswänden und Olrac hörte es noch lange nachhallen. Kreuz und quer rannte er durch das Gewirr der Gassen. Er schnappte nach Luft. Der Husten stieg in seiner Brust auf. In die Kehle. Sein Kopf dröhnte. Sein Körper vertrug es nicht, wenn er zu schnell rannte. An einer Ecke blieb er keuchend und hustend stehen und rang nach Luft. Während er sich gebückt an eine Mauer lehnte, hatte er das Gefühl, die

Brust würde ihm zerspringen. Nur mühsam und pfeifend kam noch Luft hinein. Olrac spürte, dass er gleichzeitig schwitzte und zitterte. Wie sehr sehnte er sich auf einmal nach der dünneren Luft in den Bergen, nach der Ruhe auf den Hügeln, nach den klopfenden Händen des alten Laszlo! Der Schmerz riss seine Brust in Fetzen, der Atem scheuerte in seiner Kehle und verbrannte sein Innerstes. Keuchend tastete er nach dem kleinen Krug in seiner Tasche. Er war so kurzatmig, dass die kleinste Bewegung ihn anstrengte. Erst zur Ruhe kommen! Olrac ließ sich langsam an der Mauer entlang auf den Boden gleiten. Er schloss die Augen und versuchte sich ganz darauf zu konzentrieren, seinen Atemfluss wieder in Griff zu bekommen. Nicht jetzt! Bitte, nicht jetzt!

Er war viel zu weit von der Höhle entfernt, um Hilfe zu bekommen. Er durfte keinen Anfall kriegen! Olrac flehte in sich hinein, und ohne dass dieser sich dessen bewusst wurde, hatte er seine Schafsweste geöffnet und hielt das kleine waschlederne Säckchen am Hals umklammert. Langsam wurde sein Atem wieder regelmäßig. Olrac ließ das Säckchen zwischen seinen Fingern pendeln. Die Ruhe kam zurück.

Als er den kleinen Krug mit dem Hustenöl aus seiner Umhängetasche holen wollte, sah er, dass dieser bei seinem Sturz zerbrochen war. Das Öl hatte den Fladen und das Hirschfleisch durchtränkt. Was für ein Pech! Jetzt hatte er nichts mehr! Weder Arznei noch Essen! Doch zu seiner Verwunderung spürte er, wie sich der Husten verzog, wie grummelnder Donner, in der Ferne hörbar, aber nicht mehr bedrohlich.

Das kommt durch den Stein meiner Eltern!, durchfuhr es ihn. Sein Angstgefühl machte einer warmen Dankbarkeit

Platz. Für alle Menschen, die ihm das Beste gewünscht hatten. Seine Räuberfreunde, seine Eltern . . .

Einen Augenblick später fühlte sich Olrac schon viel besser, ab und zu entschlüpfte ihm noch ein trockener Huster. Er brach auf, denn es war noch so viel zu erledigen. Von jetzt an würde er nicht mehr so erschrecken!

Ich habe ja nun einen Glücksbringer!, dachte er übermütig und mit entschlossenem Schritt ging er die Gasse hinunter.

8

Es war ein langer Ritt gewesen und Armand de Boncourt war froh, dass er von seinem Pferd steigen konnte. Im Gasthof machte er sich frisch und ließ ein köstliches Wildbret auftischen. Er kannte den Wirt und seine Frau. Sie standen mit einer hohen Summe bei ihm in der Kreide. Daher rissen sie sich fast ein Bein aus, um ihm alles recht zu machen, in der Hoffnung, er werde ihnen einen Teil ihrer Schulden erlassen.

Die Leute des Vogts waren vorbereitet. Alle Messer waren geschliffen und die versprochenen sieben Silberlinge pro Mann stimmten alle zufrieden und bereit zum Angriff. Zehn Männer hatte der Vogt bei Rufijn, einem Altgedienten, zurückgelassen. Der passte auf, dass sich niemand am Branntwein oder Apfelcidre vergriff. Was heute Nacht geschehen sollte, war von großer Bedeutung für die Grafschaft. Und für den Vogt persönlich. Seine Anweisungen waren klar. Nach Mitternacht würden sie zuschlagen. Armand de Boncourt grinste. Dieser verrückte Domien war so verrückt nun auch wieder nicht.

Zufrieden schlenderte er durch die Straßen. Seine Geldbörse war gut gefüllt und der Apfelcidre dieser Gegend übertraf jeden anderen. Auch die Frauen waren hier anziehend, genau wie die Gasthäuser an allen Straßenecken. Der Vogt wurde immer fröhlicher. Sein glänzendes Gesicht bekam fast etwas Gutmütiges. Der Cidre hatte seinen Blick gemildert und ließ seine Füße träger werden. Heute Abend hatte er etwas zu feiern! Sein Ziel rückte deutlich näher.

Die fröhliche Musik aus einem Gasthaus lockte und der Duft von gebratener Ente und Gerstensaft zog ihn hinein. Sofort drückte man ihm einen großen Krug in die Hand. Gierig trank er ihn in einem Zug leer, schaute sich um und rülpste laut. Indem er den Krug lautstark absetzte, gab er dem Wirt zu verstehen, dass nachgeschenkt werden sollte. Ja, er hatte noch Zeit, sich zu vergnügen.

Bis Mitternacht. Dann sollte es geschehen. Mit der freien Hand zog er die Tochter des Wirts an sich. Er spürte ihren jungen, weichen Körper, aber nicht ihre Abwehr. Auch sie kannte Armand de Boncourt. Und sie wusste, dass man ihm nicht in die Hände fallen durfte. Zum Glück war er schon reichlich angetrunken, sodass er kaum bemerkte, wie sie sich geschickt aus seinem Griff befreite. Sie trippelte schnell aus der Schankstube und verschwand in der Küche. Unwirsch gab sie ihrer jüngeren Schwester den Auftrag, die Gäste weiter zu bedienen. Sie wollte am Herd bleiben und den Schmortopf im Auge behalten und das Schwein drehen, das zischend in den züngelnden Flammen bräunte.

Armand de Boncourt hatte sie bereits vergessen. Seine Füße wippten zu den Klängen des Dudelsackspielers.

Als Olrac sich ein deutliches Bild von der Stadt und den Fluchtwegen gemacht hatte, wählte er sorgfältig eine schmale Straße aus. Dort gingen nur wenige Leute und die waren auch noch betrunken.

Das Sträßchen machte viele Bögen und endete an einem Platz, auf dem es vor Menschen nur so wimmelte. Sie johlten und riefen im Chor und waren hingerissen von den Schauspielern, die auf ihrem Karren ein lustiges Stück aufführten. Eine Frau zog ihrem Mann mit dem Knüppel eins über. Alle lachten schallend! Ein paar bucklige Zwerge mit Narrenkappen hüpften und purzelten herum, brüllten vor Lachen und stachelten das Volk noch mehr auf.

Olrac konnte wegen der Menge nichts sehen, aber er hörte die Stimmen der Schauspieler und den fröhlichen Lärm der Zuschauer. Dort war es viel netter als an dem Ort, den er sich ausgesucht hatte, um seinen Auftrag zu erfüllen. Es war eine fürchterliche Gasse. Über den Boden schlängelte sich eine Spur aus Urin und Erbrochenem. Ab und zu kam ein schwer betrunkener, lallender Mann vorbei. Ungefähr auf halber Höhe zwischen zwei Gasthäusern presste sich Olrac mit den Schultern an die Lehmwand eines Hauses. Es war die dunkelste Stelle der ganzen Straße. Er hielt seinen Stock so unter der Achsel, dass es schien, als würde er sich wie ein Lahmer mit dem gesamten Gewicht darauf stützen. Ein Bein winkelte er nach hinten ab und verzog schmerzlich das Gesicht. Ab und zu kam noch ein Pfeifen aus seiner Brust, gefolgt von Husten, der den Schleim löste. Das war nicht gespielt, das war echt. Nun musste er auf den richtigen Moment und die geeignete Person warten. Ein paar Leute gingen an ihm vorbei, ohne ihn zu beachten. Eine ältere Frau warf ihm eine Münze zu. Olrac bückte sich unbeholfen. Das war immerhin besser als nichts! Davon konnte er vielleicht eine Hand voll Nägel gegen Friggors Zahnschmerzen kaufen! Olrac betrachtete die dünne Münze. Verflixt! Sie hatte ein Loch! Das war wertloses Geld!

Dann erregte eine Gestalt, die immer näher kam, seine Aufmerksamkeit. Es handelte sich um einen dicken Mann, der nicht mehr allzu sicher auf den Beinen war. Ab und zu blieb er stehen und murmelte irgendetwas Unverständliches in sich hinein. Er tappte zur Mauer hin, dann wieder mitten auf die Straße zurück und schließlich fing er an einen unsichtbaren Jemand zu beschimpfen. Er taumelte auf seinen kurzen, viel zu dicken Beinen.

Mit einem Blick hatte Olrac das Samtwams mit den Ledergürtel und der Kupferschnalle wahrgenommen. Dazu den Schlüsselbund und den schweren Geldbeutel. Der Mann trug ein feines Leinenhemd, ein vornehmes langes Unterkleid und an den Füßen richtige Schuhe mit langen Spitzen, gefertigt aus feinstem Kalbsleder. Sein ärmelloser Übermantel war mit Pelz besetzt. Auf seiner Brust hing ein Edelstein an einer Kette und auf dem Kopf saß ein Filzhut mit langen Umschlagklappen, allerdings krumm und schief, sodass der Mann eher lächerlich als vornehm aussah.

Der war es! Das ideale Opfer! Olrac wurde es warm. Er wusste, dass er sich nie an diese Dinge gewöhnen würde. Aber es musste sein! Sie brauchten das Geld, um fliehen, den Wegezoll bezahlen und sich freikaufen zu können, wenn sie durch das Land halsstarriger Mönche oder habgieriger Bauern ziehen mussten.

Der Mann kam näher und Olrac konnte sein trunkenes Gestammel deutlich hören. Wieder blieb er schwankend stehen, die Arme weit von seinem fetten Leib ausgestreckt, um das Gleichgewicht zu halten. Er lächelte glückselig und schlug mit seinen Wurstfingern haarscharf an seiner rot geäderten Nase vorbei, als wollte er eine lästige, unsichtbare Fliege verscheuchen.

Olrac beugte sich vor. Seine feuchte Hand umklammerte den Stock. Noch zehn Schritte. Es dauerte eine Ewigkeit. Hoffentlich kam nicht gerade jetzt jemand in die Straße! Aus den Augenwinkeln beobachtete er, ob die Luft rein war. Niemand, nur ein alter, dürrer Straßenköter. Zum Glück! Die Götter waren ihm wohl gesinnt. Noch fünf

Schritte. Wieder blieb der Mann stehen und betrachtete gedankenlos und mit leeren Augen die magere, lahme Jungengestalt. Er schwankte und fiel fast vornüber auf Olrac. Schwerfällig kam er näher und Olrac spürte, wie ihm der Schweiß in Strömen über den Rücken lief. Ein heftiger Reizhusten kündigte sich an und er tastete schnell nach dem kleinen Säckchen um seinen Hals. Noch zwei Schritte und der Mann blieb dicht vor Olrac stehen und sah ihn an. Er stank nach Alkohol und Erbrochenem und hatte einen sehr durchdringenden Körpergeruch. Olrac versuchte nicht zu würgen, aber der Mann atmete ihm direkt ins Gesicht. Dann ging alles sehr schnell! Der Betrunkene machte Anstalten, weiterzugehen, und Olracs Stock schoss vor. Mit einem schweren Schlag fiel der Mann vornüber zu Boden. Olrac sprang auf den dicken Leib und zog mit aller Kraft am Geldbeutel. Aber die Lederriemchen gaben nicht nach. Der Mann begann zu fluchen und wild um sich zu schlagen. Olrac wurde beklommen zu Mute. Lieber Himmel! Das nahm kein gutes Ende! Es klappte nicht! Los! Ziehen! Verfluchter Geldbeutel!!! Sein Messer! Er hatte vergessen sein Messer aus der Tasche zu holen. Der Mann war zu betrunken, um richtig zu kämpfen und um sich zu verteidigen, aber er war so kräftig und schwer, dass Olrac ihn nicht überwältigen konnte. Er wälzte sich auf den Rücken und hielt mit beiden Händen seinen Beutel fest. Olrac saß auf seinem dicken Bauch und zerrte aus Leibeskräften. Es war vergebens.

Er musste machen, dass er wegkam, ohne Geldbeutel, bevor der Mann anfing um Hilfe zu rufen! Er nahm die Beine in die Hand. Keuchend, stolpernd und in völliger Panik rannte Olrac aus der Gasse. Das Herz klopfte ihm wild im Hals. Noch hinter der Biegung hörte er die gebrüllten Worte des Mannes. Sie hallten schmerzhaft in seinen Ohren. »Dreckige Ratte! Ich hab sehr wohl dein Gesicht gesehn! Wart nur, bis ich dich zu fassen krieg!!!«

Olrac rannte durch mehrere Gassen, bevor er zu dem Platz hastete, um sich dort in der Menschenmenge zu verstecken. Er hoffte aus ganzem Herzen, dass ihn der Mann nicht verfolgen würde. Was hatte er für eine Angst! Wäre er bloß in den Bergen! Nun musste er sich eine Zeit lang zwischen den Leuten verborgen halten.

In der Ferne hörte er über das Gejohle hinweg die Stimme seines Verfolgers. »Haltet den Dieb!« Die Stimme und der Mann kamen näher. Olrac machte sich so klein wie möglich. Niemand achtete auf ihn und die Leute riefen den Schauspielern auf dem Wagen zu. Gebückt lief er durch die Menge. Seine Knie schlotterten. Er schlich weiter. Aber die Stimme des dicken Mannes kam immer näher . . . Was sollte er jetzt machen? Das hatten sie ihm in der Höhle nicht beigebracht!

Plötzlich vernahm er dicht neben sich eine andere Stimme. Sie gehörte einer jungen Frau, die besorgt dreinschaute.

»Schnell, versteck dich unter meinem Mantel!«

Und bevor Olrac sich's versah, war er unter ihrem dunkelblauen Überkleid in Sicherheit. Er blieb in der Hocke sitzen und wagte es nicht, sich zu rühren. Wie lange er so saß, wusste er nicht. Es war schön warm unter dem Mantel und er fühlte sich einigermaßen sicher, obwohl seine Knie immer noch zitterten. Die Wachtelmutter kam ihm wieder in den Sinn, die ihren Küken unter ihrem Federkleid Schutz geboten hatte. Und nun saß er hier, wie ein Nestküken unter dem Mantel einer vollkommen fremden Frau. Auf einmal spürte er auf seinem Kopf ihre Hand, die ihm ein Zeichen gab, dass die Luft rein war. Verwirrt kroch er aus seiner blauen, warmen Höhle, sah die Frau mit feuerroten Wangen an und stotterte ein wenig beschämt: »Vielen Dank, äh ... dass Sie einem schlechten ... äh ... einem Dieb Schutz geboten haben.« Die Frau lachte. Es klang wie perlendes Quellwasser im Frühling.

»Vielleicht bist du ja ein Dieb, aber schlecht bist du nicht. Das sehe ich an der himmelblauen Farbe deiner Augen«, antwortete sie. Olrac schämte sich noch mehr. Diese Frau hatte ihr eigenes Leben in Gefahr gebracht, um ihn, einen Unbekannten, zu beschützen.

»Könnte ich Euch nur etwas helfen, etwas für Euch tun, denn ich habe Euch meine Freiheit zu verdanken«, sagte Olrac gehetzt.

Die Frau biss sich auf die Unterlippe, ein stechender Schmerz durchfuhr ihren Körper und überschattete ihr hübsches Gesicht.

»Vielleicht kannst du uns wirklich helfen. Wir sind auf der Durchreise. Mein Mann und ich suchen schon seit Stunden nach einer Unterkunft, aber weil Jahrmarkt ist, sind alle Gasthäuser voll. Wir kennen hier niemanden. Wir haben auch kein Geld, um ein Zimmer zu mieten. Vielleicht kennst du irgendwo einen Platz? Es braucht wirklich nichts Besonderes zu sein, nur ein Dach überm Kopf, das uns vor der Kälte schützt.«

Olrac zerbrach sich den Kopf. Er kannte die Stadt nicht, aber er konnte sich lebhaft vorstellen, dass alle Ecken und Löcher jetzt besetzt waren. Und ein Zimmer bei Leuten mieten kostete noch viel mehr Geld. Natürlich! Dass er nicht früher daran gedacht hatte! Der Schuppen am Berghang! Bei Blanche! Voller Begeisterung erzählte er von dem kleinen Bretterbau etwas außerhalb der Stadt und beschrieb den Weg dorthin. Die Frau und ihr wesentlich älterer Mann bedankten sich bei Olrac und machten sich eilig auf, um noch vor Einbruch der Dunkelheit anzukommen.

Olrac blieb in der Menge zurück; mit dem Verschwinden der Frau war ihm zugleich auch das Gefühl von Sicherheit abhanden gekommen. Was, wenn der dicke Mann noch immer nach ihm suchte? Er vermutete stark, dass die Luft noch nicht rein war. Nervös schaute er sich um. Sein Blick ging scheu von einer Seite zur anderen. Die Leute auf dem Platz klatschten den Schauspielern auf dem Karren wild Beifall. Die spielten die Versuchung des heiligen Gregorius. Auf der Bühne umtanzten einige Frauen graziös einen Mönch, der sich offenbar schon hatte verführen lassen. Sein falscher weißer Bart reichte bis zum Boden und er stolperte regelmäßig darüber. Die Mädchen trugen klimpernde Fußkettchen und ihre Leibchen waren mit wirbelnden farbigen Bändern geschmückt. Zwischen ihnen hindurch tanzte der Teufel. Er trug einen schwarzen Anzug und sein Gesicht war mit roter Erde und schwarzer Asche beschmiert. Am Kinn klebte ein spitzer Bart. Auf seiner Kappe waren zwei Ziegenhörner befestigt und an seinem Hintern hing ein Bockschwanz. Er lachte ins Publikum und rief den Leuten zu: »Wer spielt mit? Wer kann mich vom Karren vertreiben? Nun, was ist? Wer setzt die Narrenkappe auf? Wer tanzt den Tanz der Narren mit? Wer will sich hier einen Fünfer verdienen?«

Einige Leute ließen sich überreden die Narrenkappe aufzusetzen. Sie wussten, dass man sie beschimpfen und verspotten würde. Aber das war ihnen der Fünfer und der Tanz zwischen den üppigen Frauen wert.

Das ist die Lösung!, durchzuckte es Olrac. Ich ziehe auch den Narrenanzug an! So bin ich eine Zeit lang nicht zu erkennen! Und behände wie ein Affe sprang er mit auf den Karren, wo die Tänzerinnen den Freiwilligen die Schellenkostüme reichten.

Ein paar Minuten später standen fünf Narren auf dem Wagen. Vier große und ein kleiner. Der Teufel schmierte ihre Gesichter mit Eiweiß ein, damit sie schön klebrig wurden. Dann begann der Spaß. Die Leute in der ersten Reihe durften mit weißen Mehlklumpen auf die fünf Narren werfen. Sie waren nicht mehr zu erkennen. Olrac konnte durch den weißen Brei auf seinem Gesicht kaum mehr atmen. Aber so fühlte er sich einigermaßen sicher. Dann wurden faule Äpfel geworfen. Ein gut gezielter Apfel traf ihn gemein hart. Olrac versuchte, so gut es ging, den Geschossen auszuweichen. Plötzlich erstarrte er. Zwischen den Leuten auf dem Platz lief der dicke Mann. Er wirkte nüchterner. Sein Gang war immer noch schwankend, aber seine Augen spähten scharf in die Runde und suchten nach demjenigen, der ihn überfallen hatte. Erschrocken verbarg Olrac sein Gesicht hinter den Armen. Das ermutigte die Leute dazu, auch noch faule Eier auf den Kleinsten auf dem Karren zu werfen.

Aber der dicke Mann interessierte sich nicht für die Narrenkappen. Er hielt sich von den fliegenden Äpfeln fern und suchte den ganzen Platz ab. Nichts entging ihm, überall lief er durch. Ganz kurz sah er zu den Narren auf dem Wagen, aber dann verließ er den Ort, genau in dem Moment, als das Narrenspiel vorbei war. Er verschwand in Richtung Stadttor. Mit einem Seufzer der Erleichterung zog Olrac als Allerletzter das verschmutzte Narrenkostüm aus. Er fühlte sich von oben bis unten klebrig. Im Mund hatte er noch den Geschmack des bröseligen Mehls, der matschigen Äpfel und der faulen Eier.

Vom heiligen Gregorius bekam er seinen verdienten Fünfer und vom Teufel ein nasses Tuch, um sich den schlimmsten Dreck vom Gesicht zu wischen. Schnell sprang er vom Karren hinunter zwischen die Leute und machte sich auf die Suche nach dem Schmied, wobei er unterwegs gut auf mögliche Gefahren achtete. Er versuchte ruhig zu gehen und keinen Argwohn zu wecken. Wie ein gewöhnlicher Festbesucher. Durch gewundene Gassen fand er den Weg zur Schmiede. Dem dicken Mann begegnete er zum Glück nicht mehr. Die Gefahr war vorbei. Aus der Schmiede fiel Licht nach draußen und der Klang der Hammerschläge, wenn Eisen auf Eisen traf, war weithin zu hören.

Olrac trat in das erleuchtete Tor. Seine Knie waren noch weich von dem überwundenen Schrecken. Der Schmied stand mit dem Rücken zu ihm und kühlte das heiße Eisen in Wasser ab. Er war ein großer kräftiger Mann. Dampfwolken umhüllten seinen Kopf und ließen die Luft zischen. Olrac traute sich nicht weiter hinein. An diesem einen Tag war so viel geschehen, dass es ihm vorkam, als wäre er schon eine ganze Woche unterwegs.

Das Licht, die Glut und die Wärme der Schmiede überwältigten ihn. Trotz des Dampfes, des Geklingels und des Hämmerns merkte er, dass er ruhig wurde. Einfach nur, indem er dem Schmied bei der Arbeit zusah. Er wusste nicht, wie lange er schon da stand. Die Zeit verstrich, ohne dass er es merkte. Fast wäre er eingedöst, aber das verhinderten die Hammerschläge. Schüchtern ging Olrac weiter. Die Kunst des Stehlens hatte er gelernt, aber ein Gespräch mit Unbekannten fiel ihm immer noch schwer. Es kostete ihn mehr Mut, als einen Hasen zu häuten oder eine wilde Katze zu fangen. Dazu kam, dass er nur einen einzigen Fünfer in der Tasche hatte, ehrlich verdient. Wahrscheinlich reichte das kaum für ein Hufeisen. Er nahm all seinen Mut zusammen und ging vorsichtig etwas weiter in den Raum hinein. »Äh . . . gegrüßt, Herr . . . äh.«

Weiter kam er nicht. Das Zischen und Knistern der Flammen übertönte seine Stimme. Erst als sich der Schmied umdrehte, sah er den Jungen im Halbschatten des Eingangs stehen.

»Na, wen haben wir denn da?« Seine Augen glänzten freundlich im Licht der Flammen und von seinem Gesicht rann der Schweiß. Sogar unter seiner schmuddeligen Leinenkappe kamen kleine Rinnsale hervor. Im Verhältnis zu dem breiten Nacken wirkte sein Kopf sehr klein. Der Schmied war ein Riese.

»Bist du etwa der neue Lehrjunge, den ich bestellt habe? Du siehst kräftig aus, das muss ich sagen. Noch nie habe ich ein dürreres Hühnerbein gesehen als dich . . .«

Er brüllte vor Lachen. Sogar aus seinem Mund schien Dampf zu kommen.

Olrac schüttelte schnell den Kopf. »Nein, ich . . . ich bin nicht . . .«

Der Schmied wartete seine Antwort nicht ab. »Solltest du nicht bei den Feuerspuckern auf dem Markt sein, statt bei einem Feuerfresser wie mir?«

Der Schmied fand sich selbst lustig, denn jedem Wort, das er sagte, folgte ein Lachen.

»Oder hast du dich vielleicht am Cidre vergriffen und weißt nicht mehr, wie du zu deiner Mutter zurückfinden sollst?«

Olrac hatte keine Angst mehr. Diese Art von Neckereien war er von Mareck und Golus gewohnt. Im Übrigen klang die Stimme des Schmieds warm und herzlich und seine Augen blickten freundlich.

Olrac fand seine Stimme wieder und sagte klar und deutlich: »Ich brauche vier neue Hufeisen, ein Schlachtmesser und ein Beil.«

»Aha, hast du denn Geld bei dir? Ich muss schließlich

auch essen, vom Feuerfressen allein bleibt ein Mann nicht am Leben. Wo steht das Pferd?«

Der Schmied schaute mit gerunzelter Stirn die Straße entlang. Olrac spürte, dass seine Beine wieder zitterten. Was sollte er jetzt machen?

»Ich habe nur einen Fünfer bei mir und kein Pferd, aber ich soll Euch herzlich von Thalan grüßen. Er hat mich geschickt.« Das alles kam auf einmal heraus.

Der Schmied sah ihn prüfend an, aber als er den Namen Thalan hörte, hellte sich seine Miene auf.

Draußen auf der Straße erklangen Schritte, die sich näherten.

»Und wer bist du, kleine Ameise?« Seine Stimme klang viel weicher.

»Ich bin Olrac und ich gehöre zu Thalans Leuten. Er ist mein Hauptmann und hat mir dreizehn Jahre lang Essen und Obdach gegeben.«

Das Geräusch der Schritte verstummte.

Der Schmied musterte Olrac von Kopf bis Fuß. Er kniff die Augen zusammen und ein Ausdruck des Wiedererkennens erschien auf seinem Gesicht.

»Nun, ich freue mich, dass ich wieder einmal etwas von meinem alten Freund Thalan höre. Und du . . .« Er beugte seinen riesigen Körper zu Olrac. »Du kannst froh sein mit einem solchen Ziehvater. Bei ihm bist du sicher, vergiss das nie! Wusstest du, dass er ein Edelmann ist?«

Olrac schüttelte den Kopf. Nein, das wusste er nicht, aber er hatte so etwas vermutet.

»Du kannst von Glück sagen, dass er dich geschickt hat. Für einen Fünfer schüre ich sonst noch nicht einmal das Feuer. Nun begreife ich auch, weshalb du hier ohne Pferd stehst. Dein Hauptmann versteht sich auf das Schmiedehandwerk so gut wie ich. Aber das Eisen wächst eben nicht auf den Bäumen bei euch auf dem Todesberg ...«

Plötzlich hörte der Schmied auf zu sprechen, sein Hammer polterte zu Boden. Seine Augen verengten sich zu Schlitzen, als er zur offenen Tür hinübersah. Von der Straße her erklangen Schritte, die sich eilig davonmachten. Der Schmied und Olrac rannten zur Tür und sahen in der Ferne, wie eine schemenhafte Gestalt im zweifarbigen Kostüm gerade um die Ecke verschwand.

Plötzlich kamen Olrac die Worte Thalans in den Sinn. »Pass auf, dass niemand in der Nähe ist, wenn du meinen Namen aussprichst.« Olrac spürte, wie sich Kälte in ihm ausbreitete. Ach, vielleicht war seine Angst völlig unbegründet. Vielleicht war es nur jemand auf dem Weg nach Hause gewesen. Ja, so war es. Er durfte sich nicht so schnell ins Bockshorn jagen lassen. Und Olrac schob den Vorfall ins Reich des Vergessens.

Der Schmied machte ein besorgtes Gesicht. Dann brüllte er: »Gertrude!! Wir haben einen Gast!«

Eine Tür öffnete sich und eine mollige Frau kam in die Schmiede, während sie sich an ihrer Schürze die Hände trocknete. Ihr Kinnband saß so stramm, dass sie mindestens ein Dreifachkinn hatte, doch ihr Gesicht zeigte den gleichen freundlichen Ausdruck wie das ihres Mannes.

Mit einem Blick hatte sie den Jungen gemustert, ihn an seinem mageren Nacken gefasst und auf die Bank am Tisch gesetzt.

»So, jetzt isst du tüchtig. Du siehst aus, als wärst du schon seit drei Tagen tot. Ich mag keine lebenden Leichen im Haus haben.«

Sie stellte einen dampfenden Topf auf den Tisch und mit einem großen Holzlöffel füllte sie eine riesige Schüssel mit

Linsensuppe. Richtige Speckstückchen schwammen darin. Sie nahm ein Brot, fast so groß wie ein Wagenrad, hielt es gegen ihre Brust, machte mit dem Messer ein Kreuzzeichen darauf und begann dicke Scheiben abzusäbeln.

Der Schmied lächelte seiner Frau liebevoll zu. Er gab ihr einen Klaps auf den Hintern und drehte sich zum Feuer, um es wieder anzufachen.

»Iss, so viel du willst, mein Junge, iss ruhig auch gleich für den morgigen Tag mit. Und für übermorgen«, sagte die Frau. Ihr freundliches Gesicht wirkte besorgt. »Sieh zu, dass dein Mund immer voll ist, denn mein Mann mag keine schwatzenden Leute, wenn er arbeitet.«

Das brauchte sie wirklich nicht zwei Mal sagen. Olrac ließ sich die köstliche Linsensuppe und das weiche Roggenbrot schmecken. Sein Magen knurrte zufrieden, sein Herz füllte sich mit der Wärme dieser beiden Menschen und seine Augen nahmen begierig alles auf, was um ihn herum geschah. Es gab so viel zu sehen. Der Schmied zog sein ledernes Wams an, nahm die Eisen vom Haken und legte sie mit langen Zangen ins Feuer. Die Frau setzte sich und begann ein fettes Huhn zu rupfen. Kurz darauf war nur noch das rhythmische Hämmern zu hören. Olrac döste neben seinem leeren Napf ein. Sein letzter Gedanke war erfüllt von Sehnsucht. Der Sehnsucht einmal die Wärme einer Mutter und eines Vaters kennen zu lernen. Er schlief ein, den Geruch nach Linsensuppe und geschmolzenem Eisen in der Nase.

9

Es dämmerte schon, als Olrac mit vier neuen Hufeisen, einem Beil und einem Schlachtmesser in der Tasche die Stadt hinter sich ließ. Zum Glück begleitete ihn der Schmied bis zum Stadttor. Olracs Angst vor dem dicken Mann war noch nicht verflogen. Immer wieder sah er sich um. Er hatte das unangenehme Gefühl, dass er verfolgt wurde. Aber er konnte niemanden entdecken. Vielleicht war es nur Einbildung.

Der Schmied wurde von allen gegrüßt und blieb oft für ein kurzes Gespräch stehen, er schien ein beliebter Mann zu sein. Auf den schmalen Jungen mit dem ängstlichen Blick achtete niemand. Nur zu gerne wäre Olrac auf den Vorschlag des Schmieds eingegangen: über Nacht bleiben und später bei ihm in die Lehre gehen. Aber er musste noch heute zu seinen Freunden zurück, sie warteten auf ihn. Allerdings hatte er beschlossen nie mehr etwas zu tun, was ihm das Herz so schwer machte, dass es schien, als hätte er einen Stein verschluckt. Den Blick des dicken Mannes würde er nie mehr vergessen. Er würde es Thalan auch erklären. Der alte Laszlo würde es sofort verstehen, aber Thalan . . .?

Olrac schritt kräftig aus. Jetzt, da sein Magen gut gefüllt war und seine Glieder aufgewärmt waren, konnte er wieder Berge versetzen. Olrac lächelte. Berge versetzen vielleicht doch nicht gerade, aber er hatte noch einen beschwerlichen Weg vor sich. Erst musste er Blanche holen. Das arme Schaf hatte den ganzen Weg völlig umsonst gemacht. Hoffentlich hatte sich die Wunde nicht entzündet und Blanche konnte mit ihm zurücklaufen. Er musste sich beeilen, denn er wusste, dass das Tier mit prallem Euter auf ihn wartete.

Der Himmel war dunkel, aber sternenklar. Vor den Toren war es kälter als in der Stadt. Olrac wünschte sich, dass er noch einmal herkommen und den Jahrmarkt so richtig genießen könnte. Mit Geld in der einen Hand und einem Gewürzkuchen in der anderen.

Zum Glück war der Geschmack des Mehls und der faulen Äpfel und Eier ganz aus seinem Mund verschwunden. Die Frau des Schmieds hatte ihn nahe am Herdfeuer ein Bad nehmen lassen. In einer großen Tonne hatte er ganz untertauchen können, das hatte er noch nie erlebt. Er wusch sich sonst nur in der warmen Jahreszeit. Aber auch dann war das Wasser in den Bergflüssen eiskalt. Im Winter wusch er sich lediglich Gesicht und Hände mit Schnee oder Eiswasser. Die Frau des Schmieds hatte ihm auch ein Stück Seife gegeben. Echte Seife, die aus Seifenkraut und Efeu hergestellt war und nach Lavendel duftete. Olracs Haut prickelte und sein Haar glänzte wie noch nie und fühlte sich seidenweich an. Die blonden Locken sprangen unter der Mütze hervor. Seine Tasche steckte voller Leckereien: ein Roggenbrot mit einem Stück gefüllter Entenbrust und ein Säckchen getrockneter Äpfel, Aprikosen und Weintrauben. Köstliche Naschereien für unterwegs. Aber er hatte versprochen alles beim Mittwinterfest mit den anderen zu teilen. Außerdem hatte er noch ein Paar wollene Pantoffel bekommen, die der Frau des Schmieds zu klein waren, für den Fall, dass er unterwegs kalte Füße bekäme. Das Brot hatte sie in ein selbst gewebtes Tuch gewickelt. Es war weich und warm, bei seinem nächsten Hustenanfall wollte er es um den Hals legen.

Mit gefüllter Umhängetasche, vollem Magen und frisch gewaschenem Körper schien ihm die Welt verändert. Nachher dürfen die anderen mal an mir schnuppern, dachte er stolz.

Er näherte sich dem Schuppen am ersten Berghang, der nur im Sommer benutzt wurde, wenn die Schafe und Ziegen auf der Alm grasen konnten. Auf einmal zögerte Olrac. Sah er richtig? Was war das für ein Lichtschein? Durch die Ritzen der Holzwand drang ein schwaches Leuchten. Da war jemand!

Ganz leise näherte sich Olrac dem Schuppen. Zögernd spähte er durch ein Astloch. Er sah Blanches Kopf, ihre Kiefer zermahlten ein Büschel Heu. Aber da war noch jemand. Er hörte die Stimme eines Mannes und er sah gerade noch, wie sich eine Frau ins Heu fallen ließ. Es war die Frau, die ihm auf dem Platz geholfen hatte. Er hatte ganz vergessen, dass er ihnen den Weg hierher gezeigt hatte. Die Frau stöhnte und zog ihren weiten Mantel fest um sich.

»Sie ist krank«, schoss es Olrac durch den Kopf. »Ich muss helfen.«

Ohne nachzudenken, verließ er seinen sicheren Platz im Dunkeln und öffnete die Stalltür. Der alte Mann hob seine Laterne und beleuchtete Olracs Gesicht mit dem schwachen Schein. Müde, aber mit sanften Augen betrachtete er ihn. Die Frau lächelte ihm zu, trotz des Schmerzes, den sie unter ihrem blauen Mantel zu verbergen versuchte. Diesmal brauchte Olrac keine Worte. Das war die Sprache, die er verstand. Stillschweigend Hilfe leisten. Das hatte ihm der alte Laszlo beigebracht. Blanche blökte, sie erkannte seinen Geruch.

Aus seiner Umhängetasche holte er einen kleinen Napf, kniete vor dem prallen Euter des Schafs und begann es zu melken. Er brachte der Frau die warme schäumende Flüssigkeit und ließ sie trinken. Sie schluckte gierig und die

Hälfte der Milch floss über ihr dunkelrotes Kleid. Was für einen Durst die Frau hatte! Sie schloss die Augen und der Napf rollte ins Stroh. Sie verbiss sich den Schmerz.

Der Mann versuchte ihr Mut zu machen, aber in seiner Stimme klang Hilflosigkeit.

»Ich muss etwas tun«, dachte Olrac gehetzt. »Wenn doch bloß der alte Laszlo hier wäre. Er wüsste bestimmt Rat.« Er überlegte fieberhaft und achtete dabei auf die Schmerzen der Frau. Sie kamen wie Meereswellen. Erst langsam, dann heftig, um danach wieder abzuebben. Die Frau wälzte sich auf die Seite und wiegte sich. Ihre Füße waren nass und vor Kälte erstarrt. Wie konnte es auch anders sein, sie trug überhaupt keine Schuhe. Um ihre Fußgelenke waren nur Lappen gewickelt, die sichtbar durchgelaufen waren. Auf einmal wusste Olrac, was der Frau fehlte. Das war keine Krankheit, sondern ein Kind, das sich ankündigte! Die Frau hatte Wehen, wie Blanche sie gehabt hatte. Er hatte das noch nie bei einem Menschen gesehen, aber er erkannte die Schmerzwellen, das Zusammenziehen und Sichlösen. Nun musste er gut aufpassen und sich die Worte Laszlos ins Gedächtnis rufen. Der alte Mann hatte viel über die Geburt erzählt, wie man dabei helfen kann und was man den Göttern überlassen muss. Zum Glück war noch genügend Zeit zwischen den Wehen, sodass Olrac helfen konnte. Wie in einem Traum klang die Stimme des alten Laszlo durch seine Gedanken.

Öffne alle Fenster und Türen, der hineinwehende Wind hilft bei der Eröffnung. Löse ihre Zöpfe, sonst kann sich die Nabelschnur um das Kind schlingen. Wenn du das Kind unmittelbar nach der Geburt zum Niesen bringst, verjagst du die bösen Geister, die noch in ihm sind. Kommt es zu heftigen Blutungen, dann bereite heiße Kompressen aus dem heiligen Eisenkraut. Gib der Frau Tee vom Frauenmantel zu trinken. Sollte es Winter sein und du hast dieses Kraut nicht zur Hand, dann such unter dem Schnee nach Wegerich. Zerquetsche ihn zu Mus. Der Saft muss getrunken werden und das Mus kommt auf die Geburtspforte ...

Olrac war erstaunt, dass er das alles behalten hatte. Er durfte keine Zeit mehr verlieren. Ohne Zögern machte er sich an die Arbeit. Die Frau war zwischen zwei Wehen eingenickt. Vorsichtig löste er ihre Zopfbänder. Das lange Haar war leicht wellig wie ein stiller See im sanften Wind. Die Frau war noch sehr jung. Jetzt da sie schlief, wirkte sie wie ein Mädchen, kaum älter als Olrac selbst.

Fenster gab es nicht und die von der Feuchtigkeit verzogene Schuppentür stand schon offen. Kräuter hatte er auch nicht, aber in der Stadt war ihm das Aushängeschild einer Kräuterfrau aufgefallen. Er musste sich auch auf die Suche nach einer Hebamme machen. Vielleicht konnte ja die Frau des Schmieds helfen. Seine Gedanken jagten sich.

Der alte Mann gab Blanche gerade frisches Heu, als Olrac zur Tür hinaushuschte. So schnell er konnte, rannte er den Hang hinab. Hoffentlich sind die Stadttore noch nicht geschlossen, dachte er plötzlich. Die Angst vor dem dicken Mann verdrängte er in den hintersten Winkel seines Gedächtnisses. Als er sich der Stadt näherte, sah er, wie die Wächter die Feuer auf den Wällen löschten. Es war zu spät! Die Tore waren geschlossen und die Schildwachen scharten sich um die schwelenden Feuer. Er hörte Trommelwirbel innerhalb der Tore, das Zeichen, dass niemand mehr in die Stadt hinein- oder herauskonnte. So früh schon? Enttäuscht kehrte er um. Jetzt konnte er der Frau nicht mehr helfen. Wenn Mutter und Kind bloß nichts geschah! Angenommen, das Kind hatte sich gedreht wie die Lämmer im letzten Jahr. Dann würden sie beide sterben!

Leise schlüpfte er durch die krumme Tür wieder in den Schuppen. Sofort sah er, dass sich etwas verändert hatte. Die Mutter lächelte. Ganz ruhig. Ihre gewellten Haare umrahmten das Gesicht. Da war keine Spur mehr von Schmerz. Der alte Mann stützte sich auf seinen Stock und betrachtete überglücklich das Bündel in den Armen der Frau. Das Kind war geboren! Die Mutter hatte ihren Mantel so gefaltet, dass das Kind ganz eingewickelt war. Es weinte leise und kläglich.

Olrac war so überrascht von diesem schönen Anblick, dass er nichts sagen konnte. Ohne dass er es merkte, griffen seine Hände nach der Flöte in seiner Umhängetasche. Ganz leise begann er zu spielen. Mit zitterndem Atem, aus Angst, das Kind zu erschrecken. Dann geschah etwas Wunderbares. Nicht zehn, sondern zwanzig Töne flossen aus der Flöte. Es wurde still im Schuppen. Das Kind hörte auf zu weinen und schien die Melodie mit den Augen greifen zu wollen. Es lachte! Olrac spielte wie noch nie zuvor. Warm und bebend klangen die Töne durch die Nacht. Und auch in Olracs Herzen.

Wie lange er gespielt hatte, wusste er nicht, aber er fühlte sich gut. Es war, als hätte ihm die Geburt dieses Kindes neue Kraft gegeben. Neues Leben durchströmte sein Blut. Das Pfeifen in seiner Brust und der Hustenreiz waren vollständig verschwunden. Er konnte seine Augen nicht von dem Kind wenden und dachte an den Moment, als er selbst vor dreizehn Jahren in den Armen seiner Mutter gelegen hatte. Vielleicht war sie ebenso schön und lieb gewesen wie diese Frau.

Die Töne tanzten, er empfand Frieden und Glück. Und zusammen mit der Musik hoben sich Müdigkeit und Sorgen des vergangenen Tages von seinen jungen Schultern.

Die Kinder schliefen. Auch die Knechte und Mägde hatten ihre Schlafstellen aufgesucht. Die Nacht brach herein und doch konnte Adèle de Boncourt nicht einschlafen. Sie hatte alle ihre Kinder mühelos zur Welt gebracht. Nie hatte sie sich Sorgen um den Ablauf der Geburt gemacht. Aber jetzt überkam sie eine große Unruhe. Dieses Kind war anders. Es trat viel zu heftig in ihrem Bauch. Als ob es schon jetzt nicht mehr genug Platz hatte. Und sie musste es noch bis zum Frühjahr tragen. Aber das war nicht das Schlimmste. Es waren vor allem die Worte ihres Mannes, die sie so aus der Fassung gebracht hatten. Worte, die nicht für ihre Ohren bestimmt gewesen waren. Aber selbst der Wind ist eigensinnig. Er trägt die Geräusche zu Orten, die er selbst gewählt hat.

»... und wenn diese Angelegenheit erledigt ist, müssen wir uns um den anderen Dorn in meinem Auge kümmern. Adèle. Ein Mann in meiner Stellung kann so nicht weiterleben ...«

Was sonst noch zwischen ihrem Mann und Ludovic besprochen wurde, hatte der Wind weggeweht. Mitgenommen. Und er hatte sie erschrocken und verängstigt zurückgelassen. Was sollte sie machen? Still, fast unsichtbar, war sie durchs Haus gegangen und hatte ihre Arbeit getan. Auf ihrem Gesicht war nichts zu lesen, aber in ihr weinte es. Sie wusste, dass ihr ungeborenes Kind die Tränen spürte und auffing, denn es trat unglaublich fest.

10

Der Abend wich der Nacht, als Olrac frohgemut weiterzog. Seine Tasche war nun etwas leichter, denn er hatte alle Geschenke der Frau des Schmieds im Schuppen gelassen. Die wollenen Pantoffel passten genau an die kalten Füße der jungen Frau. Das Kind war in das warme Wolltuch gewickelt worden und das Brot, die Entenbrust und die getrockneten Früchte würden die junge Mutter schnell wieder zu Kräften kommen lassen. Es sollte so sein! Trotz der schweren Eisen in seiner Tasche fühlte Olrac sich federleicht. Sogar Blanche hatte er zurückgelassen. Am Huf des Schafs war keine Wunde mehr zu sehen, es hätte also gut mit ihm gehen können, aber das Kind brauchte Blanche mehr als er. Einst war er als Säugling von Schafsmilch ernährt worden. Und jetzt würde Blanche dieser Familie Nahrung geben. Olrac wäre gern noch ein bisschen geblieben, aber er wusste, dass seine Freunde unruhig werden würden.

Als er losziehen wollte, hatte ihn der alte Mann noch einen Moment zurückgehalten und gesagt: »Junge, ich danke dir von ganzem Herzen. Nur wenige tun, was du getan hast. Ich möchte dir gern etwas schenken.«

Aus seiner Tasche holte er eine Art Amulett an einer Schnur. Es war klein und unauffällig. Er legte es in Olracs Hände.

»Das ist für dich. Es ist nicht das, für was man es hält . . . genau wie du. Aber es besitzt eine wunderbare Kraft ... genau wie du. Verwahre es sorgfältig, denn es trägt die Wahrheit in sich ... genau wie du. Es ist der Stein der Weisheit, er gibt dir Rat, wenn du ihn brauchst.«

Der alte Mann hatte auf einmal traurig ausgesehen und zögernd hinzugefügt: »Ich wünsche dir viel Mut und Kraft für die kommende Zeit.«

Olrac hatte den Stein dankbar angenommen und um seinen Hals gehängt. Dann war er weggegangen. Ohne Blanche. Er musste nun allein weiter, in die Dunkelheit hinein. Was würden sie in der Höhle sagen? Ob sie wohl böse würden? Wahrscheinlich schon. Aber er hatte so viel zu erzählen. War er wirklich nur einen Tag weg gewesen? Ihm kam es vor wie drei. Die Nacht war dunkel und die Sterne waren fast verschwunden. Bis zur Höhle war es noch weit und die anderen warteten auf ihn. Er musste sich beeilen!

Als er zwei Stunden gegangen war, hatte sich der Himmel vollständig bezogen, die Wolken hingen tief und es fing an zu schneien. Olrac spürte die Müdigkeit wieder nahen, nicht so sehr in seinem Körper, eher in seinem Gemüt. Zu viel war geschehen an diesem Tag, es hatte ihn erschöpft. Er hatte erwartet, dass sich seine Kurzatmigkeit beim Anstieg wieder bemerkbar machen würde. Aber zu seiner großen Verwunderung war das nicht der Fall. Im Gegenteil, er atmete frei durch die Nase und spürte keinerlei Beklemmungen in der Brust.

Nach einiger Zeit wogen die Hufeisen und die Waffen doch schwer und es wurde allmählich mühsam, im immer dicker werdenden Schnee zu gehen. Sein Schuhwerk weichte völlig durch und seine Füße wurden eiskalt. In Zehen, Fingern und Nasenspitze hatte Olrac schon kein Gefühl mehr. War er wirklich auf dem richtigen Weg? Obwohl er den Berg gut kannte, wirkte jetzt mit dem weißen Schneeteppich alles anders. Er musste gut aufpassen. Seine Aufmerksamkeit durfte nicht erlahmen. Er hatte Blanche nicht bei sich, die die Bergpfade blindlings fand.

Da sah er etwas Vertrautes. Die große wilde Eberesche in Form eines Herzens. Der alte Laszlo kam oft gegen Ende der Sonnenzeit hierher, um die Beeren einzusammeln, bevor die Vögel sich daran bedienten. Aus den Beeren machte er zusammen mit Lindenhonig und Hagebutten ein köstliches süß-saures Gelee, das einem die Zunge zusammenzog und das Herz nach mehr verlangen ließ. Oje, er war noch weiter von der Höhle entfernt, als er gedacht hatte. Er würde erst nach Mitternacht ankommen, jetzt wo das Klettern im Schnee so schwierig wurde. Olrac verlor ein paar Mal das Gleichgewicht und immer wieder rutschte er aus. Die Eisen wurden allmählich bleischwer und drückten seine Füße tief in den Schnee. Es schneite immer heftiger und auf einmal kam ein kräftiger Nordwind auf. Er peitschte Olrac ins Gesicht und machte das Klettern unmöglich. Der raue Wind drehte sich um die Höhen. Olrac konnte kaum die Augen offen halten. Fast wäre er auf einem schmalen Vorsprung ausgerutscht. So konnte er nicht weitergehen. Er hätte viel früher aufbrechen müssen, aber dafür war es jetzt zu spät. Vielleicht wäre es vernünftiger, bis zur Morgendämmerung zu warten. Ganz in der Nähe kannte er eine kleine geschützte Höhle. Dort konnte er sogar ein Feuer machen, ohne dass man ihn bemerkte. Sehnsüchtig dachte er an die warme Höhle, in der seine Freunde auf ihn warteten, um mit dem Fest zu beginnen. Aber er konnte nicht anders. Weiterziehen hatte keinen Sinn. Nachdem er sich entschlossen hatte unterwegs zu übernachten, kam ihm seine Tasche leichter vor und er suchte schnell nach dem Höhleneingang. Kurz darauf lag er zusammengerollt neben einem kleinen Feuer in der Höhle. Es war ein schwerer Tag gewesen und der Schlaf kam über ihn wie ein Hammerschlag. Dadurch hörte er weder die gedämpften Stimmen in der Nähe noch das Schnauben der Pferde und er sah auch nicht die brennenden Fackeln der Männer, die sich langsam ihren Weg auf den weißen Todesberg suchten ...

Olrac wurde von einem leisen Meckern wach. Es klang ähnlich wie Blanche. Langsam richtete er sich auf und rieb sich den Schlaf aus den Augen. Seine Muskeln waren vor Kälte ganz steif. Das Feuer war längst erloschen.

Als sich seine Augen an das hereinfallende Licht gewöhnt hatten, sah er dicht vor dem Eingang zwei Gämsen. Die Anwesenheit des Jungen hatte sie nicht erschreckt, aber als er aufstand und sich streckte, stoben sie in Windeseile davon.

Olrac wühlte in seiner Tasche. Er hatte Hunger, aber er hatte alles weggegeben. Ganz unten fand er das Säckchen mit Schlangenwurz, das der alte Laszlo ihm zugesteckt hatte. Jeden Morgen sollte er sich gegen die Hustenanfälle eine Prise des Pulvers auf die Zunge streuen. Aber er merkte noch immer nichts von dem gewohnten Pfeifen in der Brust. Seltsam!

Draußen vor der Höhle wuchsen ein paar Austernpilze. Das war immerhin besser als nichts und gierig aß er alle auf.

Bald würde er mit einer Schale heißen Tees am Feuer sitzen. Und alle würden bei ihm sitzen und seinen Geschichten lauschen. Erst würde er vom Jahrmarkt erzählen, von dem dicken Mann, dem Narrenspiel, dem Schmied und seiner Frau, der Geburt des Kindes und dem geschenkten wunderbaren Amulett mit dem rauen Stein ... Danach würde er von Blanches verletztem Huf berichten, von dem Aussätzigen, dem Geldbeutel, der sich nicht löste, dem scheußlichen Geschmack der faulen Eier und wie er Blanche schließlich zurückgelassen hatte. Hoffentlich waren sie ihm deswegen nicht böse.

Olrac setzte seinen Weg fort. Das erste blassrosa Licht schimmerte durch die kahlen Äste. Nur ein kurzes Stück noch und dann würden sie feiern. Dann würde der Krug mit dem köstlichen, berauschenden Honigwein von Hand zu Hand gehen.

Es schneite nicht mehr, das Tal lag nun verträumt und prachtvoll unter einer weißen Decke. In der Ferne war der Ruf einer Bergziege zu hören. Die Brunstzeit hatte begonnen. Dicht vor Olracs Füßen flitzte ein weißes Hermelin ins Unterholz. Olrac konnte gerade noch die schwarze Schwanzspitze sehen. Endlich war er wieder in der Welt, die er kannte, vor der er keine Angst empfand. Vor ihm lag die Spitze des Berges. Sein Zuhause! Vorsichtig ging er an der Stechpalme mit den flammend roten Beeren vorbei. Die Schlucht war ruhig und der Schnee unberührt. Nirgends waren Fußstapfen zu sehen. Die Faulpelze sind gemütlich im Warmen geblieben, dachte er leicht entrüstet. Mit einem Sprung war er am Eingang. Der Schnee krachte unter seinen Füßen. Ansonsten war alles still. Unwirklich still. Viel zu still!

Olrac erstarrte. Die Fackel am Eingang brannte noch, aber wohl nicht mehr lange. Die kleine Flamme knisterte, sie war kurz vorm Erlöschen, als hätte sie auf den Jungen gewartet. Das sah dem alten Laszlo gar nicht ähnlich. Wo waren die vertrauten Geräusche? Das Krakeelen von Mareck und Golus? Das Blöken der Schafe in der Ferne? Olrac blieb stehen. Er spitzte die Ohren. Jeder Muskel in seinem Körper war angespannt. Seine Hand berührte die kühle Felswand. Er hörte das Feuer leise knistern. Aber er hörte keine Stimme, keinen Seufzer, kein Schnarchen. Nichts! Irgendetwas stimmte da nicht! Er spürte es mit jeder Faser seines Körpers. Behutsam und geräuschlos setzte er einen Fuß vor den anderen. Olrac näherte sich dem Wohnteil der Höhle. Ja, das Feuer brannte noch und die Schatten tanzten auf den Felswänden. Langsam ließ er den Blick durch den Raum schweifen. Was er sah, ließ ihm die Haare zu Berge stehen. Nein! Grauenhaft! Blitzschnell schlug er beide Hände vor die Augen. Das konnte nicht wahr sein! Das war wieder einer seiner grässlichen Alpträume! Ein Schauder überlief ihn von den Schultern bis zu den Knien. Nein! Nein! Nein!

Wie lange stand er schon hier? Vorsichtig lugte er durch seine Finger. Das musste ein Traum sein, ein furchtbarer, widerwärtiger Traum! Die Pilze! Sie waren die Ursache! Die Austernpilze hatten zu einer giftigen Art gehört . . . daher diese verrückte Bilderkrankheit . . . ja, so war es!

Immer weiter schob er die Finger auseinander und starrte durch die Lücken.

Es war kein Traum, sondern Wirklichkeit! Grausame Wirklichkeit! Zu schlimm, um sie zu begreifen. Um das Feuer lagen drei Körper. Es waren Friggor, Mareck und Golus. Sie lagen in einer merkwürdigen Haltung da. Ihre Augen standen offen und das tanzende Licht der Flammen zauberte einen Schein von Leben in ihren Blick. Sie starrten nach oben und doch sahen sie nichts an. Ihr Blick war gebrochen. Eine Welle der Übelkeit stieg in Olrac auf.

Leise, als ob er sie nicht wecken wollte, trat er näher. Nur das Knistern brechender Zweige im schwelenden Feuer war zu hören. Erst kniete er bei Friggor nieder. Friggors Auge, sein einziges, wirkte verwundert. Der Mörder musste ihn überrascht haben. Dort, wo sein Herz war, steckte die

Klinge eines Schlachtmessers. Sie saß tief und war zielsicher geführt worden. Das Blut schimmerte rot im Feuerschein. Es war noch nicht ganz geronnen. Friggors Hand lag am Messer, als hätte er es mit letzter Kraft herausziehen wollen. Olrac beugte sich über ihn. Kein Atem, kein klopfendes Herz. Auf einmal konnte er den Blick des einen Auges nicht mehr ertragen. Es war zu viel! Es schien zu fragen: »Olrac, wo warst du? Wir haben auf dich gewartet!« Dieser Gedanke erdrückte ihn. Verzweifelt schloss er mit den Fingerspitzen das fragende Auge. Dadurch schien die Schuld etwas weniger schwer zu werden.

Olrac nahm die tote Hand des Freundes in seine eigene. Die Lebenswärme war fast entwichen. Die Finger wurden allmählich steif. Olrac beruhigte sich ein wenig, während er die Hand seines Freundes festhielt. Er streichelte die verwitterte Haut. Sie war voller Narben und kleiner frischer Schrammen. Diese Hand hatte ihm so viel beigebracht ... Diese Hand hatte ihm gezeigt, wie man einen Bogen spannt und wie man mit Zweigen eine einfache Schlinge machen kann. Diese Hand konnte Forellen aus dem Bach schöpfen und blitzschnell ein Murmeltier am Genick packen. Diese Hand hatte oft auf Olracs Schulter gelegen, ihm aufmunternd darauf geklopft, sein Haar gezaust. Olrac legte Friggors Hand an seine eigene Wange und streichelte damit die raue Haut.

Das Feuer gab ein schwaches Knistern von sich, ein Zeichen, dass es bald erlöschen würde, es sei denn, es bekäme einen neuen Holzscheit. Olrac legte ein paar trockene Reiser nach. Sofort begannen die Flammen zu lecken. Fröhlich und munter, als wäre nichts geschehen.

Meinen Freunden darf nicht kalt werden, dachte er wie betäubt. Ein paar Schritte weiter lagen Mareck und Golus in einer Haltung, als wären sie mitten in einer Balgerei getötet worden. Beide hatten einen tiefen Schnitt unterm Kinn. Haarscharf gezogen von einem Ohr zum anderen. Der Schnitt klaffte auseinander und durch das dunkle Blut sah es so aus, als wären sie geköpft worden. Sie lagen auf einem Bett aus Blut. Der lockere Boden hatte einen Teil davon aufgesaugt, war aber bereits gesättigt, als sie noch immer bluteten. Sie mussten schreckliche Schmerzen gelitten haben! Um sie herum lagen die Reste von Knochen aus dem Schmortopf. Hunde!, schoss es Olrac durch den Kopf. Die Mörder haben unsere Höhle gefunden, indem sie Spürhunde eingesetzt haben! Er erinnerte sich wieder an die Worte des alten Laszlo, als Thalan draußen vor der Höhle gewesen war: ». . . wir sind jetzt zum aufgescheuchten Wild geworden . . .«

Thalan! Wo war er? Wo war der alte Laszlo? Benommen sah Olrac sich um. Sogar seine Gedanken waren wie abgestorben. Er sah zu den beiden Brüdern hinüber. Ihr Blick war angsterfüllt. Olrac schloss ihnen die Augen und die Angst verschwand von ihren Gesichtern. Er kniete neben ihnen und bedeckte sein Gesicht mit den Händen. Seine Schultern zuckten, er weinte ohne Tränen. Hinter seinen Händen erwachte Mareck wieder zum Leben. Mareck, der liebevoll mit den Tieren sprach. Von ihm hatte Olrac gelernt, wie man mit einer einfachen, selbst gemachten Spindel Wolle spinnen und wie man in den Ästen eines Baumes einen Webrahmen aufspannen konnte.

Golus' Bein war seltsam abgewinkelt. Ganz unnatürlich. Olrac versuchte es zu strecken, aber die Muskelsteife hatte schon eingesetzt. Behutsam legte er ein Fell über die Leichname.

Golus hatte ihm alles über Tierfährten beigebracht. Den

Unterschied zwischen einem Fuchs und einem jungen Hund. Wie man aus dem Gewölle einer Steineule das gesamte Skelett einer Maus zusammensetzt und die Knöchelchen als kräftige Nadeln nutzt. Wie man Leder bearbeitet und Schuhe daraus näht. Golus, immer zu Späßen und Dummheiten aufgelegt. Mein Bruder und Freund. Jetzt sind wir für immer voneinander getrennt, dachte Olrac.

Benommen saß er bei seinen drei Freunden. Er konnte nicht mehr denken. Seine Gedanken waren leer wie ausgelöscht. Seine Augen schweiften durch die Höhle, aber sie sagten ihm nichts. Was er sah, begriff er nicht. Wo war sein Hauptmann? Wo der alte Laszlo? Olracs Magen knurrte. Er wurde wütend, weil er das Hungergefühl, das seine Gedanken durchdrang, als Verrat seines eigenen Körpers empfand. Dies war nicht der geeignete Augenblick, um an Essen zu denken. Aber das Knurren im Bauch weckte ihn.

Auf einmal sah er das Bündel an einer dunklen Stelle in der hintersten Ecke. Mit einem Satz war er dort.

Nein! Das durfte nicht wahr sein! Nicht der alte Laszlo!

Wie eine alte Flickendecke lag der Mann in der Ecke – wie weggeworfen. Diesen lieben, grauhaarigen Mann, der immer würdig und weise war, hatte man wie ein Haufen Unrat liegen lassen. Da zerbrach etwas in Olrac. Unvermittelt ließ er sich auf den alten Körper fallen, umklammerte ihn mit beiden Armen und begann zu schluchzen. Ohne Unterlass. All sein Kummer floss aus ihm heraus und die Tränen liefen über das Gesicht des alten Mannes und rannen in seinen Bart. Mit seinen mageren Händen hielt Olrac den lieben alten Kopf fest und wiegte ihn unaufhaltsam im immer gleichen Rhythmus, genau so, wie es der alte Laszlo getan hatte, wenn er als kleiner Junge nicht einschlafen konnte. Diesen Mann liebte er so sehr, mehr, als er sagen konnte.

Die Sonne, die Sterne, die Berge: Nur zu gern hätte er alles gegen das Leben dieses alten Mannes eingetauscht. Laszlo hatte ihm alles gegeben, alles beigebracht. Er war ihm Vater und Mutter gewesen. Bei ihm hatte sich Olrac immer sicher gefühlt. Immer! Selbst jetzt noch. Einfach bei ihm sein war schon genug, dass er sich geborgen fühlte.

Aber die Wahrheit drang immer tiefer in das Bewusstsein des Jungen. Wie sollte es nun weitergehen? Ohne Laszlo, ohne seine Worte, seinen weisen Rat, seinen Trost, seine Wärme und sein Verständnis . . .

Olrac schluchzte und schluchzte und fühlte sich, als wäre sein Innerstes nach außen gekehrt. Er vergrub sein Gesicht im schütteren Haar des Mannes. Es roch nach Laszlo, nach dem ewig brennenden Feuer, nach Weisheit auf Pergament, nach den Kräutern und Salben, nach dem Allerliebsten, was es auf der Welt gab. Dann hatte Olrac keine Tränen mehr, aber er wiegte weiterhin den Kopf in seinen Armen. Mit dem Zeigefinger streichelte er zärtlich die runzlige Haut, die geschlossenen Augenlider, den Nasenbogen, die Furchen unter den Augen. Er berührte sanft den weiß-grauen Bart, alle Linien auf dem verwitterten Gesicht.

»Der Zeigefinger hat die Augen des Blinden«, hatte der alte Laszlo oft gesagt, »und für den Sehenden ist er der Finger des Verstandes.«

Durch das Wiegen kam Olrac zur Ruhe. Der Sturm seiner Gefühle legte sich. Am liebsten wollte auch er sterben, langsam erlöschen wie eine Kerze, mitgehen in das Land, in dem man Geist unter Geistern wird, wie der alte Laszlo oft erzählt hatte.

Leise begann er zu singen. Seine Stimme klang klar und traurig. Er sang das Lied der Sehnsucht. Die Welt hörte auf zu sein und Olrac begriff nun die Worte des alten Laszlo. In seinem eigenen Lied hörte er auf einmal das Amselmännchen auf der Suche nach einer Gefährtin singen, er hörte das plätschernde Wasser eines Bachs an einem Sommertag, er hörte das sehnsüchtige Lied der Blume mit ihrem Wunsch, von der Sonne geküsst zu werden. Eine traurige Ruhe überkam ihn. Ihm war, als fiele er langsam in einen tiefen Brunnen. War es Schlaf oder Bewusstlosigkeit oder hatten die Götter seinen Wunsch erhört?

11

Mit einem Ruck fuhr er auf. Verwirrt. Unter seinen Fingerspitzen zitterte etwas. War das echt oder bildete er es sich ein? Vorsichtig legte er den alten Mann hin und fühlte an dem dünnen Handgelenk. Die Adern traten wie Schnüre hervor. Ja! Das Blut pochte! Es strömte! Die Lebensgeister waren noch im Körper des alten Laszlo. Aber sie waren nur schwach zu spüren. Mit einem Schlag war Olrac hellwach, er durfte keine Zeit verlieren! Die Götter des Todes hatten Laszlo im Griff, sie hatten ihn schon mit unsichtbaren Seilen gebunden. Jetzt musste er ihn zurückholen, mit aller Kraft!

Schnell löste er den Gürtel, den Laszlo um die Mitte trug. Alles musste gelockert werden. Auch die ledernen Riemen vom Schuhwerk. Ein schwaches Stöhnen kam über die bleichen Lippen des alten Laszlo. Schnell dem Feuer neues Leben einhauchen! Einen großen Kessel Wasser kochen! Binden suchen! Viele Binden, denn das Stroh unter dem alten Mann hatte die Farbe von Kupfer und Rost. Er hatte viel Blut verloren.

Olrac rannte herum wie ein Besessener. In der Holztruhe fand er saubere Lappen, Streifen von altem Leinen und Tierhäuten, so dünn wie Pergament. Das war der Bindenvorrat, den der alte Laszlo für Wunden und Frostbeulen an den Füßen angelegt hatte. Olrac kramte weiter. Er fand auch den Korb mit den Salben und Kräutermischungen, die sofort verwendet werden konnten. Behutsam schnitt er mit seinem Messer die Kleider des alten Laszlo auf. Hier und da klebte der Stoff an einer eingetrockneten Wunde fest. Es war eine mühsame Arbeit und Olrac fühlte regelmäßig an Laszlos Handgelenk, ob das Blut noch pochte. Dann sah er die Wunden. Schrecklich! Jemand hatte wild drauflosgehackt. Mit einem stumpfen Beil. Scharf genug, um Wunden zu schlagen, aber zu stumpf zum Töten.

Es war keine Minute zu verlieren. Das Wasser kochte und Olrac tupfte die Wunden sauber. Er musste Licht machen! Viel Licht! Alle Fackeln mussten brennen, damit kein einziger Dämon der Unterwelt eindringen konnte, um den Geist des alten Laszlo auf einem ratternden Totenkarren fortzuführen. Noch nie in seinem Leben hatte Olrac so schnell gearbeitet. Er machte alles genau so, wie es ihm der alte Laszlo beigebracht hatte. Als die Fackeln den Raum beleuchteten und der Tee mit Arznei versetzt war, versuchte er dem alten Mann mit kleinen Schlucken den Kräutertrank einzuflößen. Laszlos Gesicht verzog sich schmerzvoll und ein leises Röcheln kam über seine Lippen. Aus einem seiner Mundwinkel sickerte frisches Blut. Das beunruhigte Olrac. Er hatte alle sichtbaren Wunden versorgt, aber das Blut, das aus dem Mund rann, wies auf eine innere Verletzung hin. Was sollte er nun machen? Er schob ein Büschel frisches Heu unter den grauen Kopf und legte die Schaffelle zusammengerollt um den verletzten Körper, damit sich der alte Laszlo nicht bewegen konnte und die Verbände nicht verrutschten.

Olrac stand auf und sah sich in der Höhle um. Was einmal sein Zuhause, sein sicherer Unterschlupf gewesen war, hatte sich nun in einen Ort der Verdammnis verwandelt. Ein grimmiger Zug erschien um seinen Mund. Nie hätte er gedacht, dass es so viel Bosheit unter den Menschen gab. So viel Grausamkeit und Zerstörungswut.

Er war jetzt wach! Hellwach! Seine Kinderzeit war beendet; es wurde ihm bewusst, dass die Sonne, der Mond und die Sterne nicht nur das Gute auf Erden beleuchteten, sondern auch das Böse.

Erst, als es kühler wurde und das Feuer wieder geschürt werden musste, verflüchtigten sich seine düsteren Gedanken. Seine Augen waren geschwollen, der Mund starr und verbissen, als hätte ihm jemand mit unsichtbarem Draht die Lippen zugenäht. Die Wärme breitete sich aus, aber Olrac spürte es nicht. Er beobachtete die Schatten an der Felswand. Was er früher mit Vergnügen betrachtet hatte, war nun zu einem grausigen Schauspiel geworden. Die Flammen lachten ihn aus und zauberten abscheuliche Bilder von Dämonen an die Wände. Sie grinsten ihn an und bekamen übergroße Gliedmaßen mit Klauen, die nach ihm greifen wollten.

Es war so still in der Höhle, schrecklich still. Die Stille des Todes. Das hatte er noch nie erlebt. Mit der grauenhaften Stille und der bedrückenden Dunkelheit schlich sich auch die Angst in sein Herz. Es war echte Angst. Nicht das, was er empfand, wenn er einen Bären im Winterschlaf störte oder wenn er vor einem hungrigen Wolf davonlaufen musste. Nein, jene Angst ließ ihn handeln, genau wie gestern, als er dem dicken Mann den Geldbeutel nicht hatte entreißen können. Diese Angst aber war still und gefährlich. Sie war nicht um ihn herum, sondern in ihm und nahm alles in Besitz. Sie lähmte ihn. Sie war ein Wesen, das ihm die Kehle zudrückte, die Härchen auf den Armen aufrichtete, seinen Atem stocken und vor allem die Sehnsucht nach dem nächsten Tag erstarren ließ. Sein Verlangen nach dem Leben war mit seinen Freunden gestorben.

Wie leblos saß er neben dem alten Laszlo und war zu

nichts mehr in der Lage. Ohne dass er sich dessen bewusst war, griffen seine Finger nach dem waschledernen Säckchen, das er um den Hals trug. Da spürte er auch wieder das Amulett, das er von dem alten Mann im Schuppen bekommen hatte. Mit beiden Händen presste er den Stein an sein Herz und schloss die Augen. Der Stein begann zu glühen. Eine unvorstellbare Wärme ging von ihm aus und breitete sich in seinem Körper, seiner Seele und seinem Geist aus. Er spürte, wie sein Herz schlug. Sein Blut raste und der Atem brachte lebenskräftige Luft in seine Lungen. »Ich lebe!«

Der Gedanke nagelte ihn buchstäblich am Boden fest.

Ich lebe! Sie sind tot, aber ich lebe?!

Gleichzeitig schoss ihm durch den Kopf: Und Thalan lebt! Ja, eine innere Stimme sagte ihm, dass der Hauptmann noch lebte. Thalan konnte nicht tot sein. Thalan musste leben! Das Fünkchen Hoffnung stimmte Olrac froh. Vielleicht war der Hauptmann hinter den Mördern her. Vielleicht.

Auf einmal fielen ihm die Tiere ein. Die Schafe! Er hörte kein Blöken. Olrac rannte in den Gang, der zur Unterkunft der Tiere führte. Er war leer. Sie hatten die Tiere mitgenommen! Zum Glück war Blanche nicht dabei gewesen. Ob sie wohl die Pferde entdeckt hatten? Die standen ein ganzes Stück entfernt in einem kleinen geschützten Tal, in dem Gras wuchs und wo sie unter vorstehendem Gestein Schutz fanden. Olrac lief benommen hin und her. Er konnte seine Gedanken nicht mehr ordnen. In kurzer Zeit war so viel geschehen. Er sah die Ereignisse der vergangenen drei Tage vor sich wie auf dem Boden verstreute Scherben. Es waren kleine Stücke seines Lebens, die er wieder zusammensetzen musste. Welche Hand führte seinen Lebensfaden? Wie sollte er die Scherben seines Lebens wieder zu einem Ganzen fügen?

Und doch gab es Hoffnung. Er lebte noch und dies war nicht das Ende, sondern ein Anfang. Durch die zahlreichen Ereignisse gestern in der Stadt war er erst viel später zur Höhle zurückgekehrt. Das hatte sein Leben bestimmt! Er dachte wieder an die letzten Worte des alten Mannes im Schuppen: »Ich wünsche dir viel Mut und Kraft für die kommende Zeit . . .« Als ob der Mann alles gewusst hätte. Olrac betrachtete seine Hände. Sie waren zum ersten Mal mit der Geburt und dem Tod von Menschen in Berührung gekommen.

Ein leises Stöhnen kam zwischen den Schaffellen hervor. Mit einem Satz war Olrac bei dem verbundenen Mann und befühlte seine Stirn. Kühl! Kein Fieber! Zum Glück! Auch der Puls schlug regelmäßig, wenngleich schwach. Der Tee und die Wärme in der Höhle wirkten. Olrac besah die Wunden. Die Blutungen waren zum Stillstand gekommen, nur die klaffende Wunde am Bauch des alten Laszlo sah nicht gut aus. An Stelle von Blut sickerte nun eine durchscheinende Flüssigkeit heraus. Das war schlecht, sehr schlecht. Während er die Wunde zum zweiten Mal trockentupfte, kribbelten seine Gedanken durcheinander wie Ameisen.

Der alte Laszlo hatte ihm so viel erzählt, für jedes Leiden und jede Wunde gab es eine heilende Arznei. Ein Kraut, eine Blüte, eine Pflanze oder einen Stein. Aber oft hatte er nur mit halbem Ohr zugehört, weil er an seinem Stock herumschnitzte. Hätte er den Worten seines Meisters doch nur mehr Aufmerksamkeit geschenkt!

Olrac legte die Hände an den Kopf. Mit den Fingerspitzen massierte er seine Schläfen, als könnte er so das Verlorene oder Vergessene wieder zum Vorschein bringen. Wasserdost! Für die Wunde am Bauch musste er Wasserdost finden! Und Fingerhut, um dem Herzen die Kraft zurückzugeben und den Puls zu stärken, Tee aus Eberraute, und der Aufguss von Wermut schließt Wunden.

Er wühlte im Vorrat des alten Laszlo und kam sich ein bisschen wie ein Eindringling vor. Niemand hatte jemals Laszlos Sachen angefasst. Olrac betrachtete alle Krüge, las die schnörkeligen Buchstaben, roch an jedem Töpfchen, fand das Wasserdostpulver und den Wermut, aber keine Spur von Fingerhut! Ach ja, er erinnerte sich wieder. Der heiße Sommer war ganz plötzlich zu Ende gegangen und heftige Platzregen waren ihm gefolgt. Als sich der alte Laszlo auf die Suche machte, waren alle Samen in den Blüten des Fingerhuts verfault.

Laszlo fing wieder an zu stöhnen in seinem bewusstlosen Schlaf, er murmelte unverständliche Worte. Wenn der alte Mann Fieber bekam, musste Olrac Tee aus Vogelkirsche bereiten. Dabei musste er umsichtig vorgehen, denn Vogelkirsche konnte den stärksten Mann töten.

Olrac machte sich ans Werk, er hatte kein Zeitgefühl mehr, auch seine Angst war verschwunden. Es blieb nicht einmal Zeit für Kummer. Die Stunden vergingen. Stunden der Stille und der angespannten Arbeit. Sehr vorsichtig hob er Laszlos Kopf an und brachte die Schale an die geborstenen, ausgetrockneten Lippen. Der alte Mann trank! Erst einen Tropfen, dann einen Schluck. Und dann trank er gierig die ganze Schale aus. Als wollte er dem Jungen zeigen, dass es der richtige Tee war, die richtige Arznei. Wieder untersuchte Olrac alle Wunden und erneuerte die Verbände. Soweit wie möglich vermied er es, zu seinen drei toten Freunden hinüberzuschauen. Olrac spürte die Sorgen auf seinen jungen Schultern lasten. Sein Nacken tat weh und er fühlte sich um zehn Jahre älter. Wie lange war er nun schon hier beschäftigt? Wie viele Stunden waren vergangen, seit er zurück war? War es Tag oder Nacht? Heute war das Mittwinterfest, der Tag, an dem sich die Erde auf die andere Seite legte, um sich an der Sonne zu wärmen.

Mein Leben hat sich ebenfalls gewendet, allerdings von der Sonne weg, dachte er grimmig. Gleichzeitig mit einer bleiernen Müdigkeit beschlich ihn auch wieder die erstickende Angst. Es war, als hätte sich ein dunkles Ungeheuer tief in seinem Herzen eingenistet. Da saß es, geduckt und still vor sich hin grinsend, und wartete auf den richtigen Augenblick, um zuzuschlagen, seine Kehle zuzudrücken, damit ihm der Atem samt allen Lebenssäften entwich. Olrac wartete auf einen Hustenanfall. Aber es kam keiner . . .

Mit angewinkelten Beinen legte er sich nahe ans Feuer und kreuzte die Arme vor der Brust.

Er fiel in die tiefe Grube des Schlafes. Sein Traum setzte sich aus Fetzen der vergangenen Tage zusammen. Das Gesicht des alten Laszlo vermischte sich mit dem des dicken Mannes und des neugeborenen Kindes.

Er hatte geschlafen. Wie lange? Er wusste es nicht. Er wusste aber wohl, dass sein altes Leben abgeschlossen war. Kurz vor dem Einschlafen hatte er an die Worte des alten Laszlo gedacht.

Jeden Abend hatte er gesagt: »Leg dich jetzt schlafen, Olrac, die Nacht bringt Rat für deine nächste Tat und das Morgen eine Antwort auf deine Sorgen.«

Nun, da sie nicht mehr ausgesprochen wurden, hatten die Worte von selbst in seinem Herzen geklungen. Er hatte sie immer als selbstverständlich hingenommen, genau wie das fließende Wasser aus dem Krug beim Einschenken. Aber nun bekamen sie eine Bedeutung. Er lag auf ein paar Fellen und starrte in den schwachen Schein des Feuers. Lieber

Himmel! Er musste mindestens vier Stunden geschlafen haben, denn das Feuer war fast aus!

Kurz darauf knisterten die Flammen wieder munter um das trockene Tannenholz und der Geruch nach verbrannten Zapfen und Harz füllte den Raum wie süßer Weihrauch. Jetzt musste er wach bleiben, selbst etwas essen und dann tun, was getan werden musste. Den alten Mann versorgen und die Toten begraben. Der Körper unter den Fellen lag ruhig. Keine einzige Bewegung. Aber als die Flammen größer wurden und den Raum beleuchteten, erstarrte Olrac. Laszlo war weg! Er lag nicht mehr unter den Fellen! Olrac hatte den Haufen aus Tierfellen für den Körper des alten Mannes gehalten. Er suchte überall in der Höhle, auch in der Unterkunft der Tiere. Aber Laszlo war nirgends zu finden. Olrac war bestürzt. Zum dritten Mal durchwühlte er die Lappen und Felle, obwohl er wusste, dass der Mann nicht mehr da war. Er fand jedoch die hirschlederne Tasche, die der alte Laszlo immer bei sich trug und nie ablegte, nicht einmal, wenn er ruhte. Ein seltsames Gefühl überkam Olrac. Er öffnete die Tasche und sah ein Stück zusammengerolltes Pergament und das weißseidene Hemdchen, das er als Säugling getragen hatte. Vorsichtig entrollte Olrac das Blatt.

Die Buchstaben waren mit Holzkohle geschrieben, schwach und krakelig. Der alte Laszlo hatte seine Botschaft mit äußerster Anstrengung verfasst. Olrac las laut und erschrak vor dem Klang seiner Stimme. Es schien die Stimme eines anderen.

Olrac,
meine Zeit ist gekommen, trotz deiner guten Fürsorge. Such mich nicht. Wenn du wach wirst, werde ich schon im Jenseits sein, ohne Wunden oder Schmerz. Ich gebe dir meinen Segen. Du bist etwas

Besonderes, denn deine Hände haben heilende Kräfte. In meiner Tasche findest du das weiße Hemdchen. Heb es gut auf, denn es ist der Weg zu deinen Eltern. Begrab unsere Freunde so, wie ich es dir beigebracht habe, beeil dich, denn die Wölfe haben das Blut schon gerochen. Zieh weiter über das südliche Gebirge zum Meer. Such Thalan, er weiß, wer du in Wirklichkeit bist. Olrac, hör weiterhin auf die Stimme des inneren Feuers tief in dir.

Laszlo

Still starrte Olrac vor sich hin. Die Worte des alten Laszlo klangen noch nach. Jetzt war er wirklich allein. Er hatte noch nicht einmal mehr für jemanden zu sorgen. Er zog das Hemdchen aus der Tasche und fühlte an dem weichen Stoff. Mit den Fingerspitzen folgte er den zierlichen Schnörkeln der Goldstickerei. Er musste Laszlos Rat befolgen. Was sollte er auch sonst tun?

Olrac nahm einen alten Gerstenfladen und bröckelte ihn in eine Tasse mit kaltem Tee. Erst musste er dafür sorgen, dass er selbst bei Kräften blieb.

Schweigend tat er die Arbeit, die getan werden musste.

Olrac hatte seine drei Freunde nach den alten Regeln begraben. Jedem hatte er eine Haarlocke und einen Fingernagel abgeschnitten. Beides verwahrte er in einem kleinen Köcher, denn irgendwann, irgendwann würde er ein neues Zuhause haben und dann würde der kleine Köcher ihm an der neuen Wohnstätte Glück bringen.

Die drei Räuber lagen nebeneinander auf der kleinen Schafweide am anderen Eingang begraben. Dort hatte Olrac zahlreiche Spuren im Schnee gesehen. Über diesen Weg waren die Mörder eingedrungen.

Es war ein gewaltiges Stück Arbeit gewesen, die Grube

auszuheben und die Leichname dort hinzuschleifen. Zum Glück war die Erde weich und nicht gefroren. Er hatte für seine Freunde einen Grabhügel zwischen zwei Orangenbäumen aufgehäuft und darauf mit ausladenden Bewegungen allen Samen gestreut, den er hatte finden können. Im Sommer würde der Hügel voller Lavendel, Salbei, Rosmarin und Thymian stehen. Seine Freunde wohnten jetzt an der schönsten und wärmsten Stelle des Berges.

Den alten Laszlo hatte er nicht gefunden. Aber er wusste, dass der Mann einen guten Platz für sich gewählt hatte. Er war froh, dass er den alten Laszlo nicht hatte sterben sehen, obwohl er ihn schrecklich vermisste.

Jetzt war er bereit zum Aufbruch. Zum Glück hatten die Mörder die Pferde nicht gefunden und er konnte Blesse mit auf seine Reise nehmen. Die anderen Pferde hatte er freigelassen, aber sie wollten nicht gehen. Sie blieben an ihrem gewohnten Platz und sahen den Jungen mit großen erstaunten Augen an.

Olrac hatte ein paar Säcke mit Nahrungsmitteln, einem Messer, einem Bogen sowie allen fertigen Kräutermischungen seines alten Lehrmeisters gefüllt. Die Pulver befanden sich in hohlen Ziegenhörnern, die mit Leinenstopfen verschlossen waren. Um den Hals trug Olrac das Amulett und das Säckchen mit dem Bezoarstein und dem Beißring aus Koralle. In dem kleinen Beutel an der Hüfte steckte das weißseidene Hemdchen. Er hoffte den Weg zu seinen Eltern zu finden. Sein neues Leben hatte begonnen.

12

Blesse bewegte sich sehr vorsichtig auf den glatten Felsvorsprüngen. Olrac saß auf ihrem Rücken und die Wärme des Pferdekörpers gab ihm ein wohliges Gefühl. Der Schnee hatte sich in eine Eisschicht verwandelt und die Landschaft atmete kalte Frostluft. Seine Nase war rot, ebenso die Hände, die von der Kälte ganz rau geworden waren. Er war jetzt schon einen Monat unterwegs. Der Winter hatte seinen Höhepunkt erreicht, er war ungewöhnlich streng in diesem Jahr. Aber zum ersten Mal in seinem Leben entdeckte Olrac, dass der Winter auch schön sein konnte.

Die vorigen Winter hatten sie ständig ums Feuer in der Höhle gesessen. Aus Langeweile hatten Mareck, Golus und Friggor gewürfelt, was immer zu Streit oder einer Balgerei geführt hatte.

Der alte Laszlo verarbeitete im Winter seine Kräuter und legte davon dann seine Vorräte an. Thalan hatte jeden Tag die Pferde bewegt und war dabei immer besonders auf der Hut vor ungebetenen Gästen. Jeden Tag hatten sie auf Kleinwild geschossen, aber nie weit von der Höhle entfernt. Denn Bäume ohne Blätterkronen machten den Berg nackt, durchsichtig und unsicher für denjenigen, der sich verbergen musste.

Während des Ritts waren Olracs Gedanken ständig bei seinen Freunden. Mit jedem Schritt, den er sich weiter von der Höhle entfernte, brachen die Erinnerungen heftiger und lebendiger hervor. Es war, als würden ihn seine Freunde auf der Reise begleiten. Er genoss die Stille, es klangen genügend Stimmen in seinen Gedanken. Seine Flöte aus Ulmenholz hatte er nie wieder angefasst und seine Stimme hatte nie mehr gesungen. Er ernährte sich von Nüssen und getrocknetem Fleisch. Ab und zu erlegte er ein Kaninchen oder eine Ratte. Aber es machte ihm keinen Spaß mehr. Es tat ihm sogar weh, ein Tier zu töten, und das Fleisch schmeckte ihm nicht mehr.

Für die Nacht fand er immer eine Höhle, wo er Feuer machen konnte und wo er sich mit Schaffett gegen die Kälte und den beißenden Winterwind einschmieren konnte. Beim ersten Morgenlicht zog er weiter. Es war ihm nicht bewusst gewesen, dass das Gebirge so groß war. Wenn möglich mied er die Täler, aus Angst, Leuten zu begegnen, die ihm Fragen stellen könnten. Aber hoch auf den Bergen war die Kälte am heftigsten zu spüren und die harte Eiskruste machte seinen Weg lebensgefährlich. Er musste äußerst vorsichtig sein.

Thalan war nicht zurückgekehrt. Olrac hatte drei Tage gewartet, aber dann hatten ihn die Schatten und Geräusche in der Höhle fast verrückt gemacht. Erst wollte er zum Schmied und seiner Frau in die Stadt reiten. Aber er überlegte es sich anders. Angenommen, er würde dort auf dem Marktplatz den enthaupteten Leichnam Thalans finden. Der Gedanke war unerträglich! Er vermutete auch, dass Armand de Boncourt hinter dem grausamen Mord an seinen Freunden steckte. Er wollte aus tiefstem Herzen glauben, dass Thalan noch am Leben war. Seine Angst vor dem Vogt und den Leuten mit den Spürhunden war unermesslich groß geworden. Er war froh über die Stille in den Bergen. Der Schnee war kalt, aber er weckte Frieden in seinem Herzen. Und die strenge Natur konnte auch mild und freigebig sein, denn immer fand er Nahrung auf seinem Weg. Die Bergpässe waren gefährlich, sogar tödlich für den, der sie nicht kannte, aber sie verschafften ihm ein Gefühl der Sicherheit und jede Nacht einen Schlafplatz.

Ein paarmal hatte er aus vollem Hals geschrien und der Hall aus dem Tal hatte den Klang wiederholt: Die Berge trauerten mit. Manchmal liefen ihm die Tränen aus den Augen, aber der Wind ließ sie zu Eis erstarren und zog rote Spuren auf seinen Wangen.

Olrac richtete sich nach der Sonne, er musste in den südlichen Teil des Gebirges. Aber noch immer wusste er nicht, ob es wirklich der richtige Weg war oder ob er weit genug von der Stadt entfernt war.

Eines Morgens brach die Macht des Winters. Das Eis schmolz und entlang der schmalen Bergvorsprünge wuchsen die ersten Frühjahrsenziane. Olrac pflückte die Blüten, die er gebrauchen konnte, wie er es den alten Laszlo hatte tun sehen. Wo es windstill war, fand er Steinpilze und Birkenröhrlinge, die der Schnee erhalten hatte. Über einem Feuer geröstet, schmeckten sie köstlich und stillten den Hunger. Er achtete auf die Spuren von Eichhörnchen und suchte dort nach übrig gebliebenen Nüssen. Manchmal sah er Raubvögel kreisen und dann wusste er, dass in der Nähe ein paar Brocken Fleisch auf vier Pfoten herumhoppelten. Aber solange er sich von Nüssen, Früchten, Wurzeln und Pflanzen ernähren konnte, ließ er die Tiere in Ruhe.

Einmal hatte er bei Sonnenaufgang mit Bewunderung einem Paarungstanz zwischen zwei Gämsen zugesehen.

Olrac ritt einen steilen Berghang hinauf. Es war spät am Nachmittag, die Sonne leuchtete schon orange. Sosehr er auch suchte, er fand nirgends eine gute Stelle für die Nacht.

Der Bewuchs war dürftig und der Bergkamm einer der höchsten, die er je gesehen hatte. Er musste da hinüber, denn neben ihm befand sich ein tiefer Abgrund mit undurchdringlichem Gestrüpp. Blesse schwitzte und selbst Olrac wurde es warm unter seiner Weste. Die Stute war völlig erschöpft. Die Säcke und der Junge auf ihrem Rücken wogen schwer. Olrac lenkte sie im Schritt über den Kamm. Dann sah er zum ersten Mal die Südseite des Gebirges. Es war, als würde er eine andere Welt betreten. Der Schnee war schon lange geschmolzen und überall blühten zarte Blumen, die im Wind wogten. Die Luft reizte seine Nase und er nahm einen salzigen Geschmack auf der Zunge wahr. Das Meer konnte nicht mehr weit entfernt sein. Zum ersten Mal seit Wochen öffnete sich sein Herz. Hierauf hatte er lange gewartet. Neue Erde, neue Luft, neuer Morgen, dachte Olrac voller Hoffnung und Sehnsucht nach dem Unbekannten.

Sanfter Wind umwehte ihn. Es fühlte sich an wie das Streicheln einer warmen Hand. Nirgends waren Laubbäume zu sehen, der Hügel war übersät mit Nadelbäumen, Olivenbäumen und Dornensträuchern. Blesse schnaubte und blieb stehen. Sie zog am Gebiss ihres Zaumzeugs. Eine Eidechse huschte vor ihren Vorderbeinen davon. Blesse bäumte sich auf. Sogar sie bemerkte die neue Umgebung.

Olrac atmete tief ein. Das tat er öfter und ohne Angst, einen Hustenanfall zu bekommen. Seit der Geburt des Kindes im Stall hatte er nie wieder unter Husten oder Atemnot gelitten. Er roch den Duft von wildem Thymian und Lorbeer. Das weckte noch mehr Sehnsucht nach der Welt, die zu seinen Füßen ausgebreitet lag.

Vorsichtig begann er den Abstieg über die Felsen. Der Boden war trocken und staubig und zwischen dem Gestrüpp hausten allerhand Tiere: Schlangen und Mäuse, sogar Grillen waren schon zu hören. Endlich hatte er sein Ziel erreicht. Er wusste nicht, wie weit er von seiner früheren Wohnstätte entfernt war. Sehr weit konnte es nicht sein. Entlang der Heerstraßen vielleicht nur ein paar Tagesreisen, aber über die höchsten Bergpässe hatte er mehrere Wochen dafür gebraucht.

Von neuer Hoffnung erfüllt, ritt der Junge auf seinem Pferd weiter die Hügel hinunter und sog gierig die fremde Luft ein. Ein paar Schafe auf einer Weide beäugten ihn dümmlich, aber auch neugierig. Da sah er die kleine Hütte. Sie war aus übereinander gestapelten Bergsteinen errichtet und das Dach hatte ein hölzernes Gebälk, das mit Stroh gedeckt war. Rund um das Häuschen erstreckte sich zart gelbgrünes Weideland. Das erste Gras spross und die Sonne schickte ihre goldenen Strahlen auf die Halme herab. Das wäre eine gute Stelle für die Nacht, dachte Olrac. Endlich frisches Gras für Blesse. Als er die Hütte betrat, roch er die Minze, die neben der Tür an der Wand wuchs. Drinnen fand er einen Sack, der mit Stroh gefüllt war, ein einladendes Nachtlager. Als Olrac sich hinlegte, konnte er sich kein weicheres Bett vorstellen. Kein König oder Burgherr konnte sich besser fühlen als er. Sein Magen knurrte, aber die Müdigkeit wog schwerer. Er kuschelte sich auf dem Strohsack zurecht wie ein Kaninchenjunges im Fell seiner Mutter und schlief ein.

Die Sonne war gerade erst hinter dem Horizont verschwunden, als er von einem Geräusch geweckt wurde. Es ähnelte einer menschlichen Stimme und doch wieder nicht. Olrac schreckte auf und sah sich schläfrig um. Es war schwierig, im Inneren der Hütte etwas zu unterscheiden. Da war es wieder! Ein leises eintöniges Gemurmel, als ob jemand vor sich hin betete. Er fühlte sich nicht mehr wohl. Regungslos blieb er sitzen, Augen und Ohren aus Angst vor Gefahr weit aufgesperrt. Das merkwürdige Geräusch verstummte und nach ein paar Minuten legte sich Olrac wieder hin. Aber der Schlaf hatte sich verflüchtigt. Mit offenen Augen lag er im Dunkeln und starrte ins Nichts, bereit beim geringsten Unheil aufzuspringen.

Was in dieser Nacht noch geschah, konnte Olrac später kaum erklären. Er war so erschöpft von seiner Reise, dass er nicht wusste, ob er wachte oder träumte. Aber auf einmal erschien das Gesicht einer alten Frau dicht vor ihm. Tausend Falten hatte es und die Augen blickten seltsam, sehr seltsam. Die Frau war bestimmt älter als hundert Jahre. Noch nie hatte Olrac einen so alten Menschen gesehen. Sie sprach mit murmelnder Stimme zu ihm: das Geräusch, das er schon früher am Abend gehört hatte. Und dennoch flößte sie ihm keine Angst ein. Es schien, als wollte sie ihn vor irgendetwas warnen. Die Worte klangen wirr, waren aber verständlich: ». . . Spiegel . . . folge dem Spiegel . . . Junge, spiegle dich . . .«

Olrac wollte wach werden, um das Traumbild von sich abzuschütteln, aber es gelang ihm nicht. Er blieb in der Dämmerwelt zwischen Schlafen und Wachen. Als er im Halbschlaf das Amulett um seinen Hals festhielt, spürte er, wie der Stein seine Hand durchglühte. Die Glut blieb für den Rest der Nacht erhalten.

Das Läuten von Glöckchen weckte Olrac. Überrascht setzte er sich auf seinem Strohsack auf und rieb sich den Schlaf und die Strohhalme aus Gesicht und Haar. Sonnenstrahlen drangen durch die Lücken zwischen den Steinen und durch die Tür flutete das Licht herein. Er musste seine Augen zu Schlitzen kneifen, so hell war es. Mit beiden Fäusten rieb er sich ausgiebig die Augen, und als er sie wieder öffnete, war das Lichtmeer verschwunden. Ein großer Schatten fiel auf ihn. In der Türöffnung stand eine dunkle Gestalt. Wie ein erschrockener Vogel raffte Olrac seine Sachen zusammen, bereit zur Flucht. Die schwarze Gestalt kam näher und wurde auf einmal von ein paar hereinfallenden Sonnenstrahlen beleuchtet. Dicht vor ihm stand ein Junge, ungefähr so alt wie er selbst. Der Junge lachte. Unter seiner Mütze lugten pechschwarze Locken hervor. Er hatte hellgrüne Augen mit goldenen Sprenkeln. Unter den schwarzen Augenbrauen schienen sie Funken zu sprühen. Der Junge war wie ein Bergbewohner gekleidet. Seine viel zu große Weste und Hose waren aus grober Wolle in allen Blautönen gewebt. Das Sonnenlicht umrahmte ein fein geschnittenes Gesicht. Er sah aus wie ein Engel. Aber seine Stimme war eindeutig die eines Menschen.

»Nun, wie hat dir mein Bett gefallen?« Die heisere Stimme sprach verständlich, aber mit einem eigenartigen Akzent.

Olrac hatte sich noch nicht von seinem Schrecken erholt. In den vergangenen Wochen hatte er keinen Menschen mehr gesehen oder gehört. Nur mit den Geistern seiner toten Freunde hatte er gesprochen. Der Junge bemerkte Olracs ängstliches Gesicht und fuhr mit noch breiterem Lachen fort: »Sei willkommen in meiner kleinen Hütte. Ich hoffe, dass du gut geschlafen hast und dass dich die Mäuse nicht belästigt haben, indem sie deine Zehen angeknabbert haben.«

Auf einmal fiel Olrac auf, wie dumm er dastand. Gebückt und erschrocken, mit schuldbewusstem Blick und bereit davonzurennen.

»Äh . . . ich . . . äh . . . danke«, stotterte er. »Ich wusste nicht . . . äh . . . dein Bett . . . äh. . . .«

Es kam nur Gestammel über seine Lippen. Der Junge lachte herzlich. Es war ein erfrischendes, perlendes Lachen.

»Ach, lass nur, Bursche! Ich habe dich erschreckt, das tut mir Leid. In dieser Hütte bin ich während der Sommermonate. Ich wohne dort hinten, außerhalb des Dorfes.« Er zeigte die Richtung.

»Ich bin nur mal mit meiner Herde vorbeigekommen, um zu schauen, ob meine Hütte den Winter überstanden hat. Und ob ich etwas reparieren muss. Sie wird öfter mal von einem durchreisenden Pilger auf dem Weg nach Santiago de Compostela benutzt. Aber einen so jungen wie dich habe ich noch nie gesehen.«

Olrac genoss es sehr, wieder eine menschliche Stimme zu hören. Er schaute entgeistert drein, doch war ihm nicht bewusst, wie dumm der Ausdruck auf seinem Gesicht war.

Der Junge blinzelte ein paar Mal mit seinen Funken sprühenden Augen und brach wieder in Lachen aus.

»Es tut mir Leid, dass ich dich so überfalle, meine Mutter sagt oft, dass ich meine Zunge ein bisschen im Zaum halten soll. Aber weißt du, ich habe Hunger und Durst. Der Weg hier herauf ist anstrengend, vor allem jetzt, wo so viele junge Lämmer mitlaufen. Ich habe heute übrigens noch nichts gegessen. Wenn ich nicht schnellstens das Loch in meinem Magen stopfe, falle ich auf der Stelle tot um.« Und mit einer dramatischen Geste fasste er sich an den Bauch und tat, als wollte er auf der Stelle tot umfallen. Olrac musste lachen. Mit einem Zwinkern verwandelte sich der theatralische Ausdruck wieder in das schalkhafte Gesicht.

»Isst du mit?«, fragte er. »Ich habe genug dabei, meine Mutter glaubt immer, ich esse wie ein Riese.«

Der Junge setzte sich mit gekreuzten Beinen neben Olrac und öffnete einen Lederrucksack. Seine halb nackten Arme und Beine waren sehr zart und von der Frühlingssonne und der Seeluft schon gebräunt.

»Hier ist der Krug mit Cidre, mmm! Mit Quitten und Salbei gemacht. Wenn du davon trinkst, hast du das Gefühl, als würden Engel auf deine Zunge pinkeln. Für meine Mutter ist das gotteslästerliches Gerede, aber . . . ich bin schon zu groß für eine Ohrfeige, findet sie. Und hier habe ich ein Stangenbrot aus Weizen und Dinkel. Es ist köstlich, wenn du es frisch isst, aber wenn es einen Tag alt ist, kannst du es als Stock benutzen, um deiner betrunkenen Oma eins draufzugeben.«

Der Junge schwatzte in einem fort und Olrac fand es wunderbar, ihm zuzuhören. Das muntere Geplapper machte ihn ganz fröhlich. Der Junge zog noch eine Hand voll getrockneter Aprikosen aus der Tasche und legte sie neben das Brot. Mit einem Nicken gab er Olrac zu verstehen, dass er zugreifen durfte. Selbst setzte er den Krug an die Lippen und trank gierig mit glucksenden Geräuschen. Mit dem Handrücken wischte er sich genussvoll den Mund ab. Olrac sah zu.

»Na los, probier mal, trink!«

Olrac trank. Nie im Leben hatte er ein köstlicheres Getränk probiert. Dank der Quitten schmeckte es süß und der Salbei machte es würzig. Aber vor allem die kleinen Luftbläschen fand er wunderbar. Sie stiegen ihm in die Nasenlöcher und brachten ihn zum Niesen, sodass er den Geschmack ein zweites Mal in der Nase hatte. Vor Lachen sprangen ihm Tränen in die Augen. Was für ein verrücktes Getränk, fast so verrückt wie der Hirtenjunge. Aber der Geschmack weckte die Sehnsucht nach dem Sommer in ihm.

Der Junge brach das Brot in Stücke und schlug seine strahlend weißen Zähne hinein. Olrac tat es ihm nach. Kurze Zeit sprachen sie nicht. Olrac spürte auf einmal, wie ausgehungert er war. Er stopfte sich den Mund mit dem köstlichen Brot und den getrockneten Früchten voll.

»Du bist wohl ziemlich ausgehungert, was? Hier, nimm ruhig alles, ich habe genug.« Der Junge schob ihm alles hin und Olrac ließ es sich kein zweites Mal sagen. Er aß alles auf.

»Übrigens«, sagte der Junge, »ich bin Audin. Mein Taufname ist Aude, aber seit mein älterer Bruder an der Blutspuckkrankheit gestorben ist, nennt man mich Audin, denn ich bin nun der Mann im Hause, der Ziegen- und Schafhirte der Familie. Und wer bist du?«

Dank seines gefüllten Magens und der Fröhlichkeit des Jungen hatte Olrac Zutrauen gefasst.

»Ich bin Olrac und ich komme aus dem nördlichen Gebirge. Dort war mein Zuhause und meine . . .«

Seine Stimme stockte. Über seine toten Freunde konnte er noch nicht sprechen. Aber Audin hörte schon nicht mehr zu. Seine Aufmerksamkeit wurde von dem bellenden Hund in Anspruch genommen. Behände sprang er auf und lief mit zierlichen Schritten hinaus. Olrac folgte ihm mit den Augen. Audin rannte die schräg abfallende Weide hinunter, so schnell wie ein junger Hirsch. Kurz darauf kam er mit einer kleinen Ziege zurück, die sich verletzt hatte. Beim Herumhüpfen war sie in einen Dornenstrauch geraten, ihr weißes Bein blutete und sie stieß ein jämmerliches Meckern aus. Zum Glück hatte Olrac noch Ringelblumensalbe in seiner Tasche und konnte die Wunde versorgen.

Es war ein milder Tag. Zum ersten Mal spürte Olrac wieder die wohltuende Wärme der Sonne. Erst am späten Nachmittag bewies der raue Wind, dass es noch nicht richtig Frühling war. Den ganzen Tag über blieb Olrac bei der kleinen Hütte. Mit Vergnügen beobachtete er, wie Audin mit seiner Herde umging. Oft schlug der Hirtenjunge Purzelbäume im Gras oder zog lustige Grimassen, die Olrac zum Lachen brachten. Wie lange war es her, seit er zum letzten Mal gelacht hatte?

An diesem Tag wurden zwei Zicklein geboren und Olrac war froh, dass er helfen konnte. Alles verlief ausgezeichnet, und als die Sonne den Tag rot färbte, scharten sich die Tiere zusammen. Überall liefen Zicklein, noch ohne Ziegenbart und Hörner, meckernd hinter ihren Müttern her. Überall erklang das muntere Gebimmel von Glöckchen. Die Mütter waren wachsam und verwechselten ihre Jungen nicht. Der Hund bellte fröhlich und umkreiste die Herde in weitem Bogen. Ein Stück entfernt winkte Audin. Olrac folgte mit Blesse, erleichtert, dass er endlich wieder unter Menschen war.

»Olrac, du kommst mit mir nach Hause. Meine Mutter gibt mir eins auf die Rübe, wenn ich dich hier lasse. Sie hat genauso gern Gäste wie ich. Ein anderes Gesicht im Haus bringt einen auf andere Gedanken, sagt sie, und ich kann ihr nur Recht geben. Komm, bevor es dunkel wird, müssen wir zu Hause sein.«

Ohne seine Antwort abzuwarten, lief Audin schrill pfeifend los, und seine schmalen Beine tanzten und hüpften in der viel zu weiten Hirtenhose. Ab und zu zog er diese ungeschickt hoch, weil sie zu rutschen drohte. Dann wickelte er den Strick ein paar Mal fest um seine Taille. Olrac musste oft das Lachen unterdrücken. Dieser Hirtenjunge war wirklich lustig.

Es dämmerte schon, als sie das Häuschen auf der Hochebene erreichten. Es stand allein und sah so ähnlich aus wie die Hirtenhütte, nur etwas größer. Gleich daneben befanden sich zwei runde Hügel, sorgfältig aus aufeinander gestapelten Steinen errichtet.

Als Audin Olracs fragenden Blick sah, erklärte er kurz angebunden: »Das sind die Grabhügel meines Vaters und meines Bruders.«

Er ließ einen hohen Pfiff hören, worauf alle Schafe und Ziegen in eine große, niedrige Scheune trotteten.

Die kleinen Felder rund um das Häuschen waren bepflanzt. Auf einem Acker stand Winterweizen, auf dem zweiten ein Gewächs, das Olrac nicht kannte, und der dritte lag brach, damit der Boden ruhen konnte. Ein bunter Hahn stolzierte hinter ein paar Hühnern her. Sie mussten auf die Stange. Ein grauer Esel mit weißem Maul kam auf Audin zu und drückte zur Begrüßung die feuchte Schnauze unter seine Achsel.

»Na, du dickköpfiges Vieh«, lachte Audin, während er den Grauen zwischen den Ohren kraulte. »Ich hoffe, du hast heute nicht den Esel gespielt und brav den Karren gezogen.«

Der Esel entblößte das Gebiss. Es sah aus, als würde er lachen. In der Tür stand eine Frau. An ihren hellgrünen Augen erkannte Olrac sofort, dass sie Audins Mutter war. Dasselbe Lächeln, dieselbe Ausstrahlung. Genau wie ihr Sohn war sie ganz in Blau gekleidet. Ihre Haare waren unter einer Witwenkappe aus weißem Leinen verborgen. Sie sah noch jung aus und doch trug ihr Gesicht Spuren des Kummers. Audin war noch immer mit dem Esel beschäftigt: Er dachte sich allerlei Namen aus, sehr zum Vergnügen des Esels, der vor allem die Wärme in seiner Stimme wahrnahm. »Spitzohr, Ia-Tier, Rotzschnauze, grauer Läusekopf, Teppichklopfer, Schwenkschwanz . . .«

»Aude!« Die Mutter unterbrach seine Lobgesänge und der Junge sah zerstreut zu ihr hinüber.

»Ja, Mutter?«

»Aude, würdest du mir bitte unseren Gast vorstellen?«

Audin schlug sich drollig gegen den Kopf. Wie konnte er das nur vergessen? Mit einer Hand auf der Brust und mit feierlichem Gesicht verkündete er: »Mutter, das ist Olrac, mein neuer Freund. Er kommt aus den Bergen, äh . . . nein, er ist vom Himmel gefallen, denn er hat mir bei der Geburt von zwei Zicklein geholfen. Das ist alles, was ich weiß.«

Die Mutter nahm Olracs Hand und führte ihn ins Haus. »Komm, an unserem Tisch ist noch Platz und wir haben genügend Schlafraum. Audes Freund ist auch mein Freund.«

Sie kamen in die Küche, den Mittelpunkt des kleinen Hauses. Mitten im Raum stand ein gemauerter Herd, in dem das Feuer brannte. Der Rauch wurde an Lederlappen entlang durch den Abzug ins Freie geleitet. Auf dem breiten Rand standen Kessel und Töpfe aus rotem Ton. Köstliche Gerüche stiegen auf. Um den Rauchabzug hingen geflochtene Stränge von Zwiebeln und Knoblauch. An der Seite in einer Nische war fein säuberlich Gemüse aufgestapelt. Auf den Lehmboden war weißer Muschelsand gestreut worden. Das Weiße spiegelte den Feuerschein und an den Wänden entlang waren Muster in den Sand gezeichnet. In einem kleinen offenen Nebenraum sah Olrac einen riesigen Webstuhl. Wollfäden in allerlei Blautönen waren auf viereckige Spulen gespannt. Eine kleine Treppe mit vier Stufen führte zu einem Raum im Halbgeschoss: vermutlich der Schlafraum.

Die Frau lächelte, als sie sah, wie Olrac den Blick durch das ganze Haus schweifen ließ.

»Willkommen Olrac, ich bin Ermengarde, ich hoffe, dass du dich hier zu Hause fühlen wirst. Setz dich auf die Bank, damit ich deinen Napf füllen kann, bevor Aude alles aufgegessen hat.« Einen Moment später beugten sie sich über ihre Näpfe und Olrac ließ sich den Getreidebrei schmecken. Es wurde eine gemütliche Mahlzeit. Audin hielt keinen Augenblick den Mund und Olrac musste oft vor Lachen prusten. Alles war lustig an diesem Jungen.

Nach dem Essen tranken sie noch von dem köstlichen Cidre und Olrac merkte, wie ihm ganz leicht im Kopf wurde. Audin machte einen Scherz nach dem anderen.

So gab er Olrac das Rätsel auf: »Außen ist es weiß und innen grün und es wird von einem Strick zusammengehalten. Was ist das?«

Natürlich wusste Olrac keine Antwort, diese Art von verrückten Spielchen und Fragen hatte er in der Höhle nie kennen gelernt. Audin betrachtete ihn mit triumphierendem Lächeln.

»Das ist ein weißer Pater mit einem Strick um die Kutte. Er hat von seinem Nachbarn den Spinat geklaut und aufgegessen«, prustete Audin.

Olrac verschluckte sich vor Lachen beinahe am Cidre. Aber Audin gönnte ihm keine Erholung.

»Es ist außen grün, innen weiß und es stinkt meilenweit gegen den Wind«, erklang die nächste Frage.

Lachend zuckte Olrac mit den Schultern. Trocken antwortete Audin: »Das ist der Nachbar . . . Er ist grün vor Neid, denn jetzt, wo er keinen Spinat mehr hat, muss er sich mit weißem Bohnenbrei begnügen und davon muss er stinkende Winde lassen.«

Audin hielt sich mit zwei Fingern die gerümpfte Nase und machte mit den Lippen zwei krachende Fürze nach. Selbst Ermengarde musste lachen, dass ihr die Tränen über die Wangen liefen. Wie herrlich, so zu lachen!

Aber der Tag war zu Ende und am nächsten Morgen mussten alle früh aufstehen. In dem kleinen Schuppen neben dem Haus bekam Olrac einen Schlafplatz. Es schien fast, als hätte man ihn erwartet. Dort stand ein niedriges Bett, auf dem eine richtige, mit Seegras gefüllte Matratze lag. Auch hier war auf dem Boden weißer Sand ausgestreut und es gab eine dicke, gewebte Decke mit prachtvollen Mustern in allen Blautönen. Ermengarde hatte ihn energisch ins Bett geschickt. Sie hatte ihn besorgt angeschaut und gesagt: »Du gehst jetzt ins Bett, denn du bist müde. Schatten wie du sie unter den Augen hast, haben bei einem Knaben nichts zu suchen. Und die Linien um deinen Mund sagen mir, dass du Kummer und Wut in dir trägst. Schlaf gut, die Nacht soll dir Trost bringen.«

Sie hatte ihm einen Kuss auf die Stirn gedrückt. Einfach so. Das war etwas, das Olrac noch nie erlebt hatte. Es machte ihn ganz verlegen. Sie ähnelte dem alten Laszlo, fand er, und doch wieder nicht. Sie roch viel besser, aber sie war bestimmt genauso lieb.

Und zum ersten Mal in seinem Leben hatte er einen Freund . . . einen Kameraden in seinem Alter. Er war wirklich ein Glückspilz.

Als Olrac die Lederriemen seines Schuhwerks löste, sah er, wie schmutzig und wund seine Füße waren. Die Haut war weiß und rau, weil er viel zu lange dieselben Lederlappen getragen hatte, und schwarze Erde saß wie versteinert zwischen seinen Zehen. Überall hatte er blaue Flecken und Schrammen. Er war viel zu schmutzig! Morgen musste er dringend etwas dagegen tun! Er durfte das helle Haus nicht mit seinen dreckigen Pfoten beschmutzen. Olrac lächelte. Er fing schon an Audins Ausdrucksweise zu benutzen. Als er die warme Decke über sich zog, legte sich der Schlaf über seine Gedanken und hüllte ihn ein.

Als der helle Mond durch ein Loch im Dach hereinschien, sah Olrac plötzlich wieder das Gesicht des alten Hutzelweibs vor sich. Faltig und mit einem zahnlosen Grinsen. Ihr Blick war leer, aber dennoch waren die Augen auf ihn gerichtet. Sie murmelte wieder dieselben Worte: ». . . Spiegeljunge . . . spiegle dich . . . such das Spiegelzeichen, such es . . .«

Als Olrac sich die Augen rieb, war sie verschwunden.

Wieder dieser Traum, dachte er.

Als er am nächsten Morgen mit dem ersten Hahnenschrei wach wurde und aus dem Bett sprang, entdeckte er in dem weißen Muschelsand das Zeichen! Jemand hatte mit einem scharfen Gegenstand dasselbe Zeichen gemalt wie auf seinem weißseidenen Hemdchen . . .

Bleich und unruhig, betrat er das Haus seiner Freunde. Sie merkten sofort, dass etwas nicht stimmte, aber sie stellten keine Fragen. Vielleicht vermisst er seine Familie, dachte Audin und Ermengarde schaute besorgt drein. Der Junge hat mehr erlebt, als für ihn gut ist, dachte sie.

Gleich nach dem Frühstück, das aus Roggenbrot und Ziegenkäse bestand, machte sich jeder an die Arbeit. Niemand fragte, wie lange Olrac bleiben wolle und wohin seine Reise gehe. Auch Olrac sagte nichts. Er war froh, dass es genügend kleine Arbeiten im und ums Haus gab, dass er sich nützlich machen konnte. Audin zog in die Hügel, um kleinere Ausbesserungen an der Berghütte und dem Zaun durchzuführen.

Ermengarde verschwand in der Webstube und Olrac hörte nur, wie die Webspule rhythmisch hin und her geschoben wurde. Das kleine Zimmer stand voller Körbe, die mit unbehandeltem Hanf und mit Wolle gefüllt waren. Er hörte das regelmäßige Klopfen und dachte wehmütig an den alten Laszlo. Aber Ermengarde sang bei der Arbeit. Es waren mitreißende Lieder zum Rhythmus ihrer Bewegungen.

Selbst gemachte Lieder, manchmal etwas holprig, aber oft auch lustig. Sie sang ihre Gedanken, ihre Erinnerungen, ihren Kummer und das, was sie froh machte. Sie sang über die Lämmer und über das Loch im Dach. Sie sang über den nahenden Frühling und über die beiden kleinen Grabhügel draußen. Da blühte wieder die wilde Zichorie und das Blau der Blumen erfüllte sie mit Freude.

Olrac lauschte mit Vergnügen ihrer warmen Stimme und in ihm stiegen seine eigenen Melodien auf und warteten darauf, gesungen zu werden. Sie klangen in ihm, aber er bekam sie noch nicht über die Lippen.

Die Tage vergingen wie im Flug und Olrac fühlte sich als Teil eines Ganzen. Auch Audin empfand es so.

»Endlich wird wieder mal ein Loch abgedichtet«, sagte er scherzhaft, aber seine Augen blickten ernst.

Arbeit gab es genug. Olrac schrubbte den Herd und die Kessel, wie er es in der Höhle immer getan hatte. Er kletterte auf das Strohdach und reparierte die Löcher mit Flechtwerk aus Weidenzweigen. Es war genau der richtige Zeitpunkt, um die Sprosse zu verarbeiten. Sie waren voller Frühjahrssäfte und jeder Zweig hatte kleine Höcker, die bald ausschlagen würden. Auf dem Dach würden sie noch ein wenig weiterwachsen und das Flechtwerk stärken.

Olrac hatte Freude an seiner Arbeit. Im Schuppen fand er Seilstränge und mit seinen geschickten Fingern besserte er die Zäune rund ums Haus aus. Damit war er tagelang beschäftigt. Es war offensichtlich, dass zu wenig Hände für die viele Arbeit vorhanden waren. Er fütterte die Tiere und jätete die Disteln auf dem brach liegenden Feld. Er sammelte Steine von gleicher Größe und baute zusammen mit Audin einen neuen Ziegenstall. Er sammelte Brennholz und hielt das Feuer im Gang. Er kratzte die Schafwolle auf und drehte die feinen Kammgarnstränge auf große Spulen. Er lernte in dem weißen Sand zu zeichnen und Ermengarde zeigte ihm, wie er mit einem Zweig Flechtmotive anbringen konnte.

Jeden Abend saßen sie am Holztisch dicht beim Feuer, denn die Abende waren noch kühl. Ermengarde erzählte von ihrem Land, ihrer Jugend und dem Volk, bei dem sie aufgewachsen war. Audin erzählte von seinem Bruder, seinem Vater und dem glücklichen Leben, das hinter ihnen lag. Nie stellten sie Olrac Fragen und dafür war er ihnen dankbar. Es war noch zu früh zum Erzählen. Sein Kummer war noch zu frisch. Seine Freundschaft mit Audin wurde jeden Tag inniger und er wollte nicht mehr an die Zukunft denken. Hier war es gut. Das einfache Leben auf dem Berg. Die Suche nach seinen Eltern verbannte er aus seinen Gedanken. Er wollte erst ganz zur Ruhe kommen, nicht mehr daran denken, was ihm passiert war. Am liebsten hätte er seine Erinnerungen fortgewischt, so wie er den Schmutz vom Herd hinausfegte.

13

Aus Tagen wurden Wochen. Der Winter wich einem schönen Frühling. In der vergangenen Woche hatte es geregnet und Luft und Erde rochen sauber und frisch. Ermengarde zeigte stolz, was sie für Olrac gewebt hatte. Es war eine prachtvolle blaue Weste mit Mustern. Noch nie hatte er ein farbiges Kleidungsstück besessen und er merkte, wie er vor Verlegenheit ganz rot wurde. Das war zu viel!

Er hatte ein Dach über dem Kopf, Essen und warmherzige Freundschaft, ohne dass er eine Gegenleistung erbringen musste. Und nun dies! Audin sah den beschämten Gesichtsausdruck seines Freundes und mit verschmitzter Miene sagte er zu seiner Mutter: »Mutter, das ist wirklich viel zu viel! Du wirst ihn noch verwöhnen. Bald hält er sich für den Sohn des Burgherrn. Am besten nehme ich die Weste, denn meine wird allmählich zu klein!«

Alle drei prusteten vor Lachen. Audin trug schließlich die viel zu große Weste seines Bruders. Er war einen halben Kopf kleiner als Olrac, obwohl sie gleich alt waren.

Ermengarde lächelte: »Aude, trag du ruhig noch ein bisschen die Kleider deines Bruders, denn bald wirst du andere brauchen. Kleider, die du nicht magst. Du wächst schnell.«

Olrac verstand nicht, was Ermengarde meinte, aber Audin schon. Seine Augen wurden düster und er seufzte. Er zog seine schmalen Knie bis zum Kinn und starrte böse vor sich hin. Die Worte seiner Mutter hatten offenbar eine empfindliche Saite bei ihm angeschlagen.

»Ich gehe raus, Luft schnappen«, klang es plötzlich brüsk und mit einem Satz hüpfte er von der Holzbank und ließ die hölzerne Tür ins Schloss fallen.

Olrac war verwirrt. Was hatte Audin auf einmal? Immer ein sonniges und munteres Gemüt und dann mit einem Schlag so launisch. Er verstand es nicht.

Ermengarde schwieg und zuckte kurz mit den Schultern. Olrac verließ das Haus und rannte hinter seinem Freund her. Der Junge saß mit ernstem Gesicht auf einem Zaun und kaute an einem Grashalm.

»He, Audin! Wer als Erster am Bach ist und dann wieder zurück?«

Im Handumdrehen schlug Audins Stimmung um, mit einem Satz war er vom Zaun und sauste davon. Olrac setzte augenblicklich zur Verfolgung an. Mal sehen, wer hier der Schnellere ist! Audin lief sehr leicht und zierlich, seine Füße schienen kaum den Boden zu berühren, aber Olrac war stärker und sein Atem hatte in den vergangenen Wochen deutlich an Kraft gewonnen. Ganz kurz liefen sie Seite an Seite, aber dann zog Olrac lachend an seinem Freund vorbei. Er kam als Erster am Bach an und ließ sich keuchend ins Gras fallen. Gleich danach kam Audin und warf sich auf Olrac, als wollte er noch immer beweisen, dass er der Stärkere war. Sie wälzten sich wie junge Hunde im Gras. Audin kämpfte erbittert und versuchte Olrac zum Bach hinzudrängen. Aber Olrac war stärker und in kürzester Zeit saß er auf dem Jungen und drückte dessen magere Hände fest auf den Boden, rechts und links neben den schwarzen Locken. Und da . . .

Mit Schrecken spürte Olrac den zarten Körper unter sich,

er sah das mädchenhafte Gesicht, die prachtvollen Augen und unter der viel zu großen Hirtenjacke nahm er die kleinen Wölbungen war. Brüsk stand er auf, klopfte wütend den Schmutz von seiner Jacke und lief zum Haus zurück. Wie hatte er bloß so dumm sein können! Blinder Esel! Trockene Wurst! Schwarz gebackenes Küken! Er hätte sich am liebsten an den Kopf geschlagen. Hinter ihm lief Audin und rief laut seinen Namen. »Olrac! Olrac! Nun warte doch!«

Aber er hatte keine Lust, zu warten, er kam sich so dumm vor, so entsetzlich dumm! Wo hatte er seine Augen gehabt? Audin war ein Mädchen! Die ganze Zeit hatte er mit einem Mädchen zu tun gehabt! Es war so schön gewesen. Ein echter Freund, zum ersten Mal! Und nun . . . Dummer Gockel! Kahler Wolf! Ausgedrückte Gänsewurst!

Er fand nicht genug Worte, um sich selbst auszuschimpfen. Ein Mädchen! Wie um Himmels willen war das möglich, ein Mädchen?!

Als er wieder beim Haus war, ging er nicht hinein, sondern lief gleich zu seinem Schuppen. Sein Blut kochte, aber sein Geist war traurig. Was sollte er nun machen?

Er ließ sich auf sein Bett plumpsen und dachte nach. In der Ferne hörte er die Stimmen von Audin . . . äh, Aude und seiner . . . äh . . . ihrer Mutter. Er wusste nicht, wie lange er da gesessen hatte, aber auf einmal stand Ermengarde in der Tür.

»Olrac, darf ich reinkommen?«

Er nickte steif und Ermengarde setzte sich neben ihn aufs Bett. Sie roch nach Hanf, Wolle und Mütterlichkeit.

Olrac sagte nichts, sondern starrte weiter vor sich hin.

»Olrac«, sagte sie mit leiser Stimme. »Ich glaube, ich weiß, wie du dich jetzt fühlst. Wir sind dir eine Erklärung schuldig. Wir wussten nicht, dass du Aude für einen Jungen gehalten hast. Es ist natürlich verwirrend, dass jeder sie Audin nennt und dass sie sich alles andere als mädchenhaft benimmt. Für uns ist das selbstverständlich, wir sind daran gewöhnt, aber für dich . . . Es gibt allerdings auch einen Grund für ihr jungenhaftes Benehmen und Äußeres. Willst du ihn hören?«

Olrac starrte weiter schweigend auf seine verschränkten Hände und nickte widerstrebend. Ermengardes Stimme klang weich.

»Vor zwei Jahren ist mein Mann bei einem Sturz in den Bergen gestorben. Zum Glück war Pierre, mein Sohn, stark genug die Arbeit zu übernehmen, damit wir überleben konnten. Dann brach am Ende des Winters die gefürchtete Krankheit aus. Die Blutspuckkrankheit. Jeder, der schwach, unterernährt oder überarbeitet war, ist daran gestorben. Auch Pierre. Einer der Männer des Vogts kam, um die Pacht einzufordern. Er drohte uns Haus und Land wegzunehmen, wenn wir nicht bezahlten oder einen großen Teil der Ernte abgaben. Außerdem suchte der Vogt junge Mädchen, die als Dienstmagd in seinem Haus arbeiten sollten oder die er gegen Geld an andere reiche Leute vermittelte. Aude wollte mich nicht allein lassen und es war ihr Wunsch, die Arbeit ihres Vaters und ihres Bruders fortzuführen, um so die Pacht zu zahlen, die wir schuldeten. Auch wollte sie nicht als Magd beim Vogt dienen. Er ist durch und durch schlecht. Darum hat sie sich als Junge verkleidet. Um Armand de Boncourt hinters Licht zu führen. Dank ihres großen Mutes und ihrer Tapferkeit ist es uns mit Mühe gelungen, alles zu bezahlen. Ihr jungenhaftes Verhalten ist von selbst gekommen. Eines Tages hat sie sich die Zöpfe abgeschnitten und Pierres Kleider angezogen. Darin fühlt sie sich sicher.«

Ermengarde hielt einen Moment mit Erzählen inne. Im Halbdunkel sah sie nicht, wie Olrac vor Scham blutrot wurde. Er wusste nicht, was er sagen sollte.

»Ich hoffe«, fuhr sie fort, »dass du ihr Freund bleiben willst, denn sie mag dich sehr. Dich als Menschen.«

Still verließ sie den Schuppen und ließ Olrac mit einem Wirrwarr von Gefühlen zurück. Ermengarde hatte Recht! Warum war er jetzt so durcheinander? Weil er noch nie mit einem Mädchen zu tun hatte? Oder weil er immer geglaubt hatte, Mädchen seien dumme Wesen? Wie schwierig das Leben doch sein konnte!

Kurz darauf ging er ins Haus. Er traute sich kaum Aude anzusehen, setzte sich vor seinen Napf und begann den Brei zu essen. Aber der war so heiß, dass er sich die Zunge daran verbrannte, und er spuckte den heißen Brei aus. Breiflocken flogen durch die Gegend. Vor allem Aude bekam sie direkt ins Gesicht. Sie zog eine komische Grimasse und sagte mit beklommenem Stimmchen: »Mutter, ich kann heute wirklich nicht arbeiten, denn ich habe die ansteckende Pockenkrankheit.«

Und sie streckte die Zunge heraus. Aude sah immer noch so lustig aus wie vorher. Obwohl sie ein Mädchen war.

Das Eis war gebrochen, alle lachten und Aude schleuderte einen Löffel voll Brei zurück, genau auf Olracs Nase. »Auge um Auge, Zahn um Zahn«, sagte sie energisch und lachte mit dem ganzen Körper.

Olrac merkte, wie ihm auf einmal ganz warm wurde, und er dachte: Wie habe ich bloß jemals annehmen können, sie sei ein Junge?

Er fand sie sehr schön. Immer wieder musste er sie anschauen. Ihre wunderbaren Augen mit den dichten dunklen Wimpern. Ihren lachenden Mund mit den kirschroten

Lippen. Ihre Stupsnase mit den ersten Sommersprossen. Ermengarde lächelte und stieß einen Seufzer der Erleichterung aus. Das war gelöst. Nun rief wieder die Arbeit. Es war noch so viel zu tun.

»Olrac, ich will dir das Weben beibringen, dann kannst du dir auch noch ein Hemd und eine Hose anfertigen.« Ermengarde sah ihn fragend an, sie hielt seine neue Weste noch in den Händen.

Er nickte und betrachtete die Kleider, die er trug. Er hatte sich nie Gedanken darüber gemacht, dass er aussah wie ein Bettlerjunge. Früher war jedes Fell, jedes Stück Leder gut genug gewesen. Auch die Männer in der Höhle hatten sich nie darum geschert. Aude und ihre Mutter waren schlicht, aber sauber in den Farben der Gegend gekleidet. Mit ihrer blauen Kleidung wirkten sie wie von einem sommerlich blauen Himmel gepflückt.

»Ermengarde«, antwortete er. »Ich will sehr gerne weben lernen, aber ich will auch spinnen und färben. Alles, was ihr tut, will ich auch tun. Alles, was ich nicht kenne, müsst ihr mir beibringen. Auch wie die Pflanze heißt, die neben dem Wintergetreide wächst. Ich kenne sie nicht, aber sie sieht aus, als wäre sie reif und könnte geerntet werden.« Ermengarde nickte.

»Das ist Färberwaid. Wir haben drei bis vier Ernten im Jahr und wir verarbeiten es zu blauem Farbstoff. Davon leben wir. Viermal im Jahr verkaufen wir die Wolle, das Pigment und unsere blauen Stoffe auf dem Markt. Aber es wird schwieriger, denn per Schiff kommen andere Farbstoffe ins Land und werden auf unseren Märkten zu einem viel geringeren Preis gehandelt.« Sie seufzte. Jetzt wusste Olrac, weswegen ihre Hände so verfärbt, verwittert und wund aussahen.

So lernte Olrac seine Kleider selbst zu machen und er war

stolz darauf. Der Frühling war nun endgültig angebrochen und die Hügel waren mit Blumen übersät, zu vielen, um sie aufzuzählen. Oft zog Olrac los und tat, was der alte Laszlo getan hatte. Er sammelte Blüten und Kräuter, ließ sie trocknen und verarbeitete sie. Mit den ersten Ringelblumen und dem Pulver der Hamamelis stellte er Salbe für Ermengardes Hände her. Die Wunden heilten nun viel schneller und ihre eigene Hautfarbe kam wieder zum Vorschein. Olrac erzählte ihr von den Heilkräften der Pflanzen und Blumen und von den Stellen, wo er sie fand. Aber er sprach nicht über die seltsamen Dinge, die nachts geschahen, wenn er an seinem Schlafplatz allein war.

Ab und zu erschien ihm in der Nacht die alte Frau und immer hinterließ sie etwas. Immer hatte es etwas mit der Fünf zu tun: ein Apfel, horizontal durchgeschnitten, damit das fünfeckige Kernhaus sichtbar wurde, eine Blume mit fünf Kronblättern, ein Jasminzweig mit fünf sternförmigen Ausläufern und immer war das fünfeckige Zeichen von seinem Hemdchen in den Sand gezeichnet. Es wurde Olrac fast vertraut, und die Frau flößte ihm keine Angst ein. Immer murmelte sie dieselben Worte: »Such dein Spiegelbild . . . den Spiegel am Meer . . . das fünfeckige Zeichen . . . Spiegelzeichen . . . beeil dich . . .«

Aber wenn er aufwachte, war die alte Frau verschwunden. Dann erinnerte er sich an das Vorhaben, seine Eltern zu suchen.

Die letzte Märzwoche brach an. Über den Bergweiden hingen violette Schleier von wilder Iris und in der Luft summten die ersten Bienen.

Im Dorf sollte bald das Fest Mariä Verkündigung gefeiert werden. Sie wollten ihre gewebten Stoffe dort auf dem Markt verkaufen.

Bis spät am Abend hörte Olrac das Schiffchen des Webstuhls. Seine eigenen Finger waren schwielig vom Spinnen des steifen Hanfs und vom Spannen um die Spindeln.

Eines Abends saßen sie müde von der Arbeit ums Feuer und Aude holte die Fiedel hervor und begann zu spielen. Ermengarde sang, während ihre Finger unablässig weiterarbeiteten. Sie nähte zierlich gekräuselte Umrandungen mit blauem Seidenfaden für kleine runde Filzhüte, wie sie die Schildknappen und Pagen der Ritter und Burgherren trugen. Kein gewöhnlicher Dorfbewohner hatte solch einen schönen runden Hut.

Olrac genoss die Musik so sehr, dass es ihm in den Fingern juckte, mitzuspielen. Auf einmal sprang er auf, rannte zum Schuppen und kam mit der Flöte in den Händen zurück. Jetzt oder nie. Er setzte das Mundstück an die Lippen und sofort war er mitten im Strom der Musik.

Ermengarde holte ein paar Trommeln herbei und das rhythmische Klappern machte die Lieder fröhlich wie aufspritzendes Wasser. Ein Lied folgte dem anderen, in dem kleinen Häuschen herrschte richtige Feststimmung. Es waren viele Lieder dabei, die Olrac bei Thalan gelernt hatte. Beim Singen und Flöten erwachten die Bilder seiner Freunde wieder zum Leben. Er dachte an Thalans lachendes Gesicht, wenn er sang, Friggors fröhliches Brummen, die munteren Tänze von Mareck und Golus, den wiegenden Kopf des alten Laszlo. Durch die Musik fiel die letzte Schale von seinem Herzen. Als es dunkel wurde, erzählte Olrac alles von der Höhle, seinen Freunden, ihrem Tod und seiner Suche nach seiner Vergangenheit.

Aude lauschte aufmerksam, ohne zu scherzen, und Ermengarde sah ihn ernst und mitfühlend an. Es tat so gut, sein Herz zu erleichtern.

Er erzählte auch von den nächtlichen Besuchen der alten Frau. Es schienen Träume zu sein, aber jedes Mal hatte sie etwas als sichtbaren Beweis hinterlassen.

Erstaunt sahen sich Aude und ihre Mutter an.

»Eine sehr alte Frau? Mit hunderten von Runzeln? Und sie stammelt wirres Zeug? Ist das nicht Johannah die Verrückte?«, fragte Aude ihre Mutter.

»Es scheint so«, bestätigte diese, und als sie Olracs fragenden Blick sah, erklärte sie: »Johannah ist sehr alt und lebt schon über zehn Jahre in den Bergen. Sie wohnt in einem verfallenen Schuppen, nicht so weit von hier. Aber am liebsten streift sie in den Hügeln herum auf der Suche nach etwas, nach jemandem, wer kann es sagen? Niemand weiß, wonach sie sucht, denn sie stammelt wirres Zeug. Man erzählt sich, dass sie nach grauenhaften Ereignissen, die sie miterlebt hat, verrückt geworden ist.«

Ermengardes Finger hörten auf zu nähen und mit einem seltsamen Blick in den Augen betrachtete sie Olrac.

»Olrac«, sagte sie hastig, »zeigst du mir einmal das Zeichen?«

Olrac holte das Hemdchen und zeigte die Goldstickerei.

»Lieber Himmel!«, rief sie und schlug die Hände an die Wangen. »Das ist das Zeichen der Grafschaft, Olrac! Du stammst aus dieser Gegend! Du bist wirklich einer von uns!« Und sie fasste Olrac am Kopf und küsste ihn unaufhörlich auf beide Wangen, bis ihm das Blut ins Gesicht stieg und er feuerrot wurde.

»Mutter, hör auf, gleich steht er in Flammen!«, lachte Aude.

In Olracs Magen machte sich ein Gefühl der Spannung breit. Endlich! Ein Zipfel des Schleiers war gelüftet. Ein Stückchen Wahrheit kam ans Licht. Eine schöne Wahrheit, denn er gehörte hierher in diese Gegend, zu seinen neuen Freunden.

»Ermengarde, ob ich diese Johannah wohl einmal sprechen kann? Vielleicht kann sie mir mehr erzählen. Vielleicht ist sie gar nicht so verrückt, wie die Leute behaupten«, sagte er.

Ermengarde schaute zweifelnd drein, aber Audes Augen leuchteten auf.

»Ich weiß, wo sie sich meistens aufhält. Ganz in der Nähe der Hirtenhütte. Manchmal sucht sie dort Schutz. Wenn ein Unwetter kommt, glaube ich. Sie hat Angst vor Menschen, aber vor mir nicht, denn oft bleibt sie kurz stehen und lächelt, wenn ich mit meiner Herde vorbeikomme.«

»Aber«, unterbrach Ermengarde, »sie ist doch blind.«

Aude nickte. »Ja, aber dennoch kennt sie die Wege in den Bergen. Ich weiß, dass Vater und Pierre manchmal mit ihr schwatzten und ihr ein Schüsselchen frische Ziegenmilch gaben. Manchmal sagte sie unverständliches Zeug, aber manchmal waren es auch sehr merkwürdige Dinge. Ihre blinden Augen können in die Zukunft sehen. Letztes Jahr winkte sie mir einmal auf der Bergweide. Als ich zu ihr eilte, verschwand sie im Gestrüpp, aber ich hörte sie noch rufen: ›Geh nach Hause, geh nach Hause!‹ Ich zögerte, denn es klang so verwirrt. Trotzdem habe ich meine Herde im Stich gelassen und bin schnell nach Hause gerannt. Sie hatte mir irgendwie Angst gemacht. Das war im vergangenen Frühjahr, weißt du noch, Mutter? Ich kam gerade noch rechtzeitig, um dich festzuhalten, als du beim Brunnen das Gleichgewicht verloren hattest.«

Ermengarde nickte, beim Gedanken daran wurde sie bleich.

»Ja«, sagte Aude und nickte entschlossen. »Wir müssen Johannah suchen.«

An diesem Abend schlief Olrac mit einem Gefühl der Spannung im Bauch ein.

Am nächsten Morgen machten sie sich mit einem frisch gebackenen Brot unter dem Arm auf zu der alten Frau. Die Herde blieb auf der Weide hinter dem Haus und der Hund behielt die Tiere im Auge. Am Berghang jenseits der beiden Grabhügel stand tatsächlich ein kleines, verfallenes Häuschen. Über ihren Köpfen flogen Mauersegler. Ob Johannah wohl da war?

Die Kinder beobachteten aufmerksam die Tür. Die beiden dunklen Fensterhöhlungen daneben starrten wie schwarze Augen zurück. Die Risse zwischen den bewachsenen Steinen der Wände wirkten wie die Falten eines Gesichts. Es herrschte Stille, nur die Grillen zirpten. Das Krächzen einer Rabenkrähe am klarblauen Himmel durchbrach die Stille. Sie näherten sich dem Häuschen.

Da tauchte Johannah auf. Sie erschien in der Türöffnung, als hätte sie die Kinder gesehen. Unscheinbar und klein sah sie aus. Sie schien zu lächeln. Mit einer verkrümmten Hand winkte sie den beiden Wartenden, drehte sich um und verschwand in der Schwärze der Hütte.

Ja! Das war sie, die alte Frau aus seinen Träumen!

Die Augen der Kinder mussten sich an das Dunkel im Innern erst gewöhnen. Dort stand nur ein Holzfass als Tisch. In der Ecke lag flach geklopftes Stroh, das wahrscheinlich als Nachtlager benutzt wurde. Stücke von Baumstämmen dienten als Stühle.

Johannah wies ihnen mit ihren krummen Fingern einen Sitzplatz an. Mit zwei kleinen Feuersteinen machte sie Funken und zündete die Kerze auf dem Fass an. Nun sah Olrac ihr Gesicht aus der Nähe. Es sah aus wie ein Vorratsapfel am Ende des Winters. Runzeln, Falten und hier und da ein brauner Fleck. Ihre Augen sahen ihn an, aber dennoch konnte sie nichts sehen, denn an Stelle von Pupillen war nichts da, nur eine dicke, weiße Haut. Aber sie lächelte den Kindern zu. Die weißen Augäpfel strahlten Olrac entgegen.

Aude durchbrach die Stille.

»Johannah, hier ist ein Brot für dich. Meine Mutter hat es gebacken. Es ist frisch und weich, aus gesiebtem Weizenmehl. Es zergeht dir im Mund.«

Olrac sah, dass Johannah keinen einzigen Zahn mehr hatte. Begehrlich nahm sie das Brot, schnüffelte und leckte daran und brach dann mit den Händen ein Stück davon ab. Die Kinder schauten ihr beim Essen zu. Der alte Mund bewegte sich auf und nieder und sie sahen, wie der Bissen Brot wie eine Kugel von einer Seite der eingefallenen Wangen zur anderen wanderte. Johannah aß gierig und gurrte zwischen den einzelnen Bissen vor Zufriedenheit. Ihre weißen Augen strahlten im Kerzenlicht. Das zerzauste graue Haar steckte unter einem dunkelblauen Tuch. Einem Tuch, wie es die Hirtenfrauen nahmen, wenn sie die Milch von der sauren Molke trennten, um den ersten Käse stocken zu lassen. Sie verzehrte das ganze Brot, klopfte vorsichtig die Krümel von ihrem Rock in die aufgehaltene Hand und streute alles auf die Türschwelle. Sofort kamen die Vögel: Elstern, Schwalben und Raben. Ganz ohne Angst vor der Frau begannen sie zu picken, bis kein Krümel mehr zu sehen war. Die Frau setzte sich auf einen der Baumstämme. Dann begann sie zu sprechen.

Die Kinder hörten aufmerksam zu. Manches war unverständlich, mitunter schien sie sogar in Gedanken zu reden.

»Das Spiegelzeichen, folg dem Spiegelzeichen . . . hüte dich vor dem Mann mit dem Tod in den Händen . . . der Mann, der Mann mit dem roten Kamm . . . er lacht jetzt . . . weiß, wer du bist . . . das Spiegelkind, wo ist das andere Spiegelkind?«

Sie jammerte vor sich hin und rang die Hände. Ihr Lächeln war verschwunden.

»Johannah«, drängte Aude. »Erzähl noch ein bisschen mehr. Warum besuchst du Olrac in der Nacht? Was ist das Spiegelzeichen? Warum soll er es suchen? Vor wem muss sich Olrac hüten? Vor wem?«

Die alte Frau begann plötzlich zu summen und wiegte sich dazu. Es war die Melodie eines alten Schlaflieds.

Die Kinder ließen sie zur Ruhe kommen. Sie war offensichtlich verängstigt. Unzusammenhängende Laute kamen aus ihrem zahnlosen Mund. Auf einmal hielt sie inne, nahm Olracs Hände und sagte eindringlich, fast böse: »Nein, nicht Olrac ... Name in Wasser schreiben ... Beeil dich, der Mann mit den Todeshänden ist hier! Hält den ersten Stein vom Grabhügel . . . den Grabhügel. Hemd mit Spiegelzeichen nicht verlieren, sonst . . .«

Dann verfiel sie in tiefes Schweigen. Die blinden Augen hatten sich in eine eigene, sichere Welt zurückgezogen. Die Angst der alten Frau war offenbar so groß, dass sie kein Wort mehr hervorbrachte, und niemand konnte sie mehr aus ihrer Welt scheinbarer Seelenruhe zurückholen.

Die Kinder blieben noch eine Weile sitzen und hofften, dass Johannah doch noch etwas sagen würde, aber es war vergebens. Sie standen auf und verließen das Häuschen mit mehr Fragen als zuvor. Auch sie hatten Angst bekommen.

Die Frau hatte nicht viel gesagt, aber sie hatte ihre Angst um Olracs Leben deutlich gemacht.

14

Es war noch dunkel am Morgen des 25. März. Sie weckten den Esel und zogen das widerstrebende Tier aus dem warmen Stall. Auf seinem Rücken befestigte das Mädchen zwei große Körbe, die mit gefärbten Tüchern in allen Blautönen gefüllt waren. Obenauf kamen der Beutel mit den runden Hüten und die Stränge Kammgarn. Überall, wo noch eine freie Stelle war, wurde ein Sack oder ein Korb befestigt. Der Esel war kaum noch zu sehen. Sie waren bereit für den Jahrmarkt, der drei Tage dauern sollte. Aude und Olrac mussten für die Nacht einen Schlafplatz im Dorf suchen. Meistens gab es Leute, die für wenig Geld ein Zimmer vermieteten. Ermengarde hatte ihnen ans Herz gelegt alles Geld in einer Tasche an der Innenseite des Hemds zu verwahren. Sie hatte einen ganzen Abend daran genäht und für Olrac hatte sie noch einen Gürtel aus Leinen gefertigt, in dem er seine Kräutermischungen und Extrakte in kleinen Säckchen aufbewahren konnte.

Sie durften auf keinen Fall die Besorgungen für Ermengarde vergessen: Sonnenblumenöl, um die Scharniere des Webstuhls einzufetten, Meersalz, Ingwer und neue Nadeln. Ermengarde hatte flache Hirsekuchen mit Honig für die Kinder gebacken. Die nahmen wenig Platz ein und füllten dennoch den hungrigen Magen. Auf ihrem Rücken trug Aude noch einen Sack mit runzligen Äpfeln. Es waren die letzten von der Ernte des Vorjahres und sie würden bestimmt noch ein wenig Geld einbringen. Aude und Olrac sehnten sich nach dem Jahrmarkt. Sie hatten kein Geld, um sich zu vergnügen, aber alles, was es dort zu sehen gab, würde ihnen so viel Festfreude verschaffen, dass sie später schöne Erinnerungen daran haben würden.

Vergnügt zogen sie los, noch bevor die Sonne neugierig wurde und als warme, goldene Kugel große Augen machte.

Die Vorfreude auf den Jahrmarkt hatte die Angst, die sie nach dem Gespräch mit Johannah überfallen hatte, ein bisschen in den Hintergrund gedrängt. Nur Ermengarde war weiterhin besorgt. Die Kinder hatten ihr alles erzählt und sie hatte Olrac ans Herz gelegt das weiße Hemdchen mit dem Spiegelzeichen nicht zu verlieren. Olrac hatte es zusammen mit den Kräutern in seinen Gürtel gesteckt.

Unterwegs, als sie die Hügel hinabgingen, pfiff Olrac fröhliche Melodien. Sein Herz war leicht und seine Füße bekamen Lust zu tanzen. Trotz des Kummers der vergangenen Monate spürte er auch Freude in sich. Zu seiner großen Verwunderung war das möglich: betrübt sein und trotzdem ein Gefühl des Jubels im Bauch haben. Er wollte aber nicht weiter darüber nachdenken.

Neben ihm ging Aude. Olrac hatte es erst schade gefunden, einen Freund zu verlieren, denn Aude war ja ein Mädchen. Und mit Mädchen konnte man doch keine Freundschaft schließen! Er hatte sich ihr gegenüber schüchtern verhalten, aber sie hatte mit ihren Scherzen das Eis gebrochen.

»Ich bin doch ich!«, hatte sie am Tag danach ärgerlich gerufen, als er wieder so zurückhaltend gewesen war. »Ich bin immer noch dieselbe wie gestern und nur weil du mich jetzt anders betrachtest, habe ich mich doch nicht verändert!«

Darüber hatte er gründlich nachdenken müssen und er hatte ihr Recht gegeben. Trotzdem ... es hatte sich etwas verändert. Er wusste aber nicht genau, was. Er traute sich nicht mehr mit ihr herumzubalgen, Grimassen zu schneiden, sie zu necken. Und doch war er froh, noch froher als zuvor. Aber es war eine stille Freude, irgendwo in einem Eckchen seines Bauchs versteckt. Es tanzte in seinem Bauch. Niemand brauchte das zu wissen. Er fand Aude schön, sogar in den lächerlich großen Hirtenkleidern.

Jeden Morgen versuchte sie ihre schwarzen Locken unter die Mütze zu stopfen, aber noch keine Minute später sprangen sie wieder hervor und tanzten um ihre Stirn. Ihre Augen waren nicht einfach grün, nein, sie hatten die Farbe eines großen Sees an einem windstillen Sommertag. Genau wie das Wasser luden sie dazu ein, mit einem Sprung hineinzutauchen, sich zu erfrischen und sich in aller Ruhe treiben zu lassen – in dem Wissen, dass die Sonne wärmt, das Wasser trägt und die Erde für Nahrung sorgt. Wenn er in Audes Augen sah, fühlte er sich sicher und ruhig. Deshalb war Olrac so glücklich.

Er ging den Weg, der sein Leben lenkte, und er spürte, dass es der richtige war. Mit seiner freien Hand tastete er nach dem Amulett und merkte, dass der Stein glühte. Ja, der Stein verstand seine Gedanken, er ging den Weg, der in den Sternen stand. Den Weg aus der Zeit vor seinem Leben. Einen Augenblick lang sah er das liebe Gesicht des alten Laszlo vor sich, der lächelte und nickte. Die Stimme des inneren Feuers brannte in ihm, das konnte er spüren. Und der alte Laszlo war ganz nah bei ihm.

Als sie sich dem Tal näherten, sahen sie viele umherziehende Menschen.

Der Ort war nicht von einer Mauer mit Toren umgeben. Es

gab überhaupt keine Tore, deshalb wirkte das Dorf einladend. Wo sich der Fluss und die große Heerstraße kreuzten, stand das Kloster der Zisterzienser, das gegen die Bergwand gebaut war. Es lag ein bisschen erhöht und unterhalb der Klosterbauten hatte sich eine große Dorfgemeinschaft gebildet. Manche Häuser machten den Eindruck, als klebten sie am Felsen, andere hatten kleine Gemüsegärten am Fuß des Hügels. In der Dorfmitte befand sich ein Platz mit einer kleinen Kapelle, die aus den gleichen Steinen erbaut war wie die Häuser. Das Dorf wirkte freundlich, genau wie die Bewohner. Im Norden waren alle viel grimmiger und Olrac dachte wieder an den Jahrmarkt vom vergangenen Winter. Thalan hatte Recht gehabt. Im Süden war alles besser.

Auf dem Dorfplatz fanden sie gerade noch einen freien Platz, an dem sie ihre Waren auslegen konnten. Sie hatten verabredet, dass Aude sich um den Verkauf kümmern sollte – das machte sie schließlich schon jahrelang – und dass Olrac in der Herberge Flöte spielen, singen und seinen Hut herumgehen lassen sollte. Er war fest dazu entschlossen. Das Rauben hatte er aus seinem Leben gestrichen, aber Geld verdienen musste er noch lernen. Und er wollte Ermengarde gerne ein bisschen Geld geben, denn sie hatte es so schwer.

Rund um das Dorf hatten die Leute von Maultieren Steinblöcke herbeischleppen lassen und diese zu Umfriedungen aufgeschichtet. Die ersten Anemonen und Weidenröschen suchten sich ihren Weg im Sandboden zwischen den Steinen. Kinder balgten sich dort und die Tiere blieben in der Nähe. Die Sonne schien und verbreitete behagliche Wärme. Jungen versuchten mit selbst gemachten Wurfschleudern den ersten Kiebitz oder Star zu treffen, Mädchen spielten

Mutter und Kind; in ihren kleinen Armen trugen sie Gurken, die in alte Tücher gewickelt waren. Die Liebe zu ihrem Kind war echt, solange das Spiel dauerte. Sobald sie ihr Puppenkind achtlos herumliegen ließen, stürzten sich die Hühner darauf und pickten als Erstes der Puppe die Augen aus. Der Kummer der Puppenmütter war ebenfalls echt. Aber wenig später saßen sie im Gras und flochten Blütenkränze aus Schwalbenkraut und blauer Zichorie, die sie »verwünschte Jungfrau« nannten.

Aude erzählte Olrac von dieser Pflanze. Jahr um Jahr hatten die Kinder dieser Gegend die Geschichte von dem Mädchen gehört, das ungeduldig am Zaun auf ihren Freier wartete. Da war Gott in Menschengestalt vorbeigekommen und hatte sie um etwas zu trinken gebeten. Das Mädchen hatte ihn barsch abgewiesen. Seither war sie verschwunden und an Zäunen und Umfriedungen sah man die blauen Blüten der wilden Zichorie. Sie hatten die Farbe der traurigen blauen Augen des Mädchens. Wenn man einen solchen Kranz trug, wusste Gott, dass er jederzeit um Wasser bitten durfte. Flocht man in die Krone auch noch die gelben Blüten des Schöllkrauts (oder des Schwalbenkrauts), dann konnte man sicher sein, dass ein guter Freier übers Meer kam und große Reichtümer mitbrachte. Denn es gab Geschichten von Schwalbenmüttern, die übers Meer geflogen kamen, in dieser Gegend ihr Nest bauten, blinde Vogeljunge bekamen und ihnen Blütenblätter des Schöllkrauts auf die Augen legten. Die kleinen Schwalben konnten daraufhin sehen und flogen in die Länder, wo man das Gold nur aufsammeln brauchte. Darum nannte man das Blümchen auch »Augenklar«. Mit dem Kranz auf dem Kopf konnte man als Mädchen sehen, welcher Freier wirklich geeignet und wohlhabend war und wer nur so tat, als ob.

Als sich Olrac umschaute, sah er etliche Mädchen mit einem blaugelben Blütenkranz auf dem Kopf.

Im Nu hatten Olrac und Aude den Esel von seiner Last befreit. Auf die umgedrehten Körbe legten sie die schönen, kunstvoll gewebten Tücher und die runden Hüte. Von ihrem Platz aus sahen sie die umliegenden Häuser und auch einen Teil der Berge. Das gab Olrac ein Gefühl von Sicherheit. Er war es nicht gewohnt, unter vielen Menschen zu sein, und er dachte wieder an den letzten Jahrmarkt. Die Sicht auf die Berge bedeutete für ihn, dass es einen Fluchtweg gab, ein befestigter Weg wand sich wie ein leuchtendes Band in die Hügel und verschwand im Nichts.

Durch die Straßen gingen Frauen, die ihr Haar zu Kränzen geflochten hatten und all ihre Feströcke übereinander trugen. Je reicher man war, desto mehr Röcke trug man. Die Männer hatten sich Bärte und Haar vom Barbier stutzen lassen. Ihre Stirn zeigte einen hellen Rand, wo man das Haar weggeschnitten hatte und die Haut noch nicht von der Sonne beschienen und braun geworden war. Es war noch zu früh, um schon im Gasthaus Flöte zu spielen, daher schlenderte Olrac durch die Gassen. Er ging durch die Gerbergasse, die Schmiedgasse und am Schöpfereck vorbei. Aude hatte alle Ware ausgebreitet und handelte eifrig. Olrac verstand nicht, wie es möglich war, dass sie von allen als Junge angesehen wurde. Sie schwatzte und lachte wie eine Frau mit den Frauen um sie herum. Ganz offensichtlich war sie eine von ihnen. Wie hatte er nur jemals denken können, sie sei ein Junge?

Auf den Türschwellen und in den Eingängen ihrer Häuser saßen die alten Frauen. Sie redeten, lachten und zankten miteinander. Sie beobachteten jeden, der vorbeikam und taten mit ihrem Mienenspiel und spitzen Bemerkungen ihre Meinung kund. Währenddessen arbeiteten ihre Hände emsig weiter. Einige der alten Frauen waren eifrig damit beschäftigt, mit dem kleinen Finger Läuse auf Kinderköpfen zu zerquetschen. Das Dorf erwachte zum Leben. Als die Sonne die Schatten kürzer werden ließ, war das Fest in vollem Gange. In der Hauptstraße konnten die älteren Jungen gegen die Stechpuppe antreten: Sie ritten auf einem Esel und hatten einen hölzernen Speer in der Hand wie Ritter zu Pferde. Ein Stück weiter befand sich die Strohpuppe, die an einem Pfahl festgebunden war. Wenn sie den Schild der Puppe mit dem Speer berührten, mussten sie blitzschnell weiterreiten oder sie bekamen einen Dreschflegel in den Rücken. Jubelnde Kinder und deren Eltern umringten sie und feuerten die Möchtegernritter an. Wer die Puppe dreimal traf, ohne sich einem Hieb mit dem Dreschflegel einzufangen, bekam ein Fässchen Cidre. Am lautesten war das Gejohle, wenn ein junger Bursche einen tüchtigen Schlag abbekam.

Überall priesen die Leute etwas an. Ein Pilger, dessen breitkrempiger Hut mit Muscheln verziert war, verkaufte Heiligenreliquien. In kleinen Behältern steckten winzige Stofffetzen vom Mantel des heiligen Martin von Tours, die gegen Rheuma helfen sollten. Der Pilger bot auch die Milchzähne des heiligen Begga an, ein wirkungsvolles Mittel gegen das Stottern, wenn sie um den Hals getragen wurden. Zahnsplitter stammten von der heiligen Apollonia, der man vor ihrem Feuertod die Zähne ausgeschlagen hatte. Wer solche Splitter bei sich trug, bekam nie wieder Zahnschmerzen. Ein Stückchen weiter entfernt stand ein Klosterbruder auf einem umgedrehten Fass; warf man ihm eine Münze in den Bettelsack, erzählte er einem, wie man mühelos in den Himmel kommen konnte.

In den Gasthäusern herrschte allmählich Betrieb. Der Duft

nach gebratenem Fleisch und Olivenöl, vermischt mit dem säuerlichen Geruch des Cidre, zog durch die Luft.

Olrac war ein wenig unschlüssig, wo er einkehren sollte. Schließlich wählte er das Gasthaus, dessen Wirt das freundlichste Gesicht hatte. Bier- und Bratendunst schlugen ihm entgegen. Eine mollige, schwitzende Frau ging lachend mit gut zehn Krügen schäumenden Gerstensafts durch den Raum. Dabei zeigte sie alle Zähne wie ein wieherndes Pferd, aber es stand ihr gut. Ihr Lachen galt jedem, egal, ob reich oder arm. Männer klatschten ihr auf den kräftigen Po oder küssten sie in den Nacken.

Olrac wusste nicht, wo er zuerst hinschauen sollte. Wegen der niedrigen Decke und der kleinen Fenster fiel nur wenig Tageslicht herein. Er suchte sich ein Plätzchen am Kamin und nahm die Flöte aus seiner Umhängetasche. Kaum hatte er ein paar Töne gespielt, da stellte ihm der Wirt auch schon einen Krug Bier und eine Schale Oliven hin und lachte ihm ermutigend zu. Ja, Musik war willkommen in seiner Schänke. Das lockte Leute herein und hielt Bösewichter fern. Olrac fasste Mut und die Töne klangen voller.

Nach ein paar Schlucken Bier fühlte Olrac sein Blut strömen. So ein Bier hatte er noch nie probiert! Es schien sein Blut in Wallung zu bringen und seine Finger tanzen zu lassen!

Die Leute an den Tischen waren vollauf beschäftigt. Sie lachten, prahlten, stritten sich und schrien herum. Niemand hörte dem Flötenjungen zu. Aber Olrac spielte weiter. Unbekümmert und ein bisschen beflügelt vom Bier flötete er alle Melodien, die ihm in den Sinn kamen. Die Männer um ihn herum würfelten. Niemand nahm den Jungen mit den geröteten Wangen wahr. Olrac hörte auf zu spielen und sah sich nachdenklich im Gasthaus um. Er sollte vielleicht besser singen als flöten! Schließlich hatte er genügend Lieder von Thalan gelernt. Seine klare Jungenstimme klang kraftvoll durch den Raum über die Unterhaltung der Gäste hinweg, von denen viele schon mit schwerer Zunge sprachen.

Kurz darauf wurde es leiser. Ein paar Leute in Olracs Nähe machten: »Pssst!« Dieses Zischen bahnte sich einen Weg von Tisch zu Tisch, von Ohr zu Ohr.

Auf einmal war es still, ganz still. Alle lauschten dem schmalen Burschen mit der silberhellen Stimme, der Lieder sang, als hätten Engel sie ihm eingegeben. Die Leute spitzten die Ohren. Der Junge sang nicht nur wunderschön, die Lieder erzählten sogar Geschichten. Mit Worten, die die Leute erkannten, die ihre Herzen wehmütig stimmten und die sie schon lange vergessen hatten. Worte über Liebe und Tod, Hunger und Leid, Brüderlichkeit und Ehre. Den Leuten gefiel es.

Ein Betrunkener, der offenbar seine eigene, lallende Stimme nicht mehr hörte, wurde von einem Nachbarn ernüchtert, der ihm einen Krug Wasser über den Kopf goss. Ein bellender Hund, der um etwas zu Fressen bettelte, wurde mit einem Tritt hinausbefördert. Keiner wollte auch nur einen Ton, ein Wort des singenden Jungen versäumen. Olracs Wangen färbten sich feuerrot, seine Augen strahlten vor Vergnügen und seine Stimme klang kristallklar.

»Bacchus, sei gut,
Venus, gib Mut,
um alles Geld auszugeben . . .«

Die Leute lachten und hoben ihren Krug zum Zeichen, dass er wieder gefüllt werden sollte. Sie riefen Olrac zu, er möge weitersingen.

»Essen wolln wir
und uns laben,
bis wir uns dann
voll der feinsten Speisen
fröhlich an das Trinken wagen.«

Die Zeit verflog im Nu. Die Tische waren voll und die Männer verließen ihren Platz nur, um draußen zu pinkeln. Ein paar Frauen gesellten sich zu ihren Männern an die Gasthaustische, ein ungewöhnlicher Anblick. Nach jedem Lied warfen sie freigebig mit Münzen. Der Boden von Olracs Mütze war schon bedeckt.

Als es dunkel wurde, streckte Aude ihren Kopf herein, denn der Markt war inzwischen abgebaut. Als sie die gute Stimmung bemerkte, stellte sie sich mit ihrer Fiedel neben Olrac. Da ging der Spaß erst richtig los! Olracs Gesang bekam die nötige Unterstützung: Fröhliches wurde noch fröhlicher und Trauriges wurde zum Tränental. Die Leute genossen es in vollen Zügen. Wegen der brennenden Kerzen und der rauchenden Öllampen konnte man schon bald keine Hand mehr vor Augen sehen. Darum bemerkte Olrac nicht, wer da in der geöffneten Tür stand und aufmerksam den Klängen der Musik lauschte. Es war ein Mann. Er hatte seinen Hut weit über die Augen gezogen, sodass nur die Hälfte seines Gesichts zu sehen war. Er wirkte gefährlich und drohend. Seine ganze Aufmerksamkeit galt dem singenden Jungen.

Als es Nacht wurde und allmählich alle nach Hause schlenderten, manche noch singend oder vor sich hin brummend, händigte der Wirt Olrac ein kleines Stück zusammengefaltetes Pergament aus.

»Ein Mann bat mich dir dies zu geben, Sänger. Aber bevor

ich etwas fragen konnte, war er schon in der Dunkelheit verschwunden.«

Beim Schein des letzten Kerzenstumpfs las Olrac die flüchtig hingekritzelten Worte:

Olrac,
wie du merkst, bin ich dem Gemetzel entkommen. Doch die Gefahr ist noch lange nicht vorbei. Vor allem du musst vorsichtig sein. Man sucht nach dir. Dein Leben ist in Gefahr! Meines ebenso. Nimm dich in Acht vor Armand de Boncourt. Er will dich am Galgen baumeln sehen. Ich kann nicht zu dir kommen. Zu viele Leute kennen mein Gesicht. Aber ich bleibe in deiner Nähe. Wenn die Luft rein ist, werde ich dich aufsuchen, um dir alles über deine Eltern zu erzählen. Aufschreiben kann ich es nicht. Das wäre zu gefährlich. Such mich nicht, sondern zieh weiter zum Meer. Du bist auf dem richtigen Weg. Ich werde dir schon folgen.
Thalan

Hastig las Olrac die Worte, sicherlich drei Mal hintereinander, und Aude sah, wie sich sein Gesicht erhellte, als ob es von der Sonne beschienen würde. Es waren offensichtlich gute Nachrichten. Mit weit aufgerissenen Augen sah Olrac seine Freundin an und rief laut: »Thalan! Mein liebster Hauptmann lebt! Thalan lebt!«

Ohne nachzudenken, fasste er Aude um die Taille und vollführte ein paar ausgelassene Sprünge. Er stieß einen Jubelschrei nach dem anderen aus und tanzte mit dem Mädchen durch die Gaststube.

Der Wirt brummte lächelnd hinter seinem Bart. Diese beiden Burschen waren köstlich. Erst verwandelten sie sein Gasthaus in eine Bühne und jetzt, wo alle nach Hause gegangen waren, wagten sie noch ein Tänzchen. Ja, die Jugend, die kannte keine Müdigkeit, weder bei Tag noch bei Nacht. Müde trocknete er seine Bierhumpen ab.

Die beiden Kinder verließen hüpfend die Gaststube, während der Wirt die Spuren des Fests mit einem Büschel Birkenzweige wegzufegen versuchte. Morgen war gewiss auch wieder viel los, am zweiten Tag der Festwoche. Hoffentlich spielten die beiden Jungen wieder auf, denn so viele Musikanten gab es im Dorf nicht. Gute Spielleute oder Sänger wurden meist von den Burgherren eingefordert. Doch dank der beiden Jungen war sein Geldkrug heute Abend gut gefüllt.

In dieser Nacht konnte Olrac schlecht einschlafen. Für wenig Geld hatten sie vom Wirt für den Rest der Woche ein Speicherzimmer mieten dürfen. Aude schlief schon tief unter ihrer blauen Decke, zusammengerollt wie eine Feldmaus. Durch den schmalen Fensterschlitz sah Olrac den klaren Sternenhimmel. Er hatte die Arme unter dem Kopf verschränkt und dachte an alles, was in den vergangenen Monaten passiert war. Alle möglichen Gedanken wirbelten durch seinen Kopf und hielten die Tore zur Welt des Schlafes geschlossen. Kummer und Wut, Erstaunen und Angst, Einsamkeit und Freude, Verzweiflung und Hoffnung, all diese Gefühle hatte er erst in den letzten Monaten wirklich kennen gelernt.

Aber heute Nacht überwog die Freude. Während all der Zeit hatte er kaum gewagt an Thalan zu denken, denn die Vorstellung, dass auch er tot sein könnte, hatte ihn viel zu sehr geängstigt. Aber nun, da er den Beweis in Händen hielt, dass sein Hauptmann noch lebte, war ihm klar, dass er es immer gewusst hatte. Thalan würde sich nie so einfach überfallen lassen. Thalan war der Misstrauischste von allen gewesen. Immer war er auf der Hut. Nein, jemand wie Thalan war nicht so einfach kleinzukriegen.

Olrac dachte an die Warnung. Er musste aufpassen! Aber wie? Er fühlte sich in diesem Dorf vollkommen sicher. Hatte er nicht den ganzen Abend gesungen und geflötet? Niemand hatte ihm etwas angetan und keinen Augenblick hatte er sich bedroht gefühlt. Er sah aus wie ein ganz gewöhnlicher Junge und niemand außer Aude wusste, dass er zur Räuberbande vom Todesberg gehört hatte.

Ja, und Armand de Boncourt . . . wie sah der Mann aus? Wie sollte er sich gegen jemanden wappnen, den er nicht kannte?

Zu viele Fragen drängten sich auf und beim ersten Hahnenschrei fiel Olrac in einen traumlosen Schlaf.

15

Adèle de Boncourt lag in ihrem dunklen Alkoven und starrte mit offenen Augen in die Nacht. Sie konnte nicht einschlafen. Ihr ganzer Körper schmerzte. Vor allem die Stellen, auf die sie gefallen war. Zum Glück war sie nicht auf dem Bauch gelandet. Weil sie ihre Arme schützend vor den Bauch gelegt hatte, war es ihr nicht möglich gewesen, den Sturz abzufangen, und sie war mit ihrem vollen Gewicht von den Stufen gefallen. Sie hatte ihr Stöhnen nicht unterdrücken können. Davon war Maria-Assumpta, ihre älteste Tochter, wach geworden und der Mutter zu Hilfe geeilt.

»Mutter«, rief sie erschrocken, »was ist los? Bist du gefallen?« Sie war achtzehn Jahre alt und immer noch nicht verheiratet. Über ihre Mutter wachte sie so liebevoll, als wäre sie selbst eine. Maria-Assumpta war alt genug, um zu sehen und zu begreifen, dass ihrer Mutter viel Leid angetan wurde und dass sie kein leichtes Leben hatte. Auch sie hatte den Vater Jahr um Jahr mehr hassen gelernt.

Sie hatte ihn stehen sehen. Von oben, dem Zimmer im Halbgeschoss, hatte er auf ihre Mutter hinabgeschaut. Er hatte keine Hand gerührt, um ihr aufzuhelfen. Er war ein Schwein. Vorsichtig hatte sie ihre Mutter gestützt und sie ins Schlafzimmer geführt. Mit warmen Wickeln und flüssigem Wachs hatte sie die schlimmsten Prellungen versorgt.

Adèle atmete tief ein und doch schien es, als bekäme sie

keine Luft mehr. Als wollte die Luft nicht mehr hinein oder als drückte ein Unsichtbarer ihr die Kehle zu, um ihr zu bedeuten, dass sie nicht mehr weiterleben sollte.

Manchmal wünschte sie, sie wäre tot. Aber sie musste weiterleben! Für das Kind in ihrem Schoß, das wild strampelte.

Zum Glück. Wenn sie nun auf ihr Kind gefallen wäre! Der Gedanke ließ ihr Herz schneller schlagen und ihre Wangen bekamen wieder etwas Farbe. Eine ungeheure Wut raste wie ein Sturm durch ihren Körper. So konnte es nicht weitergehen! Sie musste etwas tun! Wieder dachte sie an den vergangenen Tag.

Ihr Mann war zornig nach Hause gekommen. Seine Pläne liefen nicht nach Wunsch. Nicht dass er etwas darüber sagte. Das tat er nie. Aber aus seinen Gesprächen mit Ludovic konnte sie viele Rückschlüsse ziehen.

In den letzten Wochen hatte sie zu ihrer großen Bestürzung erfahren, dass ihr Ehemann nicht nur ein Schwein und ein Mann ohne Gefühle war, sondern der schlimmste Unmensch, den es gab. Sie zitterte wieder, als sie an seine Prahlerei mit den Morden auf dem Berg dachte.

Diesmal hatte er sich die Hände wirklich schmutzig gemacht. Teuflische Befehle hatte er erteilt. Er hatte sich zum Richter aufgeworfen und die Räuber auf bestialische Weise umbringen lassen, ohne ihnen die Möglichkeit zu geben, etwas zu ihrer Verteidigung vorzubringen.

Ihr grauste bei seinen Worten. Sie rochen immer nach Blut, Hass und Eigenliebe.

Heute hatte sie ihre Grenze erreicht. Das Maß war voll. Sie konnte nicht mehr zulassen, dass er so weitermachte und das Leben anderer vergiftete oder beendete.

Was heute Abend geschehen war, war jenseits jeglicher Vorstellung. Dabei dachte sie noch nicht einmal an ihren eigenen Schmerz. Es war Domiens Gesicht, das immer wieder vor ihren Augen erschien, ihr den Magen umdrehte und den Atem stocken ließ.

Wie jeden Abend war Domien durch die Hintertür hereingeschlüpft, um seine Portion Brei zu essen. In letzter Zeit strahlte er, denn Ludovic hatte ihm neulich freundschaftlich auf die Schulter geklopft und ihm für die Auskünfte gedankt. Welche Auskünfte das waren, wusste Domien nicht. Dafür war er zu einfältig, aber er wusste, dass er dem Vogt bei etwas sehr Wichtigem geholfen hatte. Und er hatte gut verstanden, was Ludovic danach mit einem Lächeln zu ihm gesagt hatte.

»Domien, wenn der Vogt wieder zurück ist, bekommst du etwas. Eine Belohnung. Ich weiß zwar nicht was, aber der Vogt hat gesagt, es sei etwas, das du nie mehr vergessen würdest.« Domien hatte wiehernd gelacht. Wie ein kleines Kind, das auf Süßigkeiten wartet, hatte er den Rest des Abends auf den Vogt gewartet. Treu wie ein Pferd. Schnaubend und glücklich wiehernd.

Adèle war beunruhigt.

An diesem Abend wurden ihre bangen Vorgefühle Wirklichkeit. Als ihr Mann nach Hause gekommen war und Domien am Küchentisch bemerkte, hatte er Ludovic zu sich gerufen und gemeinsam mit ihm den Dorftrottel zu den Pferdeställen gelotst. Glücklich wie ein Kind war Domien mitgehüpft.

Auch Adèle war ihnen gefolgt. Das hätte sie besser nicht getan. Dann hätte sie nicht gesehen, wie die beiden Männer Domien auspeitschten. Sie hätte das grausame Vergnügen in ihren Augen nicht gesehen. Domien überlebte das entsetzliche Spiel nicht. Als die beiden Leuteschinder gegangen waren, war sie leise in den Pferdestall geschlüpft.

»Sie haben ihn totgeschlagen! Sie haben ihn totgeschlagen!« Dieser eine Satz drängte alle anderen Gedanken beiseite.

Ihr brach das Herz, als sie den sterbenden Domien sah. Er lag im Stroh, ganz nah bei seinem Lieblingspferd. Seine Augen hatten sie mit so viel Güte angesehen. Keine Spur von Wut oder Hass wegen dem, was man ihm angetan hatte. Er hatte noch ein paar Worte hervorbringen können, bevor er in ihren Armen gestorben war.

»Domien Pferd versorgen. Domien gut Pferd versorgen. Domien gut . . .«

Sie gab einem der Stallknechte den Auftrag, ihn zu begraben.

Als sie wieder ins Haus kam, saßen die beiden Männer am Feuer und tranken Branntwein. Sie sprachen über den Vorfall, als hätten sie gerade eine lästige Maus totgetreten. Eine dumme Maus, die gefährlich sein konnte. Die reden konnte. Die zu einfältig war, als dass man sie bestechen konnte. Klugen Menschen kann man immer das Maul stopfen, wenn man genug Geld auf den Tisch legt. Schwachköpfen nicht. Also musste diese lästige Maus, Domien, verschwinden.

Adèle schaffte es nicht mehr, die beiden Verbrecher weiter zu bedienen. Die Küchenmagd war schon weg, also hatte sie Helena, ihre zweite Tochter, geschickt, damit sie die Männer auf ihr Winken hin bediene. Das hatte jedoch Armand de Boncourts Zorn herausgefordert. Er brüllte und wetterte, es sei die Aufgabe der Frau des Hauses, ihn zu bedienen.

Als Adèle mit einem bitteren Zug um den Mund erschien, den sie nicht mehr verbergen konnte, hatte er sie angeschrien und ihr alle möglichen Schimpfnamen gegeben. Mit beiden Händen hatte er sie in Richtung Treppe gedrängt und befohlen, sie und niemand anderes habe für ihn zu sorgen. Dann war sie gestürzt.

Der Jahrmarkt ging seinem Ende zu. Es war der letzte Tag der Festwoche. Olrac und Aude hatten noch nie so viel Geld verdient.

Aude hatte tagsüber all ihre Ware an den Mann bringen können und abends hatten sie jedes Mal bis Mitternacht gefiedelt, gesungen und geflötet.

Ein paar Musikanten aus dem Dorf hatten sich zu ihnen gesellt, so klang das Ganze noch schöner und voller. Die Klänge von Dudelsack und Drehleier verliehen den Melodien etwas Festliches. Aber nur Olrac kannte die Lieder ihrer Gegend, ihres Landes, ihres Volkes.

Die Leute hingen an seinen Lippen, wenn er die Worte der Barden und Spielleute sang:

»Die Lerche schön kann tirilieren,
die Nachtigall gar prächtig schlagen,
doch jeder Mann singt mit noch mehr Behagen,
wenn Wein und Bier geflossen sind . . .«

Das war das Lieblingslied des Wirts und seiner lachenden Frau. Dann flossen Wein und Bier in Strömen und die Becher und Krüge wurden sofort geleert und wieder aufgefüllt.

Auch das Bettlerlied war sehr beliebt. Die muntere Melodie lud jeden zum Mitsingen und Klatschen ein. Die Leute wurden selbst zu Musikanten. Mit Krügen und Löffeln klopften sie rhythmisch und fröhlich auf die Tische. Den Kehrreim brüllten sie aus voller Kehle mit.

»Die Bettler leben ohne Sorgen,
Gewinn nur, was man bis zum Abend kennt.
Sie schlafen ruhig bis zum Morgen,
auch wenn man sie Halunken nennt.
Sie tragen keine schwere Last,
ihr Hab und Gut ins kleinste Bündel passt.
Es lebe der Bettelsack, es lebe der Bettelsack!!«

Nur an den schlaffen Geldbeuteln war zu erkennen, dass das Fest fast zu Ende war. In Olracs Mütze landeten noch viele Münzen, aber es war nicht mehr so wie an den ersten Tagen. Doch weil es der letzte Abend war, gaben Olrac, Aude und ihre Gefährten ihr Bestes. Die ganze Woche hatten sie im Festtrubel verbracht und waren nun fröhlich und übermütig. In diesem freundlichen Dorf konnte ihnen nichts geschehen.

Und plötzlich ging alles sehr schnell. So schnell, dass anschließend niemand mehr berichten konnte, wie es sich wirklich zugetragen hatte.

Die Musik erfüllte das ganze Gasthaus, als die fröhliche Stimmung von lautem Waffenklirren gestört wurde. Mindestens zehn Soldaten, die braune Lederwämser, eiserne Beinschützer und Kupferhelme trugen, stürmten in das Gasthaus. Eine tiefe, krächzende Stimme erteilte ihnen Befehle.

»Ergreift ihn!«

Unter den Leuten an den Tischen entstand Verwirrung und Tumult. Die Befehle und die durcheinander rufenden barschen Stimmen überraschten sie vollkommen. Was geschah da? In ihr Dorf kamen sonst nie Soldaten. An Zank unter Nachbarn oder Eheleuten waren sie gewöhnt. Aber das?!

»Lasst ihn nicht entwischen!«, brüllte der Anführer. Er stand breitbeinig mitten in der Schankstube.

Die Musik verstummte und Olrac versuchte durch den Rauch der Kerzen hindurch etwas zu erkennen. Ein ungutes Vorgefühl beschlich ihn, ihm wurde kalt. Seine Gliedmaßen erstarrten und er konnte die Füße nicht mehr heben, geschweige denn wegrennen. Als er den Befehlshaber entdeckte, bewahrheitete sich sein Vorgefühl. Das, wovor Thalan ihn gewarnt hatte, geschah nun.

Vor ihm stand der dicke Mann! Derselbe, vor dem er im Winter geflüchtet war. Der Mann lächelte falsch und seine dicken Lippen murmelten etwas, wobei er Olrac keine Sekunde aus den Augen ließ. Sofort waren vier Männer zur Stelle, die den Jungen unsanft ergriffen. Sie fesselten ihm die Hände auf dem Rücken und legten ihm einen dicken Strick um den Hals.

Der Dicke kam händereibend näher.

»Sieh an, welchen Vogel habe ich denn hier gefangen? Ist das nicht der kleine Spatz, der es wagte, die Brotkrümel von meinem Hof zu picken? Soso. Habe ich dich endlich erwischt! Du Ungeziefer vom Todesberg!«

Die Leute sahen zu, wie erstarrt, verstanden rein gar nichts. Die Soldaten flößten ihnen so große Angst ein, dass keiner es wagte, sich zu rühren. Alle Aufmerksamkeit galt dem kleinen Musikanten, der von Soldaten umringt war.

Aude sah mit aufgerissenen Augen zu. Ihr Herz geriet vor Angst und Wut aus dem Takt. Armand de Boncourt!, schoss es ihr durch den Kopf. Ich muss verschwinden! Er darf mich nicht in die Finger kriegen!

Mit kleinen Schritten bewegte sie sich kaum merklich rückwärts in eine dunkle Ecke ohne Kerzenlicht. Auch die anderen Musikanten wichen auseinander. Niemand achtete auf sie.

Der Vogt packte Olrac am Kragen und zog ihn zu sich heran. Als er sprach, roch Olrac wieder seinen scheußlichen Atem und Speicheltröpfchen landeten auf seiner Nase und seinen Wangen. Armand de Boncourt zischte: »Drei Monate habe ich nach dir gesucht. Drei Monate! In den ersten Wochen wollte ich dich bestrafen, indem ich dir nur die rechte Hand abhacke. Ja, ich wollte dir vergeben, denn ich bin ein guter und sanftmütiger Mensch. Im zweiten Monat fand ich, dass du eine so milde Strafe nicht mehr verdienst, also dachte ich mir für dich etwas anderes aus. Außer dir die Hand abzuhacken, schien es mir angemessen, dass ich dich mit den Ohren an die Rathauspforte nagele. Aber weil es drei Monate gedauert hat und ich den ganzen Weg über die Berge hierher machen musste, um dich zu finden, beschließe ich jetzt, dass du den Strick verdienst. So wahr ich Armand de Boncourt heiße. Ha, ha ... was habe ich für einen Spaß. Das Vögelchen ist mir singend in den Käfig geflogen.«

Armand de Boncourt! Olrac war entsetzt. Vor ihm hatte Thalan ihn gewarnt und nun war es zu spät!

Es schien fast, als würde der Vogt seine Gedanken erraten, denn er tippte mit seinem dicken Finger hinterhältig an Olracs Kinn.

»Ja, da staunst du, junger Freund von Thalan. Du wirst jetzt mit mir kommen. Erst ein paar Tage auf den Schandkarren vor dem Rathaus und wenn ich zurückkomme und die Zustimmung des Burgherrn habe dich aufzuhängen, nehme ich dich wieder mit über die Berge. In das Land, in das du gehörst. Du wirst deiner verdienten Strafe nicht entgehen, genau wie deine Freunde auf dem Todesberg!«

Olrac erstarrte. Der Vogt sprach von seinen Freunden. Dem alten Laszlo, Mareck und Golus, Friggor . . . Und er grinste falsch.

»Deine Freunde wollten auch fliegen, aber meine Soldaten haben ihnen die Flügel gestutzt. Sie gerupft und geschlachtet! Wie sich das gehört!« Der Vogt drehte sich um und betrachtete die schweigenden Menschen um sich herum. »Und hier . . . hier habe ich nun den jüngsten Plünderer aus diesem Nest. Ein sehr gefährlicher Vogel. Er wird allerdings nicht mehr lange pfeifen. Ihr könnt mir dankbar sein, dass ihr nun wieder sicher seid und weiterfeiern könnt.«

Mit seiner beringten Hand machte er ein Zeichen und Olrac wurde hinausgeschleift. Die Leute machten den Soldaten Platz und sahen schweigend zu, wie der schmächtige Junge von den groben Kerlen gefesselt weggezerrt wurde.

Aude hatte sich inzwischen wie ein Hase unter den Tischen fortbewegt und wartete, bis die Luft rein war. Erst als die Soldaten abgezogen waren, kam sie zum Vorschein. Im Gasthaus waren alle wie vor den Kopf geschlagen, aber als ihre Angst verflogen war, kam die Empörung. Die Leute riefen durcheinander und Aude hörte die wildesten Verwünschungen und Beleidigungen gegen de Boncourt.

Es war keine Zeit zu verlieren! Ihr Freund, ihr bester Freund durfte nicht sterben! Mit einer dunkelblauen Decke um den Kopf und die schmalen Schultern lief sie in die schmale Gasse, in der sie die Soldaten hatte verschwinden sehen. Die Wirtin hatte ihr gerade noch ins Ohr flüstern können, dass sie gut für den Esel sorgen und auf ihren Besitz achten würde, bis Aude zurückkam.

Vorsichtig huschte das Mädchen von einer Ecke zur anderen, um nicht die Aufmerksamkeit der Soldaten auf sich zu lenken. Fast wäre sie über ein paar frei laufende Schweine gestolpert. Ihr Quieken veranlasste die Soldaten sich umzudrehen, aber Aude war schneller.

Im Dorf war es still. Auf dem Dorfplatz schwelten noch ein paar Feuer und im Licht des Vollmonds sah Aude den käfigartigen Schandkarren. Sie verbarg sich in der Dunkelheit eines schmalen Portals und beobachtete, wie Olrac grob in den Karren befördert wurde. Das Schlüsselklirren ließ ein kräftiges Schloss vermuten.

Die vier bewaffneten Männer nahmen rund um den Karren Platz. Sie hatten die Beine leicht gespreizt und ihre rechte Hand ruhte auf dem Schwert am Gürtel. Plötzlich preschte eine Gruppe Reiter vorbei. Schnell zog sich das Mädchen in die Dunkelheit zurück. Sie sah gerade noch, wie der Vogt mit einigen seiner Soldaten davongaloppierte. Gut gelaunt, ritt er in Richtung Berge, um den Burgherrn um Zustimmung zu bitten seinen jungen Gefangenen auf dem Galgenfeld aufzuhängen.

16

Es dauerte eine ganze Weile, bevor Olrac es wagte, sich zu rühren. Sein Körper schmerzte überall. Seine Handgelenke waren immer noch gefesselt und die Seile schnitten ihm in die Haut. Die Männer hatten ihn so roh in den Karren gestoßen, dass Olrac sich die Stirn angeschlagen hatte. Er spürte, wie die Beule anschwoll. Seine Knie waren aufgescheuert, weil er unterwegs ein paarmal über die holprigen Steine gestolpert war.

Als sich seine Augen an die Dunkelheit um ihn herum gewöhnt hatten, sah er, dass sich die Schildwachen um eines der schwelenden Feuer gesetzt hatten.

Sein Messer und seine Schleuder hatten sie ihm abgenommen. Den Gürtel um den Bauch hatten sie ihm aber gelassen. Gott sei Dank! Olrac seufzte. Im Gürtel hatte er seine Kräuter und, als Allerwichtigstes, das weiße Hemdchen und das Säckchen mit den Steinen, das er beim letzten Waschen vom Hals genommen und in eine der schmalen Innentaschen gesteckt hatte.

Bislang hatte er immer Kraft und Hilfe bei dem kleinen Bündel um seinen Hals gefunden. Vor allem bei dem Amulett. Immer, wenn er fühlte, dass der Stein glühte, wusste er, dass er sich auf dem richtigen Weg befand und dass er seiner inneren Stimme, der Stimme des Feuers, gefolgt war. Wie einfach war ihm doch das Leben bei seinen Freunden in der Höhle erschienen. Bei dem alten Laszlo, der ihm immer den richtigen Rat gegeben hatte. Ihm war, als wären seither Jahre und nicht Monate vergangen.

Über Olracs Kopf funkelten tausend Sterne durch die Gitterstäbe. Sie lachten ihm zu und machten sich nichts aus seinem Elend. Der Mond schien voll und am Himmel war kein einziges Wölkchen. Es war kühl und die Nachtluft roch gut. Morgen würde ein sonniger Frühlingstag werden.

Olrac legte sich hin, so gut oder schlecht es ging. Aber schlafen konnte er nicht. Es war, als würde jeder Stern in seinem Kopf einen Gedanken wecken. Er dachte an Aude. Ob sie Hilfe suchte? Wenn sie bloß keine gefährlichen Sachen machte! Er wusste, wie tatkräftig und unerschrocken sie sein konnte. Wenn sie nur nicht ihr eigenes Leben in Gefahr brachte! Nein, das durfte nie geschehen! Lieber wollte er aufgeknüpft werden als mit dem Gedanken leben, dass sie gestorben war, um ihn zu retten. So glitt die Nacht, verwoben mit seinen Gedanken, vorbei und Olrac sah den ersten violetten Morgengruß hinter den Bergen zum Vorschein kommen. In der Ferne hörte er das Gebimmel einer Schafherde, die mit ihrem Hirten zu den Berghängen zog. Die Schildwachen schliefen noch, sie hatten sich hier und dort niedergelegt. Nur einer von ihnen stand auf und sah sich gelangweilt auf dem schläfrigen Dorfplatz um. Es dauerte sicherlich noch drei Tage, bevor der Vogt zurück sein würde. Hoffentlich bekamen sie von den Dorfbewohnern etwas zu essen und stärkende Getränke, denn der Vogt war mit einem großen Teil ihrer Ration davongeritten.

Als die Hähne krähten, war schon das ganze Dorf in Bewegung. Die Festwoche war vorbei und alle mussten wieder arbeiten. Die Leute hielten sich vom Schandkarren fern. Sie hatten eine Heidenangst. Niemand wagte es, sich Olrac zu nähern. Aus sicherer Entfernung betrachteten sie den

Jungen voller Mitleid. Sie wussten nicht, was sie von der Sache halten sollten. Hatte der Vogt Recht? War der Junge wirklich ein gefährlicher Räuber vom Todesberg? Dieser hübsche, feine Junge, der sie mit seinen Liedern so trefflich unterhalten hatte? Es war kaum zu glauben und dennoch . . . Mit dem Vogt war nicht zu spaßen. Alle wussten, dass er jeden Räuber in der Gegend einen Kopf kürzer gemacht hatte. Seither war ihr Dorf kaum noch überfallen worden. Er war ein grausamer Mann, aber er sorgte auch für ihre Sicherheit.

Aber was sie auch dachten . . . niemand hatte das Bedürfnis, den schmächtigen Jungen hinter den Gittern zu verspotten oder mit faulen Eiern zu bewerfen. Sie sahen sein trauriges Gesicht und fühlten sich ebenfalls bedrückt. Die Feststimmung des vergangenen Tages war vollständig verflogen. Gegen Mittag stand die Sonne genau über dem Schandkarren. Es war das erste Mal, dass sie heiß vom Himmel brannte. Und so blieb es auch für den Rest des Tages. Olrac fuhr sich mit der Zunge über die ausgetrockneten Lippen. Sie fühlten sich gesprungen an.

Aus einer schmalen Gasse kam ein kleines Mädchen zum Karren. Auf dem Kopf trug sie einen Krug, den sie mit einer Hand stützte. Ohne auf die Schildwachen zu achten, schob sie den Krug durch das Gitter und stellte ihn auf den Boden des Karrens. Olrac hatte Durst, großen Durst, aber mit seinen gefesselten Händen kam er nicht heran. Die Soldaten beobachteten die Szene feixend und stießen einander an. Olrac legte sich auf den Bauch und versuchte so, aus dem Krug zu trinken. Aber der fiel um und der Wein floss über die Holzbretter und tropfte vom Karren herab. Schnell leckte Olrac etwas davon auf. Es schmeckte nach Sand und Holz, aber ein paar Tropfen waren immerhin besser als gar nichts. Die Soldaten lachten, aber der Älteste stand auf, ging zum Karren und schnitt mit seinem Messer das Hanfseil um Olracs Handgelenke durch.

»So, ein bisschen mehr Bewegung kann nichts schaden. Vielleicht bist du wirklich ein Räuber, wie der Vogt sagt, aber wir sind keine Esel. Wenn du so gefährlich bist, wie de Boncourt behauptet, dann sind wir Heringe. Hier, trink von meinem Krug. Es wird dir gut tun.«

Der Mann gab Olrac seinen Krug und der Junge trank, als wäre es Jahre her, seit er zum letzten Mal etwas bekommen hatte. Wie gut das schmeckte!

Ein zweiter Wächter teilte sein Brot mit Olrac und ein dritter gab ihm ein Stück von einem harten Käse.

Der Tag verging, ohne dass etwas geschah, und die Ungewissheit über sein Schicksal bedrückte Olrac. Trübsinn überkam ihn. Nur Musik konnte ihm jetzt helfen.

Am Abend versank die Sonne hinter den Bergen zu den Flötentönen der Musik. Olrac spielte, wie er es die ganze Woche über getan hatte. Aber die Lebensfreude fehlte. Niemand hinderte ihn am Flöten. Je länger er spielte, desto sicherer waren sich alle, dass dieser Junge unmöglich ein Räuber sein konnte.

Aude hatte inzwischen nicht die Hände in den Schoß gelegt. Nach Olracs Verhaftung hatte sie ihrer beider Sachen wieder auf dem Esel festgebunden und das Geld, das sie verdient hatten, an mehreren Stellen im Gepäck versteckt. Dann war sie den Berg hinaufgestiegen, um nach Hause zu gehen. Sie hatte einen Plan, aber sie wollte ihn erst mit ihrer Mutter besprechen.

Nachdem sie ein paar Stunden kräftig ausgeschritten war, sah sie ihr Häuschen in der Ferne. Ermengarde hielt schon

Ausschau. Sie wusste, dass der Jahrmarkt bereits am Tag zuvor zu Ende gegangen war, und sie hatte die beiden Kinder schon viel früher zu Hause erwartet. Als sie den Esel erblickte und nur eine menschliche Gestalt daneben, wusste sie sofort, dass etwas geschehen war, und sie eilte ihrer Tochter entgegen.

Aude erzählte in Windeseile alles von der vergangenen Woche. Doch es blieb keine Zeit, sich über das verdiente Geld zu freuen. Sie mussten Olrac vor dem Galgen retten! Bis tief in die Nacht besprachen Mutter und Tochter den Plan und trafen die notwendigen Vorbereitungen. Ermengarde nahm ihre Stoffe und nähte. Aude begab sich zur Feuerstelle und backte einen Fleischlaib mit duftenden und sehr würzigen Kräutern. In einem Krug bereitete sie Wein aus Engelwurz und Rhabarber.

Am nächsten Tag zog sie wieder in Richtung Dorf. Aber sie ging nicht zum Dorfplatz, sondern zum alten Kloster, das zum Teil aus dem Fels gehauen war. Dort lebte ein alter Freund ihrer Mutter: Ernesto.

Die dritte Nacht brach herein. Es hatte geregnet und der Dorfplatz hatte sich in einen schmutzigen Schlammpfuhl verwandelt. Soweit möglich, blieben alle im Haus, sogar die Kinder. Es war richtiges Aprilwetter. Einen Tag herrschte Gluthitze und am nächsten ging ein Hagelschauer nieder. Olrac fühlte sich sehr schwach. Die Kälte hatte sich in seinen Gliedmaßen festgesetzt, und wo er auch kauerte, nirgends war er vor dem kühlen Frühjahrswind geschützt. Die Schildwachen hatten das Interesse an dem Gefangenen verloren. Sie hatten selbst nichts mehr zu essen und von den Dorfbewohnern bekamen sie keinen Bissen. Wo blieb nur dieser verfluchte Vogt? Sie dachten an ihre Häuser, ihre

Feuerstellen und ihre Frauen. Olrac merkte, dass er traurig wurde. Wo war Aude? Hatte sie Hilfe gesucht oder war sie womöglich selbst in eine Falle getappt? Er wusste nicht, was er denken sollte. Hunger und Durst musste er nicht leiden, denn die Dorfbewohner hatten ihre Angst völlig überwunden und schickten ihre Kinder mit Essen und Trinken zu ihm. Aber Olrac hatte Angst vor Armand de Boncourt. Sobald der Vogt zurück war, würde das Urteil vollstreckt werden. Der Burgherr würde keinen Räuber begnadigen, egal, wie jung er war. De Boncourt wollte Olrac in die Gegend des Todesbergs zurückbringen. Dort sollte er in eine Grube gesperrt werden, ohne Essen und Trinken. Das würde sich bald in der ganzen Gegend herumsprechen. Armand de Boncourt hoffte, auf diese Weise Thalan herbeizulocken. So schlug er zwei Fliegen mit einer Klappe. Das alles hatte Olrac in den vergangenen beiden Tagen von den Schildwachen erfahren. Zehn Tage sollte er in der Grube schmachten, und wenn Thalan bis dahin nicht aufgetaucht wäre, um ihn zu befreien, sollte er auf dem Galgenfeld gehängt werden. Olrac verkroch sich in die äußerste Ecke des Karrens und zitterte. Die Soldaten gähnten am Feuer. In einer Stunde musste es gelöscht werden, daher versuchten sie sich noch tüchtig aufzuwärmen, bevor die Nacht begann.

Auf dem Platz balgten sich zwei Hunde. Eine Frau trieb ein paar magere Ferkel zusammen. Ein Bauer kam mit einem Karren und zwei Zugochsen vorbei und hinterließ schlammige Wagenspuren. Niemand achtete auf den zitternden Jungen im Karren. Seine Wangen waren nass, aber er wusste selbst nicht, ob das vom Regen kam oder von seinen bitteren Tränen. Eine Frau lief auf den Platz. Trotz des feuchten Wetters wirkte sie vergnügt. Sie trug einen großen geflochtenen Korb am Arm. Ein dunkelblaues Tuch bedeckte ihre Haare und um ihre Schultern lag eine warme wollene Stola, wie sie jede Frau aus dem Volk trug. Unter ihrem langen Unterkleid schauten zierliche schmale Fußknöchel hervor, die nur einem jungen Mädchen gehören konnten.

Sie wiegte sich leicht in den Hüften, als sie zu der Stelle ging, an der die Schildwachen standen und ins schwelende Feuer starrten. Olrac sah ihr nach. Irgendetwas war mit dieser Frau. Ja, etwas Seltsames. Besser gesagt: Sie hatte etwas Vertrautes.

Sie näherte sich den Männern und sprach sie mit heller Mädchenstimme an.

Aude! Ihre Stimme hätte Olrac unter tausenden erkannt. Nur das kristallklare Wasser einer Bergquelle klang eben so. Sie war also doch gekommen! Sie hatte ihn nicht im Stich gelassen. Olrac schämte sich. In den vergangenen Stunden hatte er immer öfter an seiner Freundin gezweifelt. Das Herz war ihm in die Hose gerutscht. Auf einmal spürte er wieder, dass sein Blut strömte und sein Herz schlug. Was auch geschehen mochte, Aude würde ihn nicht im Stich lassen!

Gespannt schaute er auf den Platz und umklammerte dabei mit beiden Händen das Gitter. Natürlich durfte er nicht zu auffällig hinsehen, sein Blick könnte etwas verraten. Er musste Aude alles überlassen, ihr ganz vertrauen, tun, als wäre sie eine Unbekannte. Die Soldaten lachten. Olrac konnte Audes Worte nicht verstehen, aber er merkte, dass ihr munteres Wesen den Männer gefiel. Sie hatte keine Eile, sondern schwatzte und scherzte in aller Ruhe mit ihnen. Wenig später setzte sie sich auf den Rand eines kleinen Brunnens und holte Wurst, Brot und einen Krug aus ihrem Korb hervor. Die Männer schauten hungrig zu dem Mädchen hinüber, das mit seinen weißen Zähnen in das Brot biss. Mit Bedauern sahen sie, wie die Wurst immer kleiner wurde. Mit vollem Mund fragte Aude etwas und Olrac sah, wie die Soldaten begierig nickten. Einen Augenblick später saßen sie alle beieinander und taten sich an Brot und Leberwurst gütlich. Der Krug ging von Mund zu Mund. Aude hatte kein einziges Mal zu Olrac hinübergesehen, aber plötzlich stand sie auf, klopfte sich die Krümel von den Röcken und ging seelenruhig mit einem Stück Brot in der Hand auf den Schandkarren zu. Die Soldaten ließen sie gewähren. Sie waren viel zu sehr mit dem Inhalt des Krugs beschäftigt. Solchen Wein hatten sie schon jahrelang nicht mehr getrunken. Vom Vogt bekamen sie nicht gerade den besten Wein, manchmal war er sogar versauert. Als sich Aude dem Karren näherte, zischte sie ihm zu: »Olrac, in dem Brot hier ist ein Messer versteckt. Iss vorsichtig und mit kleinen Bissen. Im Wein für die Schildwachen ist ein Schlafpulver. Wenn die Sonne hinter den Bergen verschwunden ist, werden sie schlafen. Dann kann ich dich befreien. Mit dem Messer kannst du alle Stricke um deine Fußknöchel und deinen Bauch losschneiden.«

Bevor Olrac einen Dank flüstern konnte, lief sie mit wehenden Röcken zu den vier Männern zurück. Sie saßen entspannt da, nichts erweckte ihren Argwohn. Ihre Bäuche waren gefüllt, der Durst gelöscht und sie befanden sich in Gesellschaft eines reizenden Mädchens, das sie für kurze Zeit vergessen ließ, wie sehr sie ihre Frauen und Kinder vermissten.

Die Sonne, die vor kurzem doch noch hervorgekommen war, wurde rot, dann violett, und eine halbe Stunde später war das Mädchen verschwunden und die Soldaten lagen wie gefällte Bäume um das schwelende Feuer und schnarchten.

Olrac hatte in der Zwischenzeit das Brot mit kleinen Bissen aufgegessen und die Hanfseile, die ihn fesselten, losgeschnitten.

Die Dunkelheit brach schnell herein und ein neuer Haufen Regenwolken kündigte sich an. Das war gut, denn der Mond schien zu hell für jemanden, der in der Finsternis entkommen wollte. Aude eilte mit dem Schlüsselbund herbei. Einer der zehn Schlüssel musste in das Schloss am Schandkarren passen. Durch die stille Abendluft klang das Rasseln der Schlüssel wie Schwerterklirren, Olrac behielt angstvoll die Schildwachen im Auge. Ein Mann, der größte, bewegte sich und drehte sich um, sodass er mit den Beinen auf dem Brustkorb eines anderen landete. Der brummte im Schlaf. Aude probierte einen Schlüssel nach dem anderen. Der Schweiß stand ihr auf der Stirn. Sie hatte noch nie einen Schlaftrunk zubereitet und wusste nicht, wie stark die Mischung war und wie lange die Wirkung anhalten würde. Natürlich war es der letzte Schlüssel. Das Schloss knarrte laut. Die Hunde bellten und Olrac bekam vor Anspannung Herzklopfen.

»Schnell, schnell!«, stammelte er.

Endlich konnte das Mädchen die kleine Tür des Schandkarrens öffnen. Olrac sprang vom Wagen, aber zugleich zuckte ein messerscharfer Schmerz durch seinen Fuß. Er hatte drei Tage in derselben Haltung verbracht, dadurch waren seine Muskeln steif und ungelenk geworden. Er hinkte hinter Aude her. »Komm«, sagte sie, »ich kenne ein gutes Versteck. Unser Esel steht in der Nähe des Dorfplatzes.«

Sie bot ihm ihre Schulter, damit er sich aufstützen konnte. Für Freude oder Dank blieb keine Zeit, erst mussten sie zusehen, dass sie in Sicherheit kamen. Denn gegen Morgen würde der Vogt gewiss mit seinen anderen Soldaten zurück sein.

Etwa zehn Pferde galoppierten durch die Berge. Ab und zu blitzte das Mondlicht auf den glänzenden Schwertern. Die Reiter hatten es eilig, denn ihr Anführer, Armand de Boncourt, wollte so schnell wie möglich wieder bei seinem Gefangenen sein. Er war neugierig, ob die große Ratte zu der kleinen Ratte kommen würde. Das wäre prächtig: zwei Leichen, die auf dem Galgenfeld im Wind baumelten, die Köpfe abgeknickt in den Schlingen und auf den Schultern die Klauen von Geiern oder anderen Raubvögeln. Der Vogt lächelte.

Ja, alles verlief nach Plan. Bald war er Herr und Meister der Grafschaft. Armand de Boncourt trieb sein Pferd an, damit es noch schneller wurde. Natürlich hatte er dem Burgherrn nicht erzählt, dass der jüngste Räuber ein schmächtiger Junge war. Ein Knabe noch, mit blauen Augen und einer hellen Stimme. Einer, der lieber Flöte spielte, als dass er das Messer zog. Einer, der nicht aussah wie ein bösartiger Räuber, sondern wie jemand von edlem Blut, mit demselben blondlockigen Haar wie ... Das Gesicht des Vogts verdüsterte sich. Er musste den Knaben so schnell wie möglich einen Kopf kürzer machen, sonst war es zu spät. Und er musste die Beweisstücke verschwinden lassen! Der Junge musste sterben und Thalan auch! Der Hauptmann wusste zu viel. Schon sein ganzes Leben lang hegte Armand de Boncourt einen tiefen Hass gegen Thalan.

Zur gleichen Zeit, als der Vogt mit seinen verabscheuungswürdigen Mordplänen durch die Berge ritt, brachte seine Frau Adèle ein Kind zur Welt.

Tief erschöpft, lag sie hinter dem Vorhang ihres Alkovens

und betrachtete das Kind, das fest gewickelt neben ihr auf der Wolldecke lag. Es war ein kleines, schwaches Mädchen. Adèle seufzte. Sie wusste, dass ihr Mann diesem kleinen Wesen, das ebenso sein wie ihr Kind war, keinerlei Aufmerksamkeit schenken würde. Mit schützender Geste zog sie ihre neugeborene Tochter an sich und küsste sie.

Ihre Gedanken waren erfüllt von dem Versprechen, das sie ihrem Kind gegeben hatte, kurz bevor es geboren wurde. Sie musste schnell wieder zu Kräften kommen, denn auf sie wartete eine wichtige Aufgabe. Als ihr die Dienstmagd ein Schälchen Rahm mit geschlagenem Ei brachte, trank sie die Mischung in einem Zug.

17

Es goss wie aus Kübeln, als Olrac und Aude die mächtige Pforte der Abtei erreichten. Das große Kloster war ganz aus grauen Felsblöcken errichtet. Der Bruder, der sie hineinließ, wusste offensichtlich von ihrem Kommen, denn er stellte keine einzige Frage. Er schloss die Pforte sofort wieder hinter ihnen. Ein anderer Bruder führte stillschweigend den Esel zu einem der Ställe und gab Aude eine brennende Fackel. Mit einem Kopfnicken wies er die Richtung an, in die sie gehen sollten. Es war stockdunkel, aber Aude kannte den Weg. An Gemüsegärten entlang kamen sie durch eine kleine Tür ins Innere der Abtei. Es war ein Seiteneingang, der nur benutzt wurde, wenn jemand schnell und ungesehen zum Glockenturm gelangen wollte. Olrac fragte nichts, sondern ließ sich von seiner Freundin führen. Humpelnd folgte er ihr durch die niedrigen Gänge, treppauf, treppab, bis sie zu einem kleinen Zimmer gelangten. Es war eher eine Schlafzelle. Am Lesepult saß ein Bruder bei einer brennenden Kerze. Das Licht der kleinen Flamme ließ die Schatten auf seinem zerfurchten, aber freundlichen Gesicht tanzen. Olrac fühlte sich sofort wohl. Hier war er sicher. Der Bruder erinnerte ihn an den alten Laszlo. Sie sahen sich zwar gar nicht ähnlich, aber aus den Augen strahlte dieselbe Art von Weisheit und Vertrauen auf das, was das Leben bringen würde. Olrac war Aude unendlich dankbar.

Auf einmal fühlte er sich müde, todmüde. Er krümmte sich, als ihn ein heftiger Schmerz durchfuhr. Gerade noch rechtzeitig fing ihn der kleine, beleibte Bruder auf. Wenig später lag er auf einer schmalen, ordentlich hergerichteten Pritsche. Wahrscheinlich handelte es sich um das Bett des Bruders.

»Mach die Augen zu, dann sehe ich nach deinem Fuß«, sagte der Mann und mit kundigen Händen untersuchte und betastete er Olracs Knöchel. Obwohl er ihn sanft und vorsichtig berührte, durchzuckte ein stechender Schmerz Olracs Fuß und alles Blut wich aus seinem Gesicht.

»Ich merke schon, das sieht nicht gut aus. Dein Fuß ist verstaucht, das bedeutet, dass eine weitere Flucht ausgeschlossen ist. Du musst erst gesund werden, bevor du weiterziehen kannst.«

Olrac machte ein besorgtes Gesicht. Wie sollte es nun weitergehen? Der Vogt konnte jeden Moment zurückkommen, und sobald er sehen würde, dass der Vogel ausgeflogen war, wüsste er nicht, wohin mit seiner Wut.

Auch Aude wirkte besorgt. Jetzt war es vorbei mit ihrem ausgeklügelten Vorhaben. Mit ihrer Mutter hatte sie geplant in der nächsten Nacht durch die Berge zu einem Ort zu ziehen, den vor allem Pilger kannten. Ein Mann, Sancho de Larrosa, hatte in einer sehr unwirtlichen Gegend ein Gasthaus für Leute eröffnet, die auf Wallfahrt waren und nicht durch Wölfe in der Umgebung oder unerwartet heftige Schneefälle im Winter umkommen wollten. Verkleidet als junger Bruder, hätte sich Olrac dort verstecken können, bis man nicht mehr überall nach ihm suchte. Das Haus lag auf dem Gipfel des höchsten Berges. Von dort aus sah man jeden Soldaten, jeden Gesandten des Vogts schon von weitem anrücken. Sancho de Larrossa hatte schon früher Menschen Unterschlupf geboten, denn er kannte den Berg wie kein anderer. Seit dem Beginn des zweiten Kreuzzugs hatten viele Pilger, aber auch Edelleute, dankbar seine Gastfreundschaft in Anspruch genommen. Daher genoss Sancho den besonderen Schutz des Königs. Niemand durfte ihm ein Haar krümmen.

Der Bruder hatte bemerkt, wie nachdenklich die beiden waren, und während er warme Kompressen um den Fuß des Jungen wickelte, fuhr er fort: »Es ist noch nichts verloren. Ach, wie dumm von mir. Ich habe vergessen mich vorzustellen. Ich bin Bruder Ernesto und du bist Olrac, nehme ich an.«

Olrac nickte. Er brachte kein Wort mehr über die Lippen, so heftig war der Schmerz. Durch die Flucht hatte er seinem verstauchten Fuß Gewalt angetan und jetzt musste er dafür büßen.

Mit dem Finger wies er auf seinen Gürtel, der über der Rückenlehne eines Stuhls hing. Er wusste, dass sich darin noch Extrakte von Gemeinem Beinwell und wildem Majoran befanden. Aude verstand den Wink und verwundert sah Bruder Ernesto zu, wie Olrac aus allen Pulvern genau die richtige Arznei zur Behandlung seines geschwollenen Fußknöchels fand. Eine Stunde später war der schlimmste Schmerz vorüber und die Schwellung ging zurück.

Das erste Morgenrot fiel schon durch die kleinen Fenster der Abtei. Es hatte aufgehört, zu regnen, und die Sonne versprach einen schönen Frühlingstag. In der Ferne erklangen die Gesänge der Brüder auf dem Weg zur ersten Morgenmesse. Bruder Ernesto hatte einen Becher warme Ziegenmilch und ein Stück frisch gebackenes Roggenbrot mit Käse für die Kinder. Ruhig sah er zu, wie sie für kurze Zeit ihre schwierige Lage vergaßen und alles bis zum letzten Krümel aufaßen.

»So, und nun möchte ich mehr von dir wissen, vielleicht kann ich dir dann weiterhelfen«, wandte er sich freundlich an Olrac.

Olrac erzählte alles. Vom Anfang bis zum Ende. Ab und zu unterbrach ihn Bruder Ernesto mit einer Frage oder nickte bedächtig.

Als Olrac zu Ende erzählt hatte, zeigte er Ernesto sein weißseidenes Hemdchen. Bruder Ernesto betrachtete es und ein kleiner Schrei kam über seine Lippen. Er nahm es in die Hände und betrachtete es von allen Seiten. Aufmerksam studierte er das mit feinem Goldfaden gestickte Zeichen. Er strich sanft mit den Fingern darüber und dachte nach.

»Ich habe dieses Zeichen schon früher einmal gesehen, aber wo . . .?« Er kratzte sich seinen zerzausten Schopf. »Ja, jetzt fällt es mir wieder ein. Bei Bruder Clement in der Werkstatt. Es ist das Zeichen von Ampurias, aber auch das der Grafschaft Aragón. Das sind Buchstaben, die miteinander verbunden sind, sich aber auch spiegeln. Man nennt es auch Spiegelzeichen . . .«

Blitzartig durchfuhr Olrac der Gedanke an die alte Johannah. Sie hatte doch immer gemurmelt: »Such das Spiegelzeichen, such den Spiegel . . .« Und jetzt sprach auch Bruder Ernesto von diesem seltsamen Spiegelzeichen.

»Schau, Olrac, dieses Zeichen hat eine besondere Bedeutung. Es besteht aus einer einzigen fließenden Linie. Das deutet auf eine ewige Verbundenheit zwischen mehreren Menschen hin. Es ist spiegelbildlich aufgebaut: links und rechts dasselbe. Das könnte darauf hinweisen, dass sich zweimal dieselben Buchstaben darin befinden. Diese Buchstaben werden von einem anderen Buchstaben durchkreuzt, wahrscheinlich dem eines Ortes oder eines Familienzeichens . . .«

Bruder Ernesto dachte lange nach, nahm dann ein kleines Stück Holzkohle aus seinem Pult und begann das Spiegelzeichen auf einem Stück Pergament nachzuziehen, zu zergliedern und auseinander zu nehmen. Gebannt schauten Olrac und Aude zu. Für einen Moment hatten sie den Vogt vergessen, denn das Rätsel des Spiegelzeichens beanspruchte ihre gesamte Aufmerksamkeit. Vielleicht würde Olrac nun mehr erfahren.

Bruder Ernesto arbeitete angestrengt an den Buchstaben. Manchmal brach die Holzkohle ab und er musste von vorn beginnen.

»Schaut mal, ich glaube, ich habe es gefunden, dank des weisen Unterrichts von Bruder Clement. Er hilft mir immer dabei, die Netze um die Olivenbäume zu spannen, und ich helfe ihm beim Einfärben der Initialen der Bibel. Er kennt alle Buchstabenkombinationen, alle Muster. Er kennt ihre wahre Bedeutung und ihre geheime Botschaft. Es ist sein Lebenswerk, er hat mir viel erzählt und jetzt, da sein Sehvermögen stark nachlässt, bittet er mich häufiger um Hilfe. Seht her und folgt der Linie, die mein Finger beschreibt: Diese Buchstaben sind beide ein C, einmal richtig herum und einmal gespiegelt. Was das zu bedeuten hat, weiß ich nicht, aber ich glaube, dass es sich um zwei Menschen handelt. Menschen, die miteinander verbunden sind. Durch die beiden C fließt das A: Es gehört zur Grafschaft oder zu deinen Eltern, deren Namen wahrscheinlich denselben Anfangsbuchstaben haben. Das komplette Zeichen hat fünf Eckpunkte wie ein fünfezackiger Stern. Es ist das Symbol des Menschen und wir finden es auch in einem durchgeschnittenen Apfel wieder. Jetzt erinnere ich mich auch, wo ich dieses Zeichen schon einmal gesehen habe. Seit Jahrhunderten ist es das Kennzeichen des Apfelcidre, der in der ganzen Grafschaft an der Küste erzeugt wird. Deine Familie ist von adeliger Abstammung, sonst hättest du nie dieses Hemdchen getragen. Ich bin einmal durch eine von einem Wall umgebene Stadt gekommen: Ampurias in der Gegend von Aragón, nahe am Meer. Dort war dieses Zeichen überall zu sehen. In Mauern gemeißelt und in Türen geschnitzt, auf Wimpeln, Fahnen und Pferdedecken gestickt, und die dortigen Edelleute und Ritter trugen das goldfarbene Zeichen auf ihrem Schild.«

Olrac war verblüfft. Seine Abstammung rückte näher, das goldene Zeichen war bekannt. Das bedeutete, dass er vielleicht irgendwo noch Verwandte hatte! Auf einmal ging ihm wieder die Geschichte durch den Kopf, die der alte Laszlo erzählt hatte. Man hatte ihn als Säugling gefunden, aber auf dem Bett hatte noch ein Kind gelegen. Tot. War das etwa sein Bruder oder seine Schwester gewesen? Jetzt da er mehr erfuhr, tauchten auf einmal noch viel mehr Fragen auf. Eine große Ungeduld überkam ihn.

»Aude, bevor wir weiterziehen, will ich erst noch Johannah die Verrückte aufsuchen. Mit dem, was ich jetzt weiß, kann ich ihr viel mehr Fragen stellen! Vielleicht kann sie uns in einem klaren Moment weiterhelfen. Sicher weiß sie viel mehr.« Bevor Aude antworten konnte, wurde drängend an die Tür geklopft und eine Stimme rief ihnen leise zu: »Sie sind im Anmarsch! Versteckt euch!« Hastige Schritte entfernten sich in den Klostergängen und hinterließen nur ein unheimliches Echo. Bruder Ernesto schrak auf. »Schnell, Olrac, klettere auf meine Schultern und drück die Luke über dir auf. Dort ist der Glockenturm. Schnell!« Olracs Fuß begann wieder zu schmerzen, aber der Junge nahm rasch seinen Gürtel vom Stuhl und tat, was Bruder Ernesto ihm befohlen hatte.

Die Nacht war vorbei, als der Vogt auf den Dorfplatz ritt. Mit einem Blick sah er die schlafenden Schildwachen und die offene Tür des Schandkarrens. Das Dorf wirkte verlassen, alle waren in ihren Häusern geblieben.

In Windeseile hatte sich das Gerücht verbreitet, dass der junge Musikant verschwunden war. Die Leute waren erleichtert, vielleicht war der Junge ja doch mit Hilfe der Engel entkommen, denn niemand hatte gesehen, wie es sich zugetragen hatte. Nur die Hunde. Aber die hatten andere Sorgen.

Die Leute fürchteten sich vor dem, was nun kommen würde. Sie wussten, dass Armand de Boncourt die Sache nicht auf sich beruhen lassen würde. Alle hielten ihre Türen verriegelt und die Fensterläden blieben verschlossen. Der Ort wirkte wie ein Geisterdorf. Von der vergangenen Festwoche war nichts mehr zu sehen, bis auf die farbigen Wimpel, die zwischen den Häusern gespannt waren.

Armand de Boncourt dachte, das Herz bliebe ihm stehen. Sein Gesicht verwandelte sich in eine leichenblasse Maske. Das konnte nicht wahr sein! Er hatte seine besten Schildwachen aufgestellt und die hatten sich wie hilflose Säuglinge überwältigen lassen. Aber das würde nicht ungestraft bleiben! Mit ihm war nicht zu scherzen! Jedes Haus, jede Ecke dieses Dorfes musste durchsucht werden, jeder Stein umgedreht, jeder Dorfbewohner verhört. Der Bursche konnte noch nicht weit gekommen sein. Das Feuer schwelte noch. Die Fußabdrücke im Schlamm rund um den Schandkarren waren noch frisch und es führte nur ein einziger Weg in die Berge, der, über den er mit seinen Reitern gekommen war. Mit barscher Stimme gab er seinen Leuten Befehle.

Innerhalb einer Viertelstunde waren fast alle Bewohner aus ihren Häusern gejagt. Männer, Frauen und Kinder drängten sich ängstlich aneinander. Ein paar Säuglinge weinten, weil sie roh im Schlaf oder beim Trinken gestört worden waren. Die Soldaten gingen von Haus zu Haus und suchten nach Spuren. Alte Leute, die nicht mehr gut zu Fuß waren, wurden grob aus ihren Häusern gedrängt. Der Vogt schwieg, aber er beobachtete die Menge mit eiskaltem, hasserfülltem Blick. Männer zogen ihre Frauen und Kinder an sich. Die Soldaten brüllten und ließen nichts unberührt. Bettzeug wurde durchstochen, Tische und Schränke umgeworfen. Meckernde Ziegen, gackernde Hühner, erschrockene Gänse und quiekende Ferkel – nicht einmal die Tiere wurden in Ruhe gelassen. Sie wurden allesamt aus ihren Verschlägen getrieben und liefen zwischen den Menschen auf dem Platz herum. Aber nirgends war eine Spur von Olrac zu finden.

Der Vogt fluchte innerlich. Je länger die Suche dauerte, desto größer wurde der Groll in seinem Herzen. Das musste teuer bezahlt werden! Er fragte sich, wer ihn überlistet hatte. Sollte Thalan etwa hier gewesen sein? Nichts deutete darauf hin. Trotzdem . . . Er wusste, wie unerschrocken und mutig der Hauptmann war. Er würde vor nichts zurückschrecken. Nur der Teufel war ihm ebenbürtig. Doch die Spuren um den Karren mussten von Kinderfüßen stammen. Nirgends waren Fußabdrücke eines Mannes zu sehen. Die vier Soldaten lagen noch immer in tiefem Schlaf; es war unmöglich, sie zu verhören. Sie lächelten friedlich.

Es war noch sehr früh am Morgen. Alle blickten schweigend zum Vogt. Es war Zeit für die Morgenmesse. Armand de Boncourt sah zerstreut in die Richtung, aus der das Glockengeläut kam. Die Brüder! Verflixt! Dass er daran nicht eher gedacht hatte! Das Kloster! Ein idealer Ort, um sich zu verstecken.

Auf ein Handzeichen folgten ein paar Männer ihrem Gebieter, während die anderen die Dorfbewohner in Schach hielten.

Die Brüder waren schon vor Stunden aufgestanden. Sie hatten bereits ihre Morgengebete verrichtet, ihren Haferbrei mit Brot gegessen und einen Teil ihrer Arbeit getan. Die Morgenmesse war für die Leute aus dem Dorf und die Büßer gedacht.

In Windeseile rannten die Soldaten den Hügel hinauf und drangen in die Abtei ein. Sie wurden von Bruder Francisco, dem Vater Abt, liebenswürdig empfangen. Er kannte den Vogt und seine Niedertracht und er wusste, wie er sich am besten zu verhalten hatte. Alle Brüder setzten wie gewohnt ihre Arbeit fort und taten, als wäre nichts, aber Armand de Boncourt ließ sich davon nicht beeindrucken. Barsch befahl er das gesamte Kloster zu durchsuchen und an jeden Ausgang stellte er eine Schildwache. Wenn sich Olrac hier verborgen hielt, dann war er verloren. Alles musste untersucht werden und wenn es drei Tage dauern würde. Der Junge konnte nicht entkommen!

Die Männer durchsuchten die Gebäude gründlich. Sie sahen sogar in den Suppenkesseln nach. Sie ließen einen Eimer in den Brunnen hinab und stachen eine große Heugabel in den Misthaufen auf dem Innenhof. Olrac musste gefunden werden! Diesmal überließ der Vogt die Arbeit nicht nur seinen Männern. Nein, er lief selbst von Raum zu Raum, durch alle Gänge und schaute in jede Nische, in jeden Korb und unter jede Bank. Aber nirgends fand sich eine Spur von dem Jungen. Und doch war er hier. Dessen war sich de Boncourt sicher. Er spürte es bis hinunter in den kleinen Zeh. Außer Atem lief er die kleine Wendeltreppe zum letzten Zimmer hinauf. Als er die Tür öffnete, sah er zwei Brüder. Der eine war mittleren Alters und las bei Kerzenschein in seinem Gebetbuch. Der andere am Lesepult war noch sehr jung, er hatte einen Gänsekiel in der Hand. Beide sahen auf, als er eintrat, und der Vogt hatte das deutliche Gefühl, dass sich hinter ihrem unschuldigen Blick große Angst verbarg. Aber der kleine Halunke war nirgends zu entdecken.

Da fiel sein Blick auf das Stück Pergament auf dem Lesepult. Der junge Bruder versuchte noch schnell, es mit dem Ärmel seiner Kutte zu bedecken. Der Vogt zog es darunter hervor und betrachtete es aufmerksam. Das Zeichen!! Jemand hatte das Spiegelzeichen aufgemalt! Der Junge musste hier sein! Der Vogt drehte sich langsam um und schaute sich im Raum um. Von unten bis oben. Dann blieb sein Blick an der kleinen Luke in der Decke zwischen den Balken hängen. Die Spinnweben dort waren zerrissen. Die Luke musste also vor kurzer Zeit offen gewesen sein, vor sehr kurzer Zeit. Übertrieben freundlich wandte der Vogt sich an Bruder Ernesto: »Könnt Ihr mir sagen, was sich dort oben befindet, und wärt Ihr so freundlich diese Luke für mich zu öffnen?«

Bruder Ernesto begann sich nervös die Hände zu reiben. Auf seiner Stirn perlte Schweiß.

»Ach, Herr de Boncourt . . . äh . . . seht, das ist ein bisschen schwierig . . . äh . . . wir haben dort kürzlich Ratten gehabt und sie . . . nun . . . sie hätten beinahe die Glockenseile durchgenagt . . .«

Ganz offensichtlich war der arme Bruder nicht daran gewöhnt, zu lügen oder sich Ausflüchte auszudenken. Der

Vogt fand es fast rührend, wie sich der kleine, graue Pater wand, um die Luke doch nicht öffnen zu müssen.

»Wenn ich Euch richtig verstehe, ist dahinter der Glockenturm?«

Bruder Ernesto nickte und fuhr hastig fort: »Herr, Herr . . . ich an Eurer Stelle würde da nicht hinaufgehen. Wir haben Gift gestreut, es wimmelt dort nur so von Kadavern. Ihr könntet krank werden . . . Bitte, Herr, hört auf meinen Rat . . . Geht nicht hinein . . .«

Der jüngere der Brüder starrte mit aufgerissenen Augen zur Luke und zum Vogt. Sein Gesicht war bleich vor Angst. Er kam dem Vogt bekannt vor. Aber er wusste nicht mehr, woher. Ein hübsches Gesichtchen, dachte der Vogt flüchtig, es könnte fast einem Mädchen gehören . . .« Er überlegte nicht weiter, sondern richtete seine Aufmerksamkeit auf die hölzerne Luke. Auf sein Zeichen hin wurde sie von einem Soldaten geöffnet und gleich darauf durchsuchten zwei seiner Männer den Glockenturm. Selbstsicher und mit einem Lächeln um die dicken Lippen wartete der Vogt. Jetzt musste diese Räuberbrut doch zum Vorschein kommen! Die Minuten verstrichen: Alle schwiegen, nur das Poltern der beiden Soldaten im Turm war zu hören. In der offenen Luke tauchte ein rotes Gesicht auf.

»Nichts zu sehen, Herr! Wir haben überall, unten und oben nachgesehen. Hier ist kein Junge zu entdecken, nur ein paar tote Ratten und ein Eulennest haben wir gefunden.«

Der Vogt kochte vor Wut. Er war sicher, dass Olrac hier gewesen war. Er wollte nicht recht glauben, dass der Vogel ausgeflogen war, davon musste er sich mit eigenen Augen überzeugen. Er winkte die beiden Männer herab und hievte sich dann selbst mühsam über deren Rücken zur Luke hinauf. Bruder Ernesto musste hinter vorgehaltener Hand lachen. Aber gleichzeitig war er auch besorgt. Olrac hatte sich schließlich hinter der Luke versteckt. Er verstand die Welt nicht mehr. Wo war der Junge? Unter viel Gestöhne und Geschnaufe gelang es dem Vogt, hinaufzukommen. Die Gesichter der Männer unter ihm waren vor Anstrengung gerötet.

Der Vogt sah sich überall um. Es handelte sich um einen runden Raum, in dem drei Glocken von unterschiedlicher Größe hingen. In der Mitte des Bretterbodens war eine große Öffnung von zwei Metern Durchmesser. Durch diese hingen die Glockenseile nach unten. Wer dort hinunterfiel, wurde zerschmettert, denn das Loch war bestimmt fünfzig Meter tief. In dem Raum standen nur einige Schrankkoffer und ein paar aufeinander gestapelte Körbe. Der Vogt drehte alles um und schaute sogar durch das kleine Fenster, das Aussicht auf das Dorf bot. Der Platz war noch immer voller Menschen, aber von dem Jungen keine Spur. Sollte er durch die kleine Tür und die Wendeltreppe entkommen sein? Der Vogt wollte gerade zurückgehen. Da sah er etwas auf dem Boden liegen. Er bückte sich mühsam mit seinem plumpen Leib und hob den Gegenstand auf. Es war ein Gürtel. Aufmerksam untersuchte er die vielen kleinen Säckchen. Kräuter, Salben, getrocknete Stängel und ... ein weißseidenes Hemdchen, auf dem ein goldenes Zeichen eingestickt war. Als er weitersuchte, fand er auch das waschlederne Säckchen. Ein breites Grinsen überzog sein Gesicht. Endlich! Das war es, wonach er immer gesucht hatte, jetzt konnte der Junge nichts mehr ausrichten! »Heilige Maria! Ich danke dir!«, murmelte er.

Kurz darauf ging er gemächlich die Wendeltreppe wieder hinunter und befahl seinen Soldaten die Suche einzustellen. Niemand wurde daraus schlau.

Eine Stunde später ritt der Vogt mit zufriedener Miene davon und seine verblüfften Soldaten folgten ihm. Das Leben im Dorf ging wieder seinen gewohnten Gang.

Bruder Ernesto und Aude stiegen durch die Luke hinauf. Leise riefen sie Olracs Namen.

Seine Antwort hallte durch den Raum. Erschreckt schauten sie nach oben. Der Junge hing am Klöppel und am Seil der größten Glocke. Unter ihm gähnte das tiefe, schwarze Loch wie ein Abgrund. Bruder Ernesto stieß einen Schrei aus. Olrac befand sich in Lebensgefahr! Aber der lächelte verschmitzt.

»Sagt mal, wollt ihr mich hier noch lange hängen lassen? Haltet das Seil fest und zieht es kräftig zu euch hin, damit ich hinunterklettern kann. Ich spüre meine Hände und Arme schon nicht mehr.« So geschah es, und als sie sich von dem Schrecken erholt hatten, erzählte Aude, dass der Vogt den Gürtel gefunden und wie zufrieden er ausgesehen habe. Olrac fasste an seine Hüfte. Lieber Himmel, sein Gürtel war tatsächlich weggerutscht, als er in die Glocke gekrochen war. Das war ja entsetzlich!

Ganz betäubt von diesem Missgeschick starrte er vor sich hin. Das Hemd und das Säckchen hatten ihn zu seinen Eltern führen sollen! Was nun? Bedrückt ließ er den Kopf hängen und betrachtete die Ritzen im Bretterboden.

Plötzlich dachte er an Johannah die Verrückte. Sie konnte ihm weiterhelfen!

Olrac fasste an das Amulett um seinen Hals und spürte, wie es in seiner Hand glühte. Ja, das musste er tun! Aber er durfte keine anderen Menschen mehr gefährden, das hatte er beschlossen, als er drei Tage im Schandkarren verbracht hatte. Der Vogt wollte seine Haut, nicht die der anderen. Er durfte andere Leute nicht mehr in Gefahr bringen. Von nun an musste er allein weiter. Das war sein Weg! Bei diesem

Gedanken fühlte er schon den schmerzhaften Stich durch sein Herz. Er musste von Aude Abschied nehmen ... Das fiel ihm schwer, sehr schwer.

Das Feuer im Herd verbreitete eine gemütliche Wärme; das genossen auch die beiden Windhunde. Sie lagen ausgestreckt zu Füßen ihres Herrn. Armand de Boncourt ließ den roten Wein im Becher kreisen, um seinen Mund spielte ein zufriedenes Lächeln. Er brauchte sich keine Sorgen mehr zu machen. Dem kleinen Räuberbengel war es zwar gelungen, zu entkommen, aber er hatte das Wichtigste verloren: das Hemdchen, den Beißring und den Stein. Der Vogt lachte leise in sich hinein.

Jetzt war der blonde Bursche dazu verdammt, auf ewig gejagt zu werden. Er war nur ein Räuberjunge, Ungeziefer, das vertilgt werden musste. Und das wird auch geschehen, dachte der Vogt. Irgendwann kriege ich ihn und niemand wird mich davon abhalten, ihn eigenhändig umzubringen. Schließlich habe ich ja den Befehl des Herrn Alderick, die Räuber auszurotten, auch den jüngsten.

Die Tür öffnete sich und Adèle kam geräuschlos ins Zimmer, schenkte den Becher ihres Gatten wieder voll und schürte das Feuer. Seit ein paar Tagen war sie wieder auf den Beinen nach der Geburt ihres jüngsten Kindes. Wie sie schon im Voraus gewusst hatte, hatte der Vogt noch keinen Blick auf das Neugeborene geworfen. Auch mit ihr hatte er noch keine zwei Worte gewechselt. Er überging sie einfach.

Durch das geöffnete Fenster drang Hufgetrappel herein.

»Lass Ludovic ein und gib den Leuten warme Suppe«, befahl er ihr, ohne den Blick vom Feuer zu wenden.

Adèle tat, was er ihr aufgetragen hatte, aber was in ihr vorging, davon hatte der Vogt keine Ahnung.

Sie ließ sich kein Wort und keine Tat entgehen. Er würde seinen verdienten Lohn kriegen, das hatte sie ihrem ungeborenen Kind versprochen und dieses Versprechen musste sie einlösen.

Unter lautem Waffengeklirr kam Ludovic ins Zimmer und setzte sich seinem Gebieter gegenüber.

»Hast du noch etwas Wichtiges in Erfahrung gebracht, mein Freund?«, fragte der Vogt.

Der Soldat nickte. »Wir müssen uns beeilen, Herr. In den Bergen wohnt die letzte Zeugin. Wir müssen sie sofort umbringen. Sie ist zwar nicht ganz richtig im Kopf und außerdem blind, aber manchmal hat sie klare Momente. Die Dorfbewohner nennen sie Johannah die Verrückte, denn meistens redet sie wirres Zeug. Aber . . . sie hat den Jungen, der Olrac genannt wird, erkannt. Sie weiß auch mehr über das Spiegelzeichen. Wir dürfen es nicht darauf ankommen lassen, dass jemand ihrem Geschwätz Glauben schenkt.«

Der Vogt hörte aufmerksam zu und schnippte mit den Fingern zum Zeichen, dass Adèle die Becher wieder füllen sollte.

»Hör gut zu, Ludovic, in einigen Tagen begebe ich mich wieder zu Herrn Alderick. Unterwegs werde ich dieser Johannah einen kurzen Besuch abstatten. Vielleicht geschieht ja ein kleines Unglück; so jung ist sie schließlich nicht mehr. Vielleicht fällt sie in eine Schlucht oder ertrinkt in einem Bergfluss. Wer weiß! Aber das Wichtigste habe ich in meinem Besitz, es ist in der Truhe, in der ich die Geburtsurkunden meiner Kinder aufbewahre.«

Adèle spitzte die Ohren und goss den Wein langsam in die Becher.

»Herr, wenn ich so frei sein darf: Warum vernichtet Ihr nicht einfach das Hemdchen? Dann braucht Ihr Euch auch nicht mehr darum kümmern, dann ist jede Spur von einem Beweis verschwunden.«

»Ja, Ludovic, da hast du Recht, aber du vergisst eines. Herr Alderick will mich als seinen rechtmäßigen Nachfolger, aber Frau Allemande verhält sich ziemlich merkwürdig, und solange sie sich widersetzt, wird mich der Burgherr nicht als Berechtigten einsetzen. Wenn es so weitergeht, wie ich befürchte, muss ich auf einen anderen Plan zurückgreifen ... Mein Sohn Kwinten. Er ist ebenfalls dreizehn Jahre alt und er wurde ein paar Tage später geboren als der Sohn des Burgherrn. Herr Alderick kennt meine Söhne nicht und im Übrigen ... ist nicht ein Bengel wie der andere? Kwinten ist schlau genug, um das Spiel mitzuspielen. Er wird mit dem Hemdchen erscheinen und Herrn Alderick davon überzeugen, dass er der verlorene Sohn ist, der nach dreizehn Jahren zurückkehrt, befreit aus den Händen gewalttätiger Räuber. Denn wir, du und ich selbstverständlich, werden ihn befreit haben, verstehst du?«

Die beiden Männer lachten. Ihr Plan würde aufgehen. Nur ein einziger Gedanke warf noch einen Schatten darauf: Thalan.

Was, wenn der Hauptmann wieder auftauchte? Würde er alles verraten können? Ludovic wies den Vogt auf diese Gefahr hin. Aber der machte sich vorerst keine Sorgen.

»Herr Alderick wird niemals einem Räuber glauben. Und schon gar nicht Thalan. Er ist sein größter Feind.«

Adèle verließ lautlos den Raum und öffnete leise die Tür zu ihrem Schlafzimmer. Alle Kinder schliefen, die Mädchen in dem einen Bett, die Jungen auf Kissen im ganzen Zimmer verteilt.

Auf Zehenspitzen ging Adèle zur Hochzeitstruhe hin und öffnete den schweren Deckel. Es kostete sie viel Mühe, denn nach der Geburt waren ihre Kräfte noch nicht zurückgekehrt.

Zwischen den Geburtsurkunden und der Batistwäsche fand sie das weiße Hemdchen und das Säckchen. Schnell stopfte sie das Hemdchen unter ihre Bluse und achtete dabei genau auf jedes verdächtige Geräusch.

Beim schwachen Licht einer Kerze bestickte sie ein weißes Hemdchen ihres jüngsten Kindes mit einem Zeichen in Gold. Sie legte das neue Hemdchen in die Truhe zurück, an dieselbe Stelle, von der sie das andere weggenommen hatte.

Dann eilte sie zum Bettchen ihrer Jüngsten und zog ihr Olracs Hemdchen an. Danach wurde das Kind wieder fest eingepackt. Adèle war gerade fertig, als ihr Mann leicht betrunken hereinkam. Er zog seine Stiefel aus und ließ sich auf das Bett fallen. Sofort schlief er ein und schnarchte laut, ohne seiner Frau, die ihrem Kind die Brust gab, auch nur einen Blick gegönnt zu haben.

18

Im frühen Morgendämmer zogen sie los. Olrac war zwei Wochen im Kloster geblieben. Sein Fuß war so gut wie heil. Manchmal verspürte er noch Schmerzen, aber nur, wenn er zu schnell lief. Armand de Boncourt war nicht mehr zurückgekommen. Sie konnten ungehindert aufbrechen.

Bruder Ernesto hatte eine alte Kutte gefunden, die mit Hilfe eines Stricks hielt und Olrac wie einen jungen Novizen aussehen ließ. Auch der Esel passte zum Bild, nur Aude fiel auf. Olrac fand, dass sie immer weniger verbergen konnte, dass sie ein Mädchen war, auch nicht in ihrem Klostergewand. Schon ihr Blick genügte, um die tanzen zu lassen, und Olrac konnte den traurigen Gedanken nicht von sich abschütteln, dass sie zum letzten Mal gemeinsam unterwegs waren. Aude ging mit zu Johannah der Verrückten, aber danach musste sie wieder zu ihrer Mutter. Das war Olracs Entscheidung und Aude hatte erst widersprochen. Auch sie sah dem nahenden Abschied kummervoll entgegen. Sie hatten in dieser kurzen Zeit so viel zusammen erlebt, dass es schien, als wären ihre Leben für immer miteinander verflochten. Olrac hatte das Amulett zu Rate gezogen und es hatte geglüht, als er beschloss allein weiterzuziehen. Er durfte seine liebste Freundin nicht in Gefahr bringen. Im Übrigen brauchte Ermengarde ihre Tochter, und das gab schließlich den Ausschlag. Nun konnte sich Aude in die Entscheidung fügen.

Johannahs Häuschen lag auf dem Weg zu Ermengardes Haus. Die beiden sprachen wenig miteinander, ihre Gedanken waren voller Wehmut. Olrac wünschte sich, das Leben wäre einfacher. Er hätte gern ein ganz gewöhnliches Leben geführt, so wie jeder, bei Aude und ihrer Mutter. Weben und Spinnen von morgens bis abends und sich keine Sorgen über den nächsten Tag machen.

Doch Olrac wusste, dass sein Leben niemals so sein würde. Es war nie gewöhnlich gewesen, auch wenn er das dreizehn Jahre lang gedacht hatte. Jetzt wusste er es besser. Er war mit einem Auftrag geboren und den musste er erfüllen. Und um diesen Auftrag zu einem guten Ende zu bringen, musste er auf die Stimme des inneren Feuers hören. Er war sehr dankbar für das Amulett, das ihm der alte Mann im Schuppen gegeben hatte. Wie sonst hätte er erfahren, ob er wirklich der richtigen Stimme in sich lauschte. Könnte der alte Laszlo bei ihm sein, wäre das nicht schwierig, aber allein . . . Wie es Thalan wohl ging? Wo war er? War er in Sicherheit oder in Gefahr? Olrac wünschte, er wüsste es. Thalan war die einzige Verbindung, die er noch zu seiner Vergangenheit, seiner sorglosen Kindheit hatte. Wieder empfand Olrac große Dankbarkeit für seine alten Freunde, die Räuber.

Auch Aude war in Gedanken versunken. Sie hatte in wenigen Wochen so viel erlebt, dass sie das Gefühl hatte Olrac schon seit Jahren zu kennen. Wie sollte es nur ohne ihn weitergehen? Ja, sie wusste es schon, aber die Vorstellung gefiel ihr nicht besonders. Zu Hause bei der Mutter bleiben, jeden Tag mit den Schafen zur Weide ziehen, die täglichen Arbeiten erledigen, sich weiter als Junge ausgeben . . .

Vor allem zu Letzerem hatte sie keine Lust mehr. Seit Olrac entdeckt hatte, dass sie ein Mädchen war, hatte sie zum ersten Mal im Leben das Gefühl, dass es schön war, eine Frau zu sein. Wie er sie manchmal angesehen und mit ihr gesprochen hatte, voller Respekt und Wärme! Seine Augen ließen Schmetterlinge durch ihren ganzen Körper flattern. Einmal hatte er sie sogar um die Mitte gefasst und mit ihr getanzt; damals hatte er gerade Thalans Nachricht im Gasthaus gelesen. Sie spürte noch immer die Wärme seiner Hand, sie hörte noch das fröhliche Lachen und sie sah noch immer den zärtlichen Blick, mit dem er sie angeschaut hatte. Ich liebe ihn, dachte sie, aber sie sagte es nicht laut.

Die Sonne ging auf und mit dem zunehmenden Licht wurden auch tausende von Grillen wach. Überall auf den Hügeln war ihr Zirpen zu hören. Heuschrecken vollführten Hüpfer und taten sich am frischen Grün der Blumenstängeln gütlich.

Olrac und Aude erreichten die erste Hochebene. Das Frühlingsgras wogte im Wind, überzogen von einem farbigen Schleier aus hunderten von Feldblumen. Überall flogen die Vögel hin und her auf der Suche nach Nahrung für ihre Brut. In der Ferne sahen sie Johannahs baufälliges Häuschen . Ein Rabe flog krächzend über das Dach und auf einmal spürte Olrac, wie ihn ein Schauder überlief. Etwas Drohendes hing in der Luft. Er konnte nicht sagen, was, aber er wusste um die Kraft der Vorgefühle, die am Himmel geschrieben standen. Das hatte er von dem alten Laszlo gelernt.

Hastig zog er am Zügel des Esels. Es war etwas geschehen! Wenn er bloß nicht zu spät kam! Aude sah das besorgte Gesicht ihres Freundes und spürte seine Unruhe. Indem sie dem Esel vertraute Worte ins Ohr flüsterte, spornte sie ihn an. Mit ihrer sanften Stimme erreichte sie mehr als Olrac durch rohes Ziehen am Strick. Der Rabe krächzte weiter. Es klang unheimlich und traurig. Diesmal wartete die alte Frau nicht auf sie. Die beiden betraten das Haus und spürten sofort, dass darin eine andere Finsternis war als beim letzten Mal. Als sich ihre Augen an das Dunkel gewöhnt hatten, sahen sie Johannah. Sie lag auf dem Boden, das Gesicht in den Sand gedrückt. Es war kein Leben mehr in ihr. Olrac bückte sich und strich den Sand von ihrer runzligen Wange. Der Schal um ihren Kopf war verrutscht und in ihrem dünnen weißen Haar klaffte die tiefe Wunde.

Aude stand wie erstarrt. Wer ...? Warum ...? Wer war so grausam ...? Diese kleine Frau konnte doch niemandem etwas angetan haben! Wer hatte etwas gegen sie gehabt? Ein einziger Name schoss ihr durch den Kopf: Armand de Boncourt! In der gesamten Gegend gab es nur einen einzigen Schurken, der zu solcher Niedertracht in der Lage war. Aber warum?

Olrac legte seinen Kopf in die Hände. Er wusste, warum. Die alte Frau hatte ihn in den vergangenen Wochen gewarnt, zwar in wirrer Sprache, aber doch deutlich genug, und sie war sich im Klaren gewesen, dass sie eine wichtige Botschaft weitergab. All das hatte mit ihm zu tun!

Auf einmal wurde Olrac schmerzlich bewusst, dass seine Freunde ebenfalls seinetwegen gestorben waren. Nicht weil sie Räuber waren, sondern weil sie ihn vor dreizehn Jahren in Sicherheit gebracht, ihn ernährt und versorgt hatten, ihm alles beigebracht hatten, was er lernen musste. Es war ein niederschmetternder Gedanke. Sein junges Leben hatte schon so viele andere das Leben gekostet! Jetzt wusste er ganz sicher, dass er Aude zurücklassen musste, denn sie war ihm so lieb geworden, dass ... Sein Herz würde brechen, wenn Aude etwas geschähe.

Zu zweit trugen sie die Frau zu der Stelle, wo sich ihr Schlafstroh befand. Sie wog fast nichts. Während Aude das Stroh sorgfältig um den kleinen Körper aufschichtete, sah

Olrac plötzlich die Zeichen im Sand. Dort, wo Johannah gelegen hatte, hatten ihre Finger mit letzter Kraft etwas in den Sand gemalt. Es war das fünfeckige Spiegelzeichen, wie sie es schon zuvor in Ermengardes Schuppen gezeichnet hatte.

Das Zeichen von Ampurias! Ihr letzter Gedanke, ihre letzte Anstrengung hatten ihm gegolten. Er musste dort hin, so schnell es ging, bevor es noch mehr Opfer gab!

Bedrückt verließen sie das Häuschen. Unterwegs sprachen sie nicht viel, aber sie dachten beide fieberhaft nach. In ihren Fußspuren folgte ihnen ein Reiter. Weit genug entfernt, um von den beiden jungen Leuten nicht bemerkt zu werden. Es war Ludovic, der treue Gehilfe Armand de Boncourts.

Am Abend zog Olrac allein weiter. Schweren Herzens, denn wieder musste er Menschen zurücklassen, die ihm viel bedeuteten. War das sein Schicksal? Immer Menschen zurücklassen? Warum durfte er nicht bleiben? Warum?

Olrac kannte die Antwort. Sie lag in ihm selbst begründet. Am Sterbelager des alten Laszlo hatte er sich geschworen: Auf die Stimme des inneren Feuers wollte er hören. Er musste weiter, bis er wusste, dass er sein Ziel erreicht hatte. Vielleicht waren seine Eltern ja schon lange tot, genau wie sein Bruder oder seine Schwester? Aber er musste es wissen!

Olrac schluckte kurz. Seine Kehle war geschwollen vor unterdrückten Tränen. Er hatte beim Abschied von Aude und ihrer Mutter nicht weinen wollen, aber der Kummer nagte an ihm. Zum Glück hatte ihn Ermengarde in der letzten Stunde so sehr mit Beschlag belegt, dass er nicht zum Weinen gekommen war.

Sie hatte seine Taschen mit Essen voll gestopft und unter Blesses Satteldecke einen Beutel mit Geldstücken genäht, die Olrac mit seinem Gesang im Gasthaus verdient hatte. Aude hatte die ganze Zeit geschwiegen und düster vor sich hin gestarrt. Sie trug wieder die Hirtenkleider ihres Bruders, aber Olrac fand sie dennoch sehr anziehend. Als er zum Aufbruch bereit war, war sie zögernd auf ihn zugekommen, hatte ihm einen hastigen Kuss auf die Wange gegeben und mit heiserer Stimme gesagt: »Olrac, versprichst du, dass du zurückkommst? Irgendwann ... eines Tages?«

Olrac hatte schweigend genickt. Am liebsten hätte er die schmächtige Hirtin an den Händen nehmen, sie küssen, ihr tief in die Augen blicken und ihr sagen mögen: »Aude, ich werde dich vermissen, du bedeutest mir so viel ...«

Aber er bekam die Worte nicht über die Lippen, er wusste, dass er dazu noch nicht genug Kraft besaß. Dass er für solche Worte noch zu jung war. Aber er wollte sie in seinem Herzen bewahren, bis er alt genug sein würde, um sie ihr zu sagen. Ja, irgendwann würde er zurückkommen, schon allein, um diese Worte auszusprechen.

Rasch war er auf Blesse in Richtung Gebirge geritten, damit Aude seine feuchten Augen nicht sah. Als er sich einmal umwandte und das Häuschen seiner Freunde nicht mehr zu sehen war, strömten ihm die Tränen übers Gesicht. Es tat ihm gut. Der warme Seewind strich ihm tröstend über die Wangen und führte frische Luft heran, die er immer wieder tief ein- und ausatmete. Das beruhigte ihn.

Die Tage wurden länger und Olrac sah bei seinem Ritt durch die Hügel wunderschöne Sonnenuntergänge. Die Abende waren angenehm warm und es roch nach wildem Majoran, Lavendel und Eukalyptus. Überall waren Spuren junger Tiere zu sehen. Trotz des Kummers über den Abschied genoss er die herrliche Stille, die doch erfüllt war von

Geräuschen. Nur der Mensch fehlte. Olrac war froh, dass er das Leben unter Menschen kennen gelernt hatte, aber er spürte auch, wie er in der vertrauten Umgebung der Berge wieder ruhiger wurde.

Als die Sonne ganz untergegangen war, machte er ein Feuer in der Nähe einer kleinen Höhle. Von dort aus konnte er das Tal gut überblicken.

Das Dorf, in dem er gesungen und auf dem Schandkarren gesessen hatte, war gerade noch als Punkt in der Ferne zu erkennen. Olrac spähte zum Himmel, der die Farbe seines Kummers annahm.

Blesse schnaubte unruhig. Es war nicht das erste Mal. Sie benahm sich seltsam. Vielleicht hat sie zu lange im Stall gestanden, dachte er, und jetzt vermisst sie den Geruch nach Heu und die Wärme der anderen Tiere. Olrac stand auf und streichelte Blesse über die Nase. Er verstand sie. Auch er vermisste die Wärme des kleinen Hauses, die Wärme Ermengardes . . . und Audes.

Als das Feuer nur noch schwelte und Olrac die Augen fast zufielen, hörte er in der Ferne das Wiehern eines anderen Pferdes. Aber er war so müde, dass er es kaum beachtete. Vielleicht bildete er es sich auch nur ein. Oder träumte er schon? Sanft glitt er hinüber in einen tiefen Schlaf und er spürte nicht, wie das Amulett um seinen Hals erglühte. Er war schon im Land des Vergessens.

Er wurde erst wach, als herabfallendes Geröll fast auf seiner Nase landete. Ein paar junge Gämsen sprangen von Fels zu Fels, es schien sie nicht zu kümmern, dass sie mit ihren Hufen Steine lostraten.

Die Sonne schien fast weiß und ihre Strahlen wurden von den verschneiten Berggipfeln zurückgeworfen. Olrac war herrlich ausgeruht und einen Augenblick lang hatte er das

Gefühl, dass er mit den Menschen auch seine Sorgen zurückgelassen hatte. Aber als er das Dorf in der Ferne sah, holte ihn die Wirklichkeit wieder ein. Er musste weiter, vorsichtig, damit er dem Vogt nicht mehr in die Arme lief. Olrac atmete tief ein. Er schmeckte Salz in der Luft. Die Küste konnte nicht weiter als zwei Tagesreisen entfernt sein. Wenn er sich beeilte, war er bei Neumond in Ampurias. Aber Blesse war weiterhin unruhig. Das war kein gutes Zeichen. Sie war ein außergewöhnlich feinfühliges Pferd, das nicht so schnell aus der Ruhe zu bringen war.

Olrac fühlte sich nicht recht wohl. Er musste wieder an das Wiehern in der vergangenen Nacht denken. Vielleicht hatte er es doch nicht geträumt und wurde tatsächlich verfolgt. Eine leise Angst machte sich in seinem Herzen breit. Er versuchte dagegen anzukämpfen, indem er eine Melodie sang, aber selbst das gelang nicht richtig. Es war, als hätte seine Stimme einen Knacks bekommen. Sie wollte nicht mehr. Er musste sich beeilen, weg aus dieser Gegend, wo jeder Fremde ein Handlanger des Vogts sein konnte. Vor seinen Augen erschien wieder Johannahs Bild und Olrac trieb Blesse an. Er wählte die Bergpässe, die am schwierigsten zu begehen waren, und sah sich regelmäßig um, aber es war nichts zu sehen. Dennoch hatte er das Gefühl, verfolgt zu werden.

Gegen Mittag erreichte er ein Tal. Die Sonne brannte ihm auf den Kopf und er verspürte das Bedürfnis, sich ein wenig auszuruhen, bis sich die Mittagshitze gelegt hatte.

Im Tal standen Apfelbäume. Die Blüte war fast zu Ende, aber noch hing ein süßlicher Duft wie ein Schleier über dem Land. Ein kleiner Bergbach schlängelte sich durch die grüne Wiese. Das Wasser sah herrlich frisch aus und Olrac sehnte sich danach, all seine Sorgen und den Schmutz der vergangenen Tage von sich abzuwaschen. Unter dem Sattel hatte er noch etwas Seifenkraut. Wenn er noch ein paar junge Blätter des grünen Efeus dazunahm, konnte er sich gründlich den Schmutz vom Leib waschen. Seit er bei der Frau des Schmieds zum ersten Mal richtige Seife benutzt hatte, wusste er, dass er nie wieder richtig zufrieden sein würde, wenn er nur Wasser zum Waschen hatte.

Der Bach war herrlich und wie ein junger Hund plantschte Olrac pudelnackt im klaren Wasser. Mit den Händen schöpfte er sich Wasser über die Schultern und das lockige Haar. Er schrubbte sein Gesicht und seinen Oberkörper, bis die Haut feuerrot war. Dort, wo der Bach tiefer wurde, ließ er sich ganz bis zum Grund sacken. Er hatte den Kopf vollkommen unter Wasser und mit den Händen wühlte er im Schlamm, der noch kühl war vom letzten Schmelzwasser. Er fühlte sich wie neugeboren. Was einfaches Waschen doch alles zu Stande bringen kann, dachte er beim Auftauchen.

Auf einmal spitzte er die Ohren. Glöckchen bimmelten, Pferde wieherten und Rufe wehten in seine Richtung. Er hastete aus dem Wasser und kletterte nackt in den erstbesten Olivenbaum. Seine Kleider lagen bei Blesse, die etwas weiter oben an einem schattigen Fleckchen graste. Wie peinlich!

Das Gebimmel kam näher und durch die Blätter hindurch sah Olrac die Karawane, die sich näherte. Unglaublich lang war sie. Da schien ein ganzes Volk unterwegs zu sein! Mit dem einen Unterschied, dass es sich nicht um einfache Leute handelte, sondern um Edelleute.

An der Spitze befanden sich einige Ritter, die ihre eisernen Helme unter den Arm geklemmt hatten. Die Pferde trugen Decken und Wimpel in kräftigen Farben, das Wappenschild hatte Olrac noch nie gesehen. Dann kamen Karren, voll beladen mit Bierfässern und Säcken voller Nahrungsmittel. Sie wurden an beiden Seiten von Schildknappen und Soldaten bewacht. Dahinter fuhren geschlossene Wagen. Sie wirkten wie Häuser auf Rädern und waren festlich geschmückt. Lachen und Musik klangen aus ihnen. Die Ritter und Soldaten waren nicht zu zählen. Jeder Wagen wurde von fünf starken Pferden gezogen, wie nur die Leute im Norden sie besaßen. Ein Wagen hatte sogar einen Turm mit einem Kreuz. Einige betende Mönche ritten auf Eseln nebenher. Als sie sich dem Bach näherten, hörte Olrac, dass die Leute sich in einer fremden Sprache unterhielten. Ein paar Worte kannte er aus Thalans Liedern. Diese Leute waren übers Meer gekommen, aus England!

Olrac wurde sehr neugierig, aber er merkte, dass er es in seinem unbequemen Versteck nicht mehr lange aushalten würde. Die raue Baumrinde scheuerte ihm die Haut innen an den Oberschenkeln. Er saß wirklich in der Klemme. Hoffentlich ritten sie schnell weiter. Aber das war eine trügerische Hoffnung.

Den Kundschaftern ganz vorn gefiel die Stelle mit den blühenden Bäumen und dem Bergbach ebenso gut wie Olrac. Sie hielten an und schirrten die Pferde ab, damit die Tiere in Ruhe das frische Gras und das Wasser im Bach genießen konnten. Alle Wagen hielten an und die Ritter wiesen jedem einen Platz zu, sodass ein großer Kreis entstand ... ausgerechnet um den Baum, in dem sich Olrac versteckte.

Was soll ich nun tun?, ging es ihm durch den Kopf. Ich kann doch nicht seelenruhig nackt aus dem Baum klettern und mich mit den Worten vorstellen: »Guten Tag, ich bin Olrac.«

Er konnte sich Audes Gesicht lebhaft vorstellen. Sie würde vor Lachen brüllen. Die Tränen würden ihr über die

Wangen kullern. Er saß wirklich in einer schrecklich dummen Patsche. Die Leute um ihn herum waren eifrig mit Auspacken beschäftigt: Sie schlugen kleine runde Zelte auf und sammelten Holz für das Feuer.

Olrac spürte sein linkes Bein nicht mehr. Er hockte schon viel zu lange in derselben Haltung und wagte es nicht, sich zu rühren.

Die Leute lachten und arbeiteten fröhlich zusammen. Sie sahen nicht aus, als wären sie feindlich gesinnt. Vielmehr ähnelten sie einer bunten Gesellschaft, die von Jahrmarkt zu Jahrmarkt zog. Dass eine kleine Kapelle, Mönche und Ritter dabei waren, wies allerdings darauf hin, dass es sich hier nicht um einfaches Kirmesvolk handelte.

Auf einmal konnte sich Olrac nicht mehr halten. Wie ein reifer Apfel plumpste er zu Boden und rollte nackt über die abschüssige Wiese bis vor die Füße eines Ritters, der gerade dabei war, sich umzukleiden. Verblüfft schauten sie sich an. Als der Ritter das verwirrte Jungengesicht und den nackten Körper sah, brach er in Lachen aus. Ihm war sofort klar, dass sich der Junge sehr merkwürdig vorkommen musste. Er lachte so schallend, dass schon bald eine Gruppe Menschen um sie herumstand. Der Ritter machte den anderen deutlich, dass Olrac gerade aus dem Baum gefallen war. Die Leute erfassten das Lustige daran und lachten herzlich mit.

Olrac saß mit blutrotem Kopf da, er hatte sich zu einer Kugel gerollt, um seine Nacktheit zu verbergen. Ihm war nicht zum Lachen.

Der Ritter bekam Mitleid mit dem Jungen. Er griff nach seiner Tunika und in gebrochener Sprache machte er deutlich, dass Olrac sich ankleiden und ihm folgen sollte.

Olrac kam sich ziemlich lächerlich vor. In der viel zu großen Tunika fühlte er sich wie eine gefangene Maus in einem Mehlsack. Aber als er den Ritter begleitete, lachte ihm jeder herzlich zu. Zum Glück waren es keine Soldaten des Vogts. Olrac wurde böse auf sich selbst. Erst kurze Zeit war er unterwegs und schon hatte er sich in eine dumme Lage gebracht. Der Ritter führte ihn zu dem schönsten Wagen. Dach und Wände waren aus dunkelrotem Samt und mit Goldstickereien verziert. Zwei Soldaten hielten vor dem Eingang Wache. Als der Ritter ankam, öffneten sie die beiden schweren Klappen, die eine Tür darstellen sollten. Ein magerer Mann kam über ein Treppchen heraus, das vor den Eingang gestellt wurde. Sein dichtes Haar war angegraut und glatt nach hinten gekämmt. Seine Nase hatte die Form eines Adlerschnabels, sein Gesichtsausdruck war edel und sein Blick durchdringend. Er trug die Kleidung eines hohen Geistlichen. Olrac wurde zu dem Mann geschoben und der betrachtete den Jungen von oben bis unten, während ein kleines Lächeln um seinen Mund spielte. Er sprach Olracs Sprache fließend, aber mit einem seltsamen Akzent.

»Wer bist du, mein Junge, und was tust du splitternackt in einem Olivenbaum, weit weg von der bewohnten Welt?«

Diese Frage beruhigte Olrac ein wenig. Es war schließlich merkwürdig für einen Unbekannten, dass er hier nackt stand.

»Es tut mir Leid, Herr, wenn ich Eure Ruhe durch meine Anwesenheit störe. Es ist tatsächlich höchst ungebräuchlich, am helllichten Tag im Adamskostüm herumzulaufen, aber dafür habe ich eine sehr einfache Erklärung.« Seinem Gesicht war anzusehen, dass er sich fragte, was nun mit ihm geschehen würde.

Der Geistliche zog verwundert die Augenbrauen zusammen. Er hatte erwartet den Dialekt eines schlichten Hirtenjungen zu hören, aber dieser Bursche drückte sich sehr gewählt aus und wirkte wohlerzogen.

»Sprich, mein Junge, du brauchst keine Angst vor mir zu haben. Ich werde dir nichts tun. Lass mich mit gutem Beispiel vorangehen und mich dir zuerst vorstellen. Mein Name ist Becket, Thomas Becket. Ich bin ein Bischof aus England und hier auf der Durchreise, um eine Gemahlin für den jungen Prinz Heinrich zu suchen.«

Er beugte kurz den Kopf zum Zeichen, dass Olrac nun antworten sollte. Olrac verbeugte sich ebenfalls. Seine Angst nahm ab und mit mehr Mut im Herzen antwortete er dem Bischof.

»Mein Name ist Olrac und ich bin auf der Durchreise in das Land meiner Eltern. Das liegt an der Küste, eine Tagesreise von hier entfernt. Weil es so warm war und ich ein Bad gut vertragen konnte, beschloss ich hier zu halten. Mein Pferd grast ein Stückchen weiter oben. Als Eure Karawane hier stehen blieb, hatte ich keine Zeit mehr, meine Kleider zu holen und . . .«

Der Bischof nickte, er hatte verstanden. Und gemerkt, dass der Junge offenbar Angst vor Fremden hatte, weil er so schnell in den Baum geklettert war. Ein anderer Junge hätte einfach weitergebadet.

»Erzähl mir doch einmal, Olrac, was du sonst so im Leben tust, bist du irgendwo in der Lehre?«

Olrac brauchte nicht zweimal zu überlegen, die Worte kamen von selbst.

»Ich bin Liedersänger.«

»Oh! Ein Troubadour! Ein Spielmann! So jemanden kann ich gut gebrauchen. Sofern du für ein paar Tage mit uns reisen willst . . . als Gast selbstverständlich. Ich bin das Spiel meiner Musikanten leid, denn wir sind schon seit sechs Monaten unterwegs. Wenn du mir singend Gesellschaft leisten willst, dann erfahre ich ein bisschen mehr über die Geschichte deines Volkes. Willst du?«

Olrac wusste nicht, was er antworten sollte.

Er wollte so schnell wie möglich nach Ampurias, seiner Heimatgegend, aber andererseits konnte er mit dem Bischof auf sichere Art und Weise reisen. Wenn er wirklich verfolgt wurde, konnte sein Gegner nicht mehr viel ausrichten.

Der Bischof sah den Zweifel in den Augen des Jungen.

»Olrac, ich will ebenfalls zur Küste, aber erst muss ich noch dem Bischof von Gerona einen Besuch abstatten. Das ist nur ein kleiner Umweg. Ich würde es sehr schätzen, wenn du uns begleiten würdest.«

Irgendetwas ist an diesem Jungen, dachte Thomas Becket. Er wusste nicht, was, aber es interessierte ihn.

Olrac stimmte dem Vorschlag zu. Er hätte es nicht gewagt, sich zu weigern, denn dieser Mann sah sehr mächtig aus. Eine Stunde später saß er, wieder angekleidet, an einem Klapptisch neben dem Bischof und aß Wildbret mit Moosbeeren. Blesse stand bei den anderen Pferden und graste auf der grünen Wiese. Sie war sichtlich erfreut.

An diesem Abend wurde rund um ein großes Feuer getanzt und musiziert. Als die Sonne ganz untergegangen war und sich die Dienerschaft in ihre Zelte zurückgezogen hatte, sang Olrac die Lieder seines Landes. Zwischendurch spielte er Flöte, denn seine Stimme war nicht mehr so stark. Ab und zu versagte sie. Der Bischof lauschte aufmerksam und gab seinen Musikanten ein Zeichen, dass sie den Jungen auf ihren Instrumenten begleiten sollten.

Für Olrac wurde es ein schöner, aber seltsamer Abend.

Als die Nacht hereinbrach und die Glühwürmchen sichtbar wurden, bekam er einen Schlafplatz im Wagen des Hofnarren zugewiesen, den alle Jack nannten. Er war ein merkwürdiger, buckliger kleiner Mann, der immer in Rätseln sprach. Aber er wirkte freundlich und brachte Olrac mit seinen Grimassen und Scherzen zum Lachen.

Als Olrac kurz vor dem Einschlafen den Stein an seinem Hals befühlte, war er beruhigt. Der Stein glühte. Und mit dem Gedanken an Audes liebes Gesicht schlief Olrac ein.

19

Am nächsten Morgen, als sich Olrac den Schlaf aus den Augen rieb, waren schon alle mit Einpacken beschäftigt. Jack hatte eine Kanne Schwarztee gekocht und er teilte das weiße Brot mit seinem Gast. Das Brot war süß, als sei Honig im Teig. Olrac ließ es sich schmecken. Der Tee hatte einen bitteren Geschmack und bei jedem Schluck, der durch seine Kehle rann, verzog Olrac das Gesicht zu einer komischen Grimasse.

Jack erzählte ihm alles über ihre Reise. Wie sie von Burg zu Burg zogen, um alle ledigen Töchter des Adels kennen zu lernen. Manche von ihnen waren nicht älter als drei Jahre.

Unter der Bedingung, dass Jack die Leute mit seinen Scherzen und Rätseln amüsierte, durfte er immer an der Festtafel Platz nehmen. Je schwieriger das Rätsel, desto glücklicher war der Gastgeber, wenn er die Antwort fand, war es doch ein Beweis seines scharfen Verstands. Jack beruhigte Olrac auch: Thomas Becket sei ein sehr weiser und rechtschaffener Mann, außerordentlich ehrlich und gerecht. Olrac brauche keine Angst vor ihm zu haben.

Die Karawane zog nach Süden. Sie mieden die Hauptwege, weil der Bischof es vorzog, durch das hügelige Land zu reisen. Er bewunderte die Schönheit der wilden Landschaft.

Jeden Abend herrschte ein geselliges Treiben rund um das Feuer und Olrac sang seine Lieder. Er und die Musikanten spielten sich gut aufeinander ein und bald konnten alle seine Melodien auf ihren Instrumenten wiedergeben.

Ab und zu lud der Bischof Olrac zu einem kurzen Gespräch ein, aber so geschickt der Mann seine Fragen auch stellte, der Junge gab nichts von seiner Vergangenheit preis. Jack gegenüber tat er es jedoch.

Nachdem sie drei Tage miteinander gereist waren, hatten sie sich so angefreundet, dass Olrac dem Hofnarren seine gesamte Lebensgeschichte erzählte. Und Jack erzählte, wie der Buckel auf seinem Rücken entstanden war. Er war das Kind einer Küchenmagd auf der Burg des Herzogs. Eines Tages ritt dieser aus und sein Pferd strauchelte in vollem Galopp über den spielenden Jack. Weil der Herzog edel gesinnt war und sich für das Unglück verantwortlich fühlte, ließ er Jacks Wunden auf der Burg versorgen. Monatelang hing Jacks Leben am seidenen Faden, und als es ihm besser ging, stellte sich heraus, dass er für den Rest seines Lebens verkrüppelt sein würde. Er wuchs nicht mehr, dafür wurde die Verkrümmung seines gebrochenen Rückens größer und dicker. Er blieb so klein wie ein Zwerg. Der Herzog erlaubte ihm auf der Burg zu wohnen. Jack bekam sogar Unterricht, sodass sich sein Geist und sein Verstand an Stelle des Körpers entwickeln konnten. Über Selbstspott lernte er den Humor kennen. Er war der Einzige auf der Burg, der anderen einen Spiegel vorhalten durfte. Als er erwachsen wurde, machte der Herzog dem Bischof ein besonderes Geschenk: Jack, den Hofnarren. Seitdem lebte er immer in der Nähe von Thomas Becket. Sie waren sogar Freunde geworden.

Olrac entdeckte das warme Herz seines neuen Freundes und in dessen Planwagen fühlte er sich sicher vor jedem Verfolger. Außerdem waren so viele Ritter in der Nähe . . .

Aber er dachte oft an Thalan. Er war sehr besorgt. Jetzt, da er wusste, dass der Vogt den Hauptmann um jeden Preis am Galgen sehen wollte, war er unruhig. Er fragte sich oft, wo Thalan nun war.

Die Karawane zog weiter. Meistens wurden sie in den Dörfern gastfreundlich empfangen. Dann feierten sie ein Fest mit gebratenen Lammkeulen und rotem Wein, denn die Leute im Süden waren freigebig und nahmen jede Gelegenheit zum Feiern wahr. Olrac wurde als einer der Reisenden betrachtet. Manchmal erhaschte er von den Bergen aus in der Ferne einen Schimmer des Meeres, dann sehnte er sich danach, die Reise zu seinen Eltern fortzusetzen, aber er tat es nicht. Nicht solange der Stein des Amuletts weiter glühte und in seinem Innersten eine Stimme ertönte, die sagte, er müsse Geduld haben.

Fünf Tage vergingen. Sie hatten gerade das Dorf Bagur verlassen und waren auf dem Weg nach Gerona, wo der bischöfliche Palast lag. Es war Mittag, die Sonne hatte ihren höchsten Stand erreicht und brannte gnadenlos heiß vom Himmel. Alle saßen unter den Vordächern oder im Schatten. Von ihrem Standort aus hatten sie eine prächtige Aussicht auf die Berge zu ihrer Linken und das flache Land von Hispania zu ihrer Rechten. Olrac und Jack saßen unter einer morschen Pinie. Olrac hatte soeben den Buckel seines Freundes mit einer beruhigenden Salbe aus Arnika und Ringelblume eingerieben.

Auf einmal wurde in der Ferne eine Staubwolke sichtbar. Drei Reiter näherten sich im Galopp. Der Anführer des Trupps war in eine blau-rote Tunika gekleidet und trug lederne Schnabelschuhe an den Füßen. Auf dem Kopf saß ein gefiedertes Barett. Sein Pferd war sichtlich erschöpft und schweißbedeckt. Die beiden anderen waren einfacher gekleidet und auch ihre Pferde gehörten zu einer weniger edlen Rasse. Weil nicht sofort ein Knecht für die Reiter bereitstand, erhob sich Jack und wackelte auf seinen viel zu kurzen Beinen zu den Fremden.

Olrac sah aus der Entfernung zu, wie sie miteinander ins Gespräch kamen.

Irgendetwas war mit einem der Männer. Was, wusste Olrac nicht. Aber er spürte, wie ihm ein Schauder über den Rücken lief. Der Mann stand zu weit von ihm entfernt, als dass er sein Gesicht sehen konnte, doch da war etwas, das Olrac bekannt vorkam. Woher nur?

Olrac zermarterte sich das Hirn, doch er fand nirgends ein Bild, ein Ereignis, das er mit diesem Fremden in Verbindung bringen konnte. Aber er war auf der Hut. Ohne dass es ihm bewusst wurde, rutschte er ein Stück zurück, sodass er in einem dürren Strauch landete. Er wusste, dass er sich durch den großen Baum ganz im Schatten befand, aber dennoch war er nicht beruhigt.

Jack lief zum Zelt des Bischofs und der Fremde blieb mit seinen beiden Begleitern stehen. Er schaute in die Richtung, in der Olrac saß. Der Junge erschauderte. Irgendetwas war da, aber was? Jack kam mühsam zurück, der schwere Buckel auf seinem Rücken machte ihm heute besonders zu schaffen. Er setzte sich wieder zu Olrac und der starrte ihn mit aufgerissenen Augen fragend an.

»Du brauchst dir keine Sorgen zu machen, Olrac. Es sind nur Gesandte des Herrn von Aragón. Er hat gehört, dass wir auf dem Weg zum Bischof von Gerona sind. Offensichtlich herrscht dort eine sehr ansteckende Krankheit. Er rät uns umzukehren und über die Berge das Land zu verlassen, damit wir von der Krankheit verschont bleiben.«

Olrac wusste, dass er sich keine Sorgen mehr zu machen brauchte. Gesandte des Herrn von Aragón. Also brauchte er keine Angst zu haben. Weshalb nur wurde er dieses unbehagliche Gefühl noch immer nicht los?

Nach der Mittagsruhe beschloss der Bischof aufzubrechen, nicht nach Gerona, sondern zurück über die Bergpässe in ihr Vaterland. Die Rückreise sollte am Meer entlangführen, denn sie mussten noch viele Burgen und Leute besuchen. Erst würden sie nach Aquitanien ziehen. Dort wohnte die Jungfrau Eleonore, gerühmt ob ihrer Schönheit und von Spielleuten besungen.

Olrac wusste, dass er nicht länger bleiben konnte. Er musste zum Meer, das am Fuß des katalanischen Gebirges begann. Die drei Gesandten bekamen einen Wagen als vorläufige Unterkunft und begleiteten die Karawane bis zur ersten Hochebene. Am nächsten Morgen würden sie in die Stadt zurückreiten, aus der sie kamen. Obwohl sie sich unauffällig verhielten, blieb Olracs Gefühl, dass da etwas nicht mit rechten Dingen zuging.

Die Augen des rot-blau gekleideten Mannes ruhten oft auf Olrac. Wenn der Junge den Blick zurückgab, wandte der Mann schnell seinen Kopf mit dem Federbarett ab.

Olrac berichtete Jack von seiner wachsenden Unruhe. Irgendetwas stimmte nicht! Spürte Jack das denn nicht? Olrac zeigte ihm das Amulett und der Narr sah das rote Glühen des Steins. Bislang hatte der Stein Olrac noch nie im Stich gelassen. Immer bestätigte er seine Gedanken und Gefühle.

Der Hofnarr machte ein bedenkliches Gesicht.

»Ich werde sehen, was ich tun kann«, antwortete er. »Vielleicht kann ich sie heute Abend ja mit meiner buckligen Anwesenheit aufmuntern.«

Am Abend schlenderte der Hofnarr zum Lagerplatz der

drei Männer. Olrac sah von weitem, wie der Narr seine Scherze zum Besten gab und wie der Krug von Hand zu Hand wanderte. Olrac bereitete inzwischen die Betten vor. Er schüttelte die Daunendecken auf und brachte alles für die Nacht in Ordnung. Seine Gedanken waren bei Jack, aber er war froh, dass er etwas zu tun hatte. Auf einmal riss die Schnur um seinen Hals. Das Amulett fiel auf die Bretter zwischen das Bettzeug. Mit den Händen tastete Olrac auf dem Boden herum, aber es war schon zu dunkel. Er musste warten, bis Jack zurück war, der die einzige Laterne mitgenommen hatte.

Als draußen die Feuer gelöscht wurden und sich jeder zu seinem Schlafplatz begab, trippelte der Narr zu seinem Planwagen zurück. Aber er ging nicht hinein.

Olrac wartete voller Spannung. Wo blieb sein Freund?

Durch die Klappen spähte er hinaus. Nirgends war eine Spur von Jack zu entdecken. Es war still im Lager. Sogar die Pferde waren ruhig geworden und schliefen. Wo die Feuer gebrannt hatten, war ein sanftes Glühen zu sehen und der schwache Geruch nach gebratenem Fleisch hing noch in der Luft. Mücken summten um den Wagen.

Olrac wartete. Seine Besorgnis wuchs. Wenn seinem Freund bloß nichts geschehen war. Die Zeit verstrich quälend langsam. Auf einmal hörte er ein leises Rascheln ganz in der Nähe. Eine Klappe schwang auf und mit unglaublicher Geschicklichkeit sprang Jack wieder in den Wagen.

»Jack!«, rief Olrac mit unterdrückter Stimme. »Wo warst du die ganze Zeit? Ich habe mir Sorgen gemacht! Hast du etwas erfahren?«

Jack steckte eine neue Kerze in der Laterne an und mit dem Finger auf dem Mund bedeutete er Olrac leiser zu sprechen.

»Olrac, ich glaube, dass du Recht hast. Irgendetwas stimmt nicht mit diesen Männern. Erst waren sie sehr freundlich. Wir haben gemeinsam getrunken und gelacht, aber ich spürte, dass sie auf der Hut waren. Sie gaben nichts preis, was uns weiterhelfen könnte. Ich kenne zu wenig von diesem Land, als dass ich hören könnte, ob sie wirklich aus Aragón stammen. Aber die beiden Knechte tragen immerhin Namen aus dieser Gegend: Bernardo und Manuel. Auch ihr Akzent war deutlich anders als der ihres Anführers. Letztendlich habe ich nichts erfahren, aber ich sah an ihrem Blick, dass sie noch etwas miteinander zu besprechen hatten. Sie bedeuteten mir, dass ich zu meinem Planwagen zurücksollte, denn sie wollten angeblich schlafen ... Ich bin hierher gegangen, aber ich habe mich unterm Wagen verborgen, bis alle schliefen. Dann bin auf allen vieren zurückgekrochen und habe mich unter ihrem Wagen versteckt. Ich hatte Recht. Die drei hatten noch viel zu besprechen. Was ich zu hören bekam, muss ich dringendst dem Bischof melden, denn vielleicht sind Leben in Gefahr.«

Olrac erstarrte. Seine Ahnungen hatten sich bestätigt.

Jack rieb mit einer Hand über seinen schmerzenden Buckel. Das nächtliche Abenteuer hatte ihm nicht gut getan.

»Erzähl weiter, Jack, ich muss es wissen!«

»Psssst! Still! Es ist eine Falle! Wir werden betrogen! Es herrscht überhaupt keine Krankheit in Gerona. Aber wir dürfen dort nicht ankommen. Der Bischof von Gerona darf uns nicht sehen. Er könnte jemanden erkennen, der mit dieser Karawane reist. Der Bischof ist ein guter Freund des Herrn von Aragón und auch Pate seines Sohnes. Die drei Männer haben den Auftrag, jemanden aus dieser Karawane zu töten. Ich glaube, es ging um dich ...«

Olrac verstand gar nichts mehr. Der Bischof von Gerona?

Er hatte noch nie von ihm gehört, geschweige denn ihn gesehen!

»Weshalb glaubst du, dass es um mich geht, Jack?

»Nun, sie wollen uns wieder in die Berge locken. Dort sollen wir von Räubern überfallen werden, die ihre Handlanger sind. Auch das ist eine Falle. Sie werden die Karawane plündern, ein paar Pferde stehlen, aber ihr eigentlicher Auftrag lautet: den Knaben töten.«

Olrac wurde bleich. Tief in seinem Herzen wusste er, dass es stimmte. Er war immer noch nicht in Sicherheit.

»Olrac, der Führer des Trupps wurde von seinen Kumpanen Ludovic genannt. Sagt dir der Name etwas?«

Als er diesen Namen hörte, stockte Olrac der Atem. Er kannte diesen Namen! Aber woher?

Er zermarterte sich den Kopf, doch er fand nichts in seinem Gedächtnis. Es war so viel geschehen. Er hatte in kurzer Zeit so viele Leute kennen gelernt. Nein, er wusste es wirklich nicht.

»Jack, was sollen wir jetzt tun? Wäre es nicht besser, wenn ich in dieser Nacht in aller Stille fliehen würde?«

Jack schüttelte seinen dicken Kopf.

»Das würde auffallen. Vergiss nicht, dass Blesse bei den anderen Pferden steht. Ein einziges verdächtiges Geräusch und der Teufel ist los. Nein, wir müssen Thomas Becket wecken. Wir müssen ihm alles erzählen, damit wir eine andere Strecke festlegen und die drei Schurken rechtzeitig festgenommen werden können. Ich werde jetzt zu ihm gehen, das heißt, wenn er noch nicht schläft. Andernfalls werde ich bis morgen früh warten müssen, und das gefällt mir nicht.« Jack sah Olrac sehr besorgt an. Seine kleinen Augen verengten sich und er betrachtete den Jungen aufmerksam.

»Olrac, ich weiß nicht, wer du bist, und du selbst weißt es

auch nicht. Aber eines kann ich dir sagen. Du stammst aus einer sehr vornehmen Familie und jemand ... jemand hält dich für eine große Bedrohung.«

Ein Pferd wieherte. Ein Hund bellte.

Jack und Olrac saßen mucksmäuschenstill und lauschten mit offenen Augen und Ohren. Jedes nächtliche Geräusch bekam etwas Bedrohliches.

In der Ferne erklang der Ruf einer Eule. Unter dem Wagen raschelten kleine Tiere. Sogar die Stille war beängstigend. Jack blies die Kerze aus und spähte durch die Klappen in die Finsternis.

»Olrac, du bist hier nicht sicher. Du hast Recht, du kannst hier nicht bleiben. Sie wissen, in welchem Wagen du schläfst. Folg mir mit einem gewissen Abstand. Wir werden gemeinsam wie Schlangen durch das Gras kriechen müssen, unter den Wagen hindurch, bis wir beim Bischof ankommen. Bleib ein paar Meter hinter mir und verhalte dich vor allem mucksmäuschenstill!«

Als sie aus dem Planwagen kletterten und sich leise auf den Boden sacken ließen, war in der ganzen Umgebung nichts zu hören. Nur die natürlichen Laute, die zur Nacht gehörten.

Lautlos schlichen sie von Wagen zu Wagen und hielten immer wieder inne, um zu prüfen, ob die Luft noch rein war. Olrac hörte das einschläfernde Geräusch der Grillen und seine eigene Atemzüge. Das Gras unter den Wagen war dürr und hart. Immer wieder stachen sie sich die Hände an einer Kugeldistel oder zogen sich an einem scharfen Stein Schrammen zu. Sie vernahmen die Laute, die Menschen im ersten Schlaf von sich geben. Schnarchen, Husten, Räuspern, Rascheln und Gähnen. Olrac hatte nicht gewusst, dass ein Weg, den man auf allen vieren und auf dem Bauch kriechend zurücklegt, so anstrengend sein konnte.

Der Himmel war klar, die Sterne funkelten. Olrac sah Jacks Gestalt undeutlich vor sich. Ein dicker Buckel auf allen vieren. Im Dunkeln wirkte er wie ein wühlendes Wildschwein. Er war ihm immer einen Wagen voraus.

Fast hatten sie den Wagen von Thomas Becket erreicht. Er war viel breiter und höher als die anderen und stand etwas weiter weg, mehr auf die Mitte des Rings zu. Olrac blieb regungslos liegen und sah, wie der Hofnarr unter dem Wagen hervorkam und auf Zehenspitzen übers Gras ging. Er musste ungefähr zwanzig Meter zurücklegen. Sein Buckel zeichnete sich im Mondlicht ab.

Auf einmal ging alles sehr schnell.

Zwei Männer sprangen vor, ohne ein Geräusch zu verursachen, packten den Narren und stachen zu.

Aus der Entfernung sah Olrac ein Messer aufblitzen, er sah, wie der Narr zusammenbrach und wie die Männer wegrannten.

Oh nein! Sie hatten Jack getötet!

So schnell er konnte, schlich Olrac zu dem Narren, schob ihm die Arme unter die Achseln und zerrte ihn mit ins sichere Dunkel unter einem der Wagen.

»Olrac«, flüsterte Jack heiser, »mach dich aus dem Staub. Sie werden dich töten! Lass mich hier liegen, nimm dein Pferd und verschwinde, bevor sie dich zu fassen kriegen.« Aber Olrac ließ sich nicht abhalten, er schleifte den Hofnarren mit aller Kraft von Wagen zu Wagen, bis sie bei ihrem eigenen Schlafplatz ankamen.

»Ich überlasse dich nicht deinem Schicksal!«, keuchte er. »Ich werde Hilfe rufen, den Bischof wecken, ihm alles erzählen! Aber erst musst du versorgt werden.« Olrac lehnte den verletzten Mann halb gegen ein Wagenrad.

»Nein, tu das nicht, Olrac«, antwortete Jack. »Geh weg,

bevor es zu spät ist. Ich komme schon zurecht. Sie haben mir das Messer in den Rücken gestochen, geradewegs in meinen Buckel. Zum ersten Mal in meinem Leben bin ich froh über das schwere Unding. Es hat mir das Leben gerettet. Lass mich hier liegen, ruf niemanden! Ich habe den starken Verdacht, dass die Schurken gewarnt sind. Wahrscheinlich haben sie gemerkt, dass ich sie belauscht habe, und sie wollten vermeiden, dass ich alles ausplaudere. Lass sie glauben, ich wäre tot, und zieh los!«

Jack gab Olrac einen heftigen Stoß zum Zeichen, dass er gehen sollte. Olrac spürte, dass der Narr noch Kraft in den Armen hatte, denn er taumelte nach hinten.

»Ich kann dich doch so nicht liegen lassen, Jack! Du bist mein Freund! Es ist meine Schuld, dass du verwundet bist. Lass mich wenigstens den Bischof warnen!«

»Olrac!«, flüsterte Jack. »Flieh, bevor es zu spät ist! Du scheinst dir noch nicht ganz darüber im Klaren zu sein, dass jemand, wer auch immer, deinen Tod will. Glaub mir, meine Wunde ist nicht schlimm. Ich warte hier bis zur Morgendämmerung, dann sind genügend Leute auf den Beinen, die mir helfen können. Ich werde dem Bischof selbst mitteilen, was in der Nacht passiert ist und warum du so plötzlich aufgebrochen bist. Geh jetzt!«

Jacks Stimme klang sehr gebieterisch, obwohl er die Worte geflüstert hatte, und Olrac wusste, dass es keinen Sinn haben würde, zu widersprechen.

In der Stille der Nacht drückte der Junge noch kurz die Hand des Narren und verschwand dann in der Dunkelheit, leise wie eine Wildkatze auf Raubzug. All seine Sinne waren geschärft, um das kleinste Anzeichen von Unheil wahrzunehmen.

Doch er gelangte sicher zu Blesse. Leise sprach er auf die

Stute ein und führte sie im Schritt weg von der Karawane mit ihren Menschen und Tieren. Zum Glück schnaubte sie nicht, sondern ließ sich willig mitführen.

Olrac brachte sie bis zur ersten Bergwiese, sprang auf ihren Rücken und ritt davon. Abermals fort von Menschen, die er schätzte und die ihm etwas bedeuteten.

Niemand anderes hätte diesen Weg in der dunklen Nacht auf unbekannten Bergwegen zurücklegen können. Aber Blesse und Olrac waren eins mit den Bergen. Sie waren ihre Verbündeten.

Es war Morgen, als Olrac anhielt. Nicht etwa weil er müde war, sondern um seine Gedanken ordnen zu können. Blesse war froh über die Rast, sie warf sich auf die Seite und rieb mit dem Maul durch das Gras, auf dem noch Tau lag. Sie benahm sich immer noch seltsam. Als hätte auch sie wirre Pferdegedanken.

Olrac betrachtete die Farben über dem Berg. Noch eine Stunde und die Sonne würde wieder sengende Hitze über das Land schicken.

Was war nur los? Warum sollte er sterben? Nur weil man ihn für gefährlich hielt? Oder wegen etwas anderem? Und wer war Ludovic? Wahrscheinlich ein Handlanger des Vogts!

Olrac fühlte sich beklommen. Wie lange wurde er schon verfolgt? Erschreckt drehte er sich um. Jeder Schatten ängstigte ihn, jedes Geräusch machte ihn misstrauisch. Wann würde das endlich vorbei sein?

Ich muss weiter, dachte er, zum Meer, ins Land meiner Eltern!

Als er nach dem Amulett greifen wollte, spürte er nur seinen nackten Hals. Er suchte überall in seiner Tunika.

Oh nein! Auf einmal erinnerte er sich wieder, wie die Schnur gerissen und der Stein in Jacks Wagen auf den Boden gefallen war. Eine tiefe Niedergeschlagenheit überkam ihn. Jetzt musste er ohne die Weisheit des Amuletts weiter. Nun musste er sich wirklich auf seine innere Stimme verlassen.

Zum ersten Mal seit langer Zeit fühlte sich Olrac wirklich klein. Unsäglich klein. Wie ein wehrloses Lamm, das von der Herde zurückgelassen worden war, weil es zu schwach war.

Auf allen vieren kroch er zu Blesse und lehnte seinen Kopf an sie. Sie wieherte leise, zuckte kurz mit den Beinen, aber sie ließ zu, dass sich der Junge anlehnte. Olrac zog seine Beine bis zum Kinn hoch. Wie ein Neugeborenes lag er an das Pferd gekuschelt, voller Sehnsucht nach menschlicher Wärme und Sicherheit.

Er schloss die Augen und sah wieder die Flammen des Feuers, den alten Laszlo mit den unzähligen Runzeln um die Augen, wie er in einem Kessel rührte und ab und zu nach dem Jungen zwischen den Schaffellen schaute. Langsam hob Olrac den Kopf. Die Sonne war aufgegangen und Blesse wollte sich wieder die Beine vertreten. Nichts im Leben war so, wie es aussah. Er hatte noch viel zu lernen.

Olrac stand mühsam auf und ohne allzu viel Lust bestieg er wieder sein Pferd und ritt in Richtung des flimmernden Lichts. Dorthin, wo sich die Sonne im Meer spiegelte. Es war näher, als er gedacht hatte. Die Felsen waren gut zu begehen und durch die Berge schlängelten sich Wege, die eindeutig für Pferd und Wagen gedacht waren. Die salzige Luft reizte seine Nasenlöcher und er musste niesen.

Hinter dem letzten Hügel erstreckte sich das Land bis zum Meer. Es war das erste Mal, dass Olrac das Meer sah und die Bilder aus Thalans Erzählungen verblassten beim Anblick der Wirklichkeit. Wie riesig das Meer doch war! Und wie es glitzerte! Weiß und Azurblau fingen abwechselnd die Lichtstrahlen ein. Dicht am Meer lag ein kleines Fischerdorf. Ein Stück weiter die von einer Mauer umgebene Stadt und von dort wand sich ein Weg zu einer stattlichen Burg, die halb im Gebirge lag, aber Aussicht auf das Meer und das Dorf bot. Unterhalb der Burg lagen grüne Weiden, unterbrochen von kleinen Mauern, die die Landschaft wie einen Flickenteppich erscheinen ließen.

War dies das Land seiner Eltern? Kleine Hütten lagen wie einzelne Kiesel am Hang und durchbrachen das Linienspiel des Landes.

Zögernd ritt Olrac den Hügel hinunter. Am wolkenlosen Himmel riefen die Mauersegler. Auf dem glitzernden Wasser in der Ferne sah er kleine Fischerboote. Der Wind trug Gerüche nach Fisch, Obst und blühendem Oleander heran.

Da hörte er die Pferde. Sie waren hinter ihm. Schnaubend und im Galopp.

Plötzlich ein harter Schlag gegen seinen Kopf, ein stechender Schmerz durchzuckte ihn und alles wurde schwarz.

20

Es war wunderbar kühl im Raum. Jorge, der Hausknecht, kam mit einem großen Tablett herein. Auf der langen Ebenholztafel stand ein Tonkrug, gefüllt mit kühlem Cidre, und in den Trinkbechern aus Zinn trieben kleine Minzblätter, die dem Getränk eine erfrischende Note verliehen. In den Zimmerecken standen Tonschalen, in denen Kräuter verbrannt wurden, sodass sich keine unangenehmen Gerüche im Raum breit machen konnten. Es war noch zu früh am Abend, um die Kerzen anzuzünden. Die Sonne war noch nicht untergegangen und die Luft war vom Kreischen verspielter Mauersegler erfüllt. Am Kopf der Tafel saß Herr Alderick de San Martín von Ampurias, Herr von Aragón. Abwesend starrte er vor sich hin und nippte ab und zu an seinem verzierten Becher. Er achtete kaum auf Jorge, der sorgfältig die kleinen Schüsseln mit Leckerbissen auf der Tafel anordnete. Es gab schwarze Oliven, Sardinen in Knoblauchöl, Kräuterbrot, Melone, gefüllte Lammkeulen und Ziegenkäse in Weinblättern. Lautlos verließ der Hausknecht das Zimmer. Er war daran gewöhnt, dass sein Herr mit seinen Gedanken ganz woanders war.

Am Fenster saß die Gräfin, Frau Allemande. Sie nähte kleine zierliche Stiche auf einen Stickrahmen. Auch sie schwieg. Das war nichts Ungewöhnliches, denn sie hatte seit dreizehn Jahren kein Wort mehr gesprochen. Alle hatten längst die Hoffnung aufgegeben, dass sie irgendwann wieder reden würde. Herr Alderick war der Einzige, der noch täglich das Wort an sie richtete, obwohl er wusste, dass keine Antwort zu erwarten war. Er liebte seine Frau sehr, und das reichte. Herr Alderick war ein hoch gewachsener Mann. Sein mittelbraunes Haar fiel wellig auf die Schultern. Die Augen waren hell wie bei den meisten seiner Vorfahren. Seine Mutter war Flämin und stammte aus der reichen Stadt Antwerpen.

Auch Frau Allemande wirkte nicht gerade südländisch, obwohl sie spanische Vorfahren hatte. Ihre Augen waren so blau, dass es schien, als würde sich das Meer in ihrem Blick spiegeln. Über dem blonden Haar trug sie ein weißes seidenes Tuch, das von einem goldenen Diadem auf dem Kopf festgehalten wurde, ein Hochzeitsgeschenk ihrer Mutter. Auch ihre Haut war ungewöhnlich hell. Im Burggarten machte sie nur nach Sonnenuntergang Spaziergänge. Die restliche Zeit verbrachte sie innerhalb der dicken Mauern. Die Tür ging auf und Jorge ließ den erwarteten Gast ein.

Armand de Boncourt betrat den Raum mit einem breiten Lächeln auf dem Gesicht. Seine Stiefel brachen die Stille des Sommerabends. Herr Alderick neigte leicht den Kopf und bedeutete ihm, dass er Platz nehmen durfte. Der Vogt setzte sich an die Tafel und trank gierig den Becher aus, den Jorge vor ihn hingestellt hatte. Mit dem Handrücken wischte er sich die Lippen ab.

»Herr Graf«, verkündete er feierlich. »Ich habe gute Neuigkeiten.«

Herr Alderick sah seinen Gast aufmerksam an.

Armand de Boncourt war ein wichtiger Mann. Zwar bot er nicht immer die angenehmste Gesellschaft, doch er tat seine Arbeit, wie es sich gehörte. Er sorgte dafür, dass jeder immer pünktlich seine Abgaben bezahlte. Sogar der Bischof von Pamiers ließ sich lobend über ihn aus, und das wollte etwas heißen.

»Sprich, de Boncourt, berichte mir die guten Neuigkeiten.«

Das Gesicht des Vogts nahm einen feierlichen Ausdruck an.

»Herr Graf, ich bin hoch erfreut, Euch zu melden, dass der letzte Räuber vom Todesberg gefasst ist. Wir sind nun für immer von diesem Ungeziefer befreit!« Er blickte triumphierend.

»Ausgezeichnet, Vogt. Ich werde dich fürstlich dafür belohnen. Aber ... bevor wir weitersprechen, erzähl mir kurz, wie das vonstatten gegangen ist.«

Der Vogt lächelte selbstsicher.

»Herr Graf, ich wusste, dass Thalan einen jungen Handlanger hatte, ich habe Euch schon früher einmal davon berichtet und ich habe damals Eure Zustimmung erhalten, diese kleine Ratte gefangen zu nehmen und aufzuhängen. Als der junge Räuber aus dem Schandkarren entkam, habe ich meine besten Leute auf seine Spur gesetzt. Lange hat es nicht gedauert. Der Schurke hatte sich einer Karawane angeschlossen, die sich auf dem Weg nach Gerona befand. Aller Wahrscheinlichkeit nach wollte der junge Räuber auch dort das Vertrauen der guten Leute missbrauchen und sie berauben, wie er es von Thalan gelernt hat. Mit einer List veranlassten wir die Karawane, einen anderen Weg zu nehmen, und machten dem Jungen damit klar, dass wir ihm auf den Fersen waren. Er floh in der Nacht und meine Männer verfolgten ihn. In den Bergen haben sie ihn überwältigt. Es war keine einfache Angelegenheit ... der junge Mann war nicht so leicht kleinzukriegen!«

Der Graf hörte aufmerksam zu und ließ Armand de Boncourts Gesicht keinen Moment aus den Augen.

»Und ... wo ist der Junge nun? Hast du ihn auch gefangen genommen?«

»Es tut mir Leid, Herr Graf, das ist uns nicht gelungen. Er tobte wie der Teufel. Meine drei Soldaten mussten bis zum Äußersten gehen, sonst wären sie selbst überwältigt worden. Als sie ihn gepackt hatten, riss er sich los und stürzte dabei in die Schlucht. Zwischen den Felsen hat er seinen verdienten Tod gefunden.«

Das Gesicht des Vogts nahm einen bedauernden Ausdruck an.

»Es tut mir Leid, Herr Graf, ich hätte diesen Burschen lieber dem Richter ausgeliefert und dem Volk gezeigt, dann hätte jeder sehen können, welches Schicksal einen Räuber erwartet.«

Der Graf seufzte. Es war gut, dass sein Land von diesen Räubern befreit war, aber dennoch beschlich ihn das unbehagliche Gefühl, dass irgendetwas an der Geschichte des Vogts nicht stimmte. Doch er konnte nicht sagen, was. Der Vogt tat stets seine Pflicht, aber trotzdem ... Herr Alderick freute sich schon auf den Augenblick, in dem Armand de Boncourt sein Zimmer wieder verlassen würde.

»Und was ist mit Thalan geschehen?« Seine Augen blickten streng.

Die Gräfin hielt mit dem Nähen inne und starrte auf die untergehende Sonne, die durchs offene Fenster zu sehen war. Die Mauersegler machten keine Kapriolen mehr in der Luft, stattdessen kamen die ersten Fledermäuse zum Vorschein und drehten ihre Runden.

Der Vogt schwitzte und sehnte sich nach einem weiteren Becher Cidre.

»Herr Graf, von Thalan habt Ihr nichts mehr zu befürchten. Der Schurke ist außer Landes geflüchtet. Ihm wurde der Boden unter den Füßen zu heiß. Doch ich habe zur Sicherheit über die Grenzen hinaus verbreiten lassen, wie gefährlich dieser Mann ist und dass eine große Geldsumme auf seinen Kopf ausgesetzt ist.« Der Vogt begann noch stärker zu schwitzen. Hoffentlich bewahrheitete sich seine Lüge, denn von Thalan hatte er nichts mehr gehört.

Jorge hatte die Becher wieder gefüllt und stellte Schalen mit Wasser auf den Tisch. Das war das Signal, dass sich der Vogt an den Köstlichkeiten auf der Tafel gütlich tun konnte.

Herr Alderick aß nichts. Er lehnte sich auf seinem Stuhl zurück. In dessen Rückenlehne war ein runder Kranz kunstvoll ins Holz geschnitzt. Darin waren feinere Muster angebracht: das sich wiederholende Zeichen der Grafschaft. Er stützte die Ellbogen auf die Armlehnen, legte die Fingerspitzen aneinander und dachte nach. Eine Zeit lang war nur das Geräusch der schmatzenden Lippen des Vogts zu hören, der sich über die Leckerbissen hermachte.

Als die Schüsseln leer waren und der Vogt sich satt und zufrieden fühlte, rülpste er laut durch den Raum. »Herr Graf, ich habe vielleicht noch eine erfreuliche Nachricht für Euch und ebenso für Eure Gemahlin, die Gräfin.«

Armand de Boncourt schaute zur Burgherrin hinüber, die ihren Blick nicht von der Abendsonne wandte. Das Licht fiel auf ihr Gesicht und umrahmte es mit warmer Glut. Ein listiger Ausdruck kam in den Blick des Vogts und er wartete, bis ihm sein Herr wieder die Erlaubnis gab, zu sprechen.

»Sprich, de Boncourt!«

Der Graf blieb wie ein stummes Porträt seiner selbst sitzen, seine Haltung war nun kerzengerade, sein Blick ungerührt.

»Herr Alderick, Frau Allemande, ich weiß, wie viel Leid und Kummer Ihr habt durchstehen müssen, als Euch Eure beiden Kinder geraubt wurden. Ihr wisst, dass ich mein Leben dem Wiederauffinden Eurer Nachkommen gewidmet habe. Ich habe das ganze Land durchquert, in allen Häusern gesucht, überall nachgefragt... Und nun endlich, nach dreizehn Jahren, habe ich ein Lebenszeichen empfangen. Von einem Eurer Kinder . . .«

Der Graf umklammerte die Armlehne, als könnte er jeden Augenblick vom Stuhl fallen. Sein Gesicht war maskenhaft, seine Haut erbleichte und an seiner Schläfe zuckte ein Muskel. Die Gräfin schaute weiterhin hinaus, doch hatte der Vogt den Eindruck, als würde ihr Rücken mitlauschen.

Er räusperte sich. Jetzt durfte nichts falsch laufen. Alles war vorbereitet . . .

»Herr, als wir die Räuberhöhle entdeckten, in der Thalan wohnte, haben wir noch jemanden gefunden. Einen Jungen. Wir haben ihn nicht getötet, denn wir erkannten sofort, dass er nicht zu der Bande gehörte, er war noch zu jung, um Räuber zu sein. Er war verständlicherweise sehr verängstigt. Als wir sein Vertrauen gewonnen hatten, erzählte er uns, Thalan habe ihn als Säugling entführt und in die Höhle mitgenommen, wahrscheinlich aus Rache. Er ist dort aufgewachsen, aber er hat ein schreckliches Leben hinter sich. Schmerz, Hunger und Kummer waren sein tägliches Brot. Er wusste nicht einmal, wer er war. Aber als wir die Höhle durchsuchten, fanden wir ein paar merkwürdige Dinge.«

Armand de Boncourt schwieg einen Augenblick, damit seine Worte auf den Grafen wirken konnten.

»Was für Dinge?«, fragte der Graf barsch.

In den vergangenen Jahren hatten schon öfter Jungen vorgesprochen, die sich als sein verlorener Sohn ausgaben. Das alles hatte nur noch mehr Kummer gebracht.

»Herr Graf, ich weiß wirklich nicht, ob es die richtigen

Dinge sind. Es handelt sich um ein weißseidenes Hemdchen mit dem Zeichen von Ampurias, einen roten Beißring aus Koralle und einen Bezoarstein.«

»Hast du die Sachen bei dir?« Die Stimme des Grafen war unverändert barsch und seine Augen wirkten wie versteinert. Es war offensichtlich, dass in diesem Mann ein Sturm der Gefühle losgebrochen war, den er hinter eiserner Ruhe zu verbergen suchte.

»Oh ja, Herr Graf, sie befinden sich in meinem Beutel.« Der Vogt zog die Schnüre seines kalbsledernen Beutels auf und holte eins nach dem anderen heraus. Ruhig legte er alles auf den Tisch: das Hemdchen, die Koralle und den Stein.

Mit einem Ruck drehte sich die Gräfin um. Ihre Augen waren groß und rund wie Mühlsteine. Sie schlug die Hände vor den geöffneten Mund, als müsste sie einen Schrei zurückdrängen, aber es kam kein Laut aus ihrer Kehle. Sie starrte die drei Gegenstände auf dem Tisch an.

Auch Herr Alderick war sprachlos. Hier konnte keine Rede mehr von Betrug sein. Diese Gegenstände hatten seinem Sohn gehört.

Mit seinen bleichen Händen nahm er das Hemdchen und strich über den feinen Stoff und das gestickte Zeichen. Dann nahm er das Stück Koralle und drehte es langsam immer wieder um, als hätten seine Augen Mühe, alles zu erfassen. Als Letztes nahm er den Bezoarstein. Ja, den hatte er vor dreizehn Jahren seinem wenige Wochen alten Sohn gegeben. Als Glücksbringer. Eine große Müdigkeit überfiel ihn. Er schloss die Augen. Dreizehn Jahre lang hatte er gehofft. Dreizehn Jahre lang hatte er an nichts anderes denken können. Und nun ... Es war, als könnte es nicht wahr sein. Der Gedanke, sein Sohn könnte vielleicht noch am Leben sein, überwältigte ihn. Er richtete den Blick auf seine Frau. Sie saß noch immer wie versteinert auf ihrem Stuhl und starrte die Gegenstände auf der Tafel an. Sie hatte sich weder bewegt noch etwas gesagt.

Armand de Boncourt war einerseits fröhlich, andererseits fühlte er sich ein bisschen unbehaglich. Der Graf und seine Frau benahmen sich schon sehr seltsam. Ein Kind war doch nur ein Kind. Also nichts, worüber man sich dreizehn Jahre lang den Kopf zerbrechen musste. Nein, er wusste, was wirklich von Wert war: Geld, Grund und Boden und ein hoher Titel. Das verschaffte einem Mann erst wirklich Ansehen. Aber ein Kind ...

Der Graf entspannte sich, doch seine Gedanken liefen noch wild durcheinander. »Vogt, erzähl mir von unserem ... diesem Jungen. Wo befindet er sich nun? Weiß er, wer er ist?«

»Herr Graf, sicherheitshalber habe ich den Jungen in mein Haus aufgenommen. Meine Frau Adèle sorgt für ihn. Ihr müsst verstehen, er hat viel mitgemacht. Wir wollten ihn ganz allmählich auf dieses Wiedersehen vorbereiten. Erst mussten wir sicher sein, ob er wirklich Euer Sohn ist. Ich wollte Euch und Eurer Frau Gemahlin unnötigen Kummer ersparen.«

Der Graf nickte missmutig. Der Vogt hatte Recht, aber wenn dieser Junge wirklich sein Sohn war, dann durften sie keinen Tag mehr versäumen.

»Armand de Boncourt, wenn du wirklich die Wahrheit sprichst, und wir werden das hoffentlich bald erfahren, dann bitte ich den König dich in den Adelsstand zu erheben. Ich werde dir einen Teil meiner Grafschaft übertragen. Außerdem sollst du mein rechtmäßiger Nachfolger sein, bis mein Sohn alt genug ist seine Aufgaben in der Grafschaft zu übernehmen. Wenn du noch um eine weitere Gunst bitten willst, dann sprich, denn jetzt ist der richtige Augenblick.«

Der Vogt jubelte innerlich. Endlich! Er bekam seine lang ersehnte Grafschaft und sein Sohn die Aussicht, Herrscher über Ampurias zu werden. Es konnte nichts mehr schief gehen. Wenn alle Festlichkeiten vorbei waren, blieb nur noch die unangenehme Aufgabe, ein paar »lästige« Zeugen aus dem Weg zu räumen wie etwa Adèle . . . Ach, vielleicht würde es gar nicht so schlimm werden. Vielleicht war seine Frau ja so froh über den neuen Titel, dass sie ganz von selbst den Mund halten würde über den Betrug. Bei Kwinten war nichts zu befürchten. Er hatte die Art seines Vaters und er war vorbereitet. Armand de Boncourt lächelte.

»Herr Graf, ich bin kein Mann, der viele Ansprüche stellt, aber ich möchte gern beim kommenden Mittsommerfest mit Euch die Tafel teilen.«

Herr Alderick beugte den Kopf zum Zeichen seiner Zustimmung.

Diesen bescheidenen Wunsch hatte er nicht erwartet, viel eher eine Belohnung in Gold. Die Ehre, neben dem Burgherrn zu sitzen, stand de Boncourt vollkommen zu.

»Es wird nach deinem Wunsch geschehen, de Boncourt. Wir werden dir unser ganzes weiteres Leben dankbar sein für das, was du getan hast. Wir werden ewig in deiner Schuld stehen. Spann uns nun nicht länger auf die Folter und bring uns den Sohn, auf den wir so viele Jahre haben verzichten müssen.«

Armand de Boncourt nickte leicht und ging rückwärts aus dem Zimmer wie ein demütiger Diener. Auf seinem Gesicht zeigte sich das Lächeln eines überglücklichen Mannes.

21

Ein kleiner Sandweg schlängelte sich von den Hügeln durch die Felder zum Meer. Es war Abend und die letzten Sonnenstrahlen sprenkelten das silberne Wasser. Am Bootssteg dümpelten die Fischerboote.

Ein paar Männer waren schon eifrig damit beschäftigt, die Netze aufzurollen. Wenn die Sonne im Meer versunken war, würden sie ausfahren. Der Ertrag war gut in diesem Jahr. Jede Nacht holten die Fischer Netze voller Seebarsch, Lachs, Hering, Tintenfisch und Riesengarnelen ein. Das Fischerdorf war weithin bekannt. Man kam von fern, um gepökelten Hering und Lachs in Fässern bis weit über die Grenzen mitzunehmen. Im Nachbarstädtchen La Escala war jeden Vormittag Markt. Die Bewohner waren darüber froh. Sie hatten viele Jahre auf die Zustimmung gewartet, jeden Tag einen Markt abhalten zu dürfen, und es gab mehrere Dörfer, die einen Fischmarkt hatten. Zum Glück war ihr Burgherr ein weiser Mann und hatte den Frieden zwischen den Dörfern wahren können, indem er jedem ein Alleinverkaufsrecht einräumte. Nur in San Pedro Pescador und La Escala durfte Fisch feilgeboten werden, in La Junquera waren es feinste Töpferarbeiten und Bagur genoss das Vorrecht beim Olivenhandel. Außerdem durfte in jedem Ort auch noch die eigene Ernte an Gemüse und Obst verkauft werden.

Ein Mädchen ging den Sandweg entlang. In der Hand

trug sie einen Krug mit Cidre und mit ihrer rechten Hüfte stützte sie einen runden Korb mit Brot, Oliven und Pfirsichen. Sie lief zierlich, ihre schmalen, gebräunten Fußknöchel schienen zu tanzen. Ihre Kleider waren schlicht und erdfarben. Um den Kopf hatte sie ein schwarzes Tuch, das ihr Haar bedecken sollte. Aber der Wind zog und zerrte, bis er mit den Locken spielen konnte.

Sie liebte dieses Stück Weg, das sie jeden Abend bei Sonnenuntergang zurücklegte. Nach der Tagesarbeit brachte sie ihrem Vater, der als Fischer für Herrn Alderick arbeitete, immer Brot und Cidre. Es war eine große Gunst, für den Grafen zu arbeiten. Alles, was dem Vater in die Netze ging, wurde noch am selben Morgen zu ihrem kleinen Haus gebracht. Dann mussten sie und die Mutter die Fische säubern und zerteilen. Das war ein ordentliches Stück Arbeit, aber Herr Alderick war ein gerechter Mann. Er bezahlte ihres Vaters Lohn getreu aus, auch wenn der Fang nicht üppig war.

Sie erreichte das erste Feld, auf dem die Limonenbäume gerade verblühten. Die Früchte waren noch klein, aber ihr Geruch war schon betäubend. Candide blieb einen Moment stehen. Hier gab es eine Stelle, an der sie sehr gerne saß. Am Weg befand sich ein riesiger Felsbrocken, so groß wie ein Haus: Wind und Wellen hatten den Felsen an einer Seite so geformt, dass es aussah wie eine Treppe. Schnell stellte Candide den Krug und den Korb ab und erklomm federleicht den Felsen. Hier und da wuchsen kleine Blümchen und Flechten. Je höher sie kam, desto spitzer wurde der Gipfel, aber sie fand immer Halt, indem sie sich in kleinen Ritzen im Fels festhielt. Als sie oben ankam, öffnete sie die Arme. Ihr war, als stünde sie auf dem höchsten Punkt der Welt. Sie schloss die Augen und spürte, wie ihr der warme Südwind das Gesicht streichelte und an ihrem Kopftuch zog. Ihre Röcke blähten sich auf, es war ein Gefühl, als wollte der Wind sie hochheben. Von hier aus hatte sie eine weite Aussicht. Vor ihr lag die flimmernde See und auch die Boote mit den Fischern konnte sie erkennen.

Hinter ihr lagen die Felder. Das Korn stand schon hoch, aber es hatte noch nicht seine goldene Farbe. Links lagen die Hügel mit Olivenbäumen und Weinreben an ihren Hängen und rechts die vielen Obstgärten. Es versprach wieder ein gutes Jahr zu werden für Äpfel und Birnen.

Candide fand es herrlich auf dem Felsen. Hier war sie die Königin der Welt. Die See, das Land und die Berge waren ihre Untertanen. Als sie genug frische Luft geschnappt hatte, setzte sie sich und begann zu singen. Es war das Fischerlied, das jeder im Dorf sang. Zwar konnte sie selbst nicht fliegen, doch flogen ihre Worte und die Töne durch die Lüfte und der Wind nahm sie mit. Sie lachte. Ein kleines Stück von ihr flog auch mit.

Die Sonne war fast untergegangen, sie musste sich beeilen.

Geschickt kletterte sie nach unten und lief schnell wie ein Fohlen den Sandweg entlang.

Sie kam an eine kleine Kirche. Hier musste sie kurz hinein, denn die Mutter wäre bestürzt, wenn sie nicht zuerst Vaters Brot segnen würde, bevor er ausfuhr.

So warm es draußen war, so kühl war es drinnen. Lautlos betrat Candide den leeren dunklen Raum. Die Kirche hatte keinen Turm und nur die Vorderseite bestand aus Mauerwerk. Der Rest war aus dem Felsen dicht am Meer gehauen. In der Wand befand sich ein einziges Fenster in Form einer Rosette.

Candide betrachtete das hereinfallende Licht. Es war seltsam. Selbst wenn die Sonne im Freien blendete, schien der schmale Strahl, der durch die Rosette einfiel, noch zehnmal mehr Licht zu geben als die Sonne draußen.

Sie ging zu dem kleinen Altar, wo das steinerne Gefäß mit dem geweihten Wasser stand. Sie kniete nieder und schlug ein Kreuz über dem Brot und auf ihrer Stirn. Dann ging sie wieder hinaus.

Neben der Kirche verlief der Pfad steil nach unten zum Strand und zum Bootssteg.

Ihr Vater wartete schon auf sie. Er lächelte breit, als er die Tochter kommen sah. Er hatte schon ein gesegnetes Alter erreicht, genau wie seine Frau. Seine Augen waren dunkel und lagen tief verborgen in den unzähligen, verwitterten Falten seines Gesichts. Durch die See und den Wind war seine Haut so gegerbt, dass es schien, als würde er immerzu lachen. Er besaß fast keine Zähne mehr. Das komme durch das Salz des Meeres, sagte er.

Sie würden an diesem Abend zu dritt ausfahren: Pedro, Alfredo und er.

Candide schenkte Cidre ein und brach die Hälfte des Brotes in Stücke. Der Rest war für die Nacht. Sie bröckelte das Brot in den Cidre, sodass ihr Vater es ohne Mühe essen konnte. Die Männer achteten nicht auf das Mädchen, sie kannten die Tochter von Raffael und Catharina. Hin und wieder warfen sie bedenkliche Blicke an den Himmel. Die Vögel flogen tief und über dem Meereshorizont lag nicht wie üblich ein Nebelstreif, sondern er war klar und deutlich sichtbar.

Sie konnten auch die andere Seite der Bucht sehen. Das deutete auf Sturm hin.

Jeder Fischer fürchtete die Stürme dieser Gegend und Candide war froh, dass sie nicht vergessen hatte ihres Vaters Brot zu segnen.

Die Männer schoben die Schaluppe mit aller Kraft ins Wasser. Es war keine Zeit zu verlieren. Lange Spuren zogen sich durch den Kiessand. Die See nahm das dümpelnde Fischerboot zwar auf, wollte es aber nicht über die Brandung heben. Die Männer mussten erst rudern, bevor sie die Segel hissen konnten.

Candide blieb auf dem Strand und beobachtete die Fischer. Ihr Vater drehte sich kurz um und rief: »Candide, nimm den kurzen Weg über die Schlucht, gleich kommt ein Unwetter, beeil dich.« Er rief noch etwas, aber seine Worte wurden vom Seewind weggerissen, der nun auffrischte. Das Wasser schwappte dem Mädchen über die Füße, aber sie blieb stehen, bis das Boot nur noch ein Pünktchen am Horizont war. Sie hatte keine Angst vor dem Sturm, denn sie wusste, dass ihr Vater ein guter Seemann war. Aber ihre Mutter hatte sehr wohl Angst. Sie würde die ganze Nacht wach sein und keine Ruhe haben, bis die Fischer wieder zurück waren. Candide wäre gern noch am Strand geblieben, aber sie wusste, dass ihre Mutter auf sie wartete. Über einen anderen Pfad, der steil nach oben führte, erreichte sie den felsigen Teil der Küste. Ihr Häuschen stand am ersten Hang dahinter zwischen einigen ausladenden Pinien. Von dort aus konnte man das Meer und die Felder sehen. Candides Füße fanden geschickt ihren Weg. Sie kannte den Pfad in- und auswendig. Und ohne Krug und Korb kam sie rasch voran.

Jetzt, da die Sonne weg war, würde die Dunkelheit schnell hereinbrechen. Die Grillen waren noch wach und die Felsen hatten die Wärme des vergangenen Tages in ihrer steinernen Haut gespeichert. Ab und zu huschte eine kleine Eidechse vor ihren Füßen davon. Der Weg wurde noch steiler und verlief dicht neben einer Schlucht voller verwilderter Olivenbäume und rosa blühender Tamarisken.

Auf einmal blieb sie stehen. Sie hörte ein seltsames Geräusch. Etwas, das nicht zu den vertrauten Lauten des Abends und der Berge gehörte. Es kam aus der Schlucht!

Vorsichtig trat sie auf den Rand zu. Es dämmerte schon und sie wusste, dass die Erde am Rand verrutschen konnte, wenn man dort entlangging. Ein paar Steinchen rieselten hinab. Candide legte sich auf den Bauch und schob sich weiter, bis sie über den Rand hinwegschauen konnte. Mit den Händen hielt sie sich am Gänsefingerkraut fest.

Das Geräusch war leise und eintönig wie das klägliche Weinen eines neugeborenen Lammes. Sollte hier ein Hirte vorbeigekommen sein? Seltsam. In der ganzen Umgebung gab es nirgends Weiden. Sie zog sich noch weiter an den Rand vor.

Da hörte sie es wieder. Aber ... das war kein Lamm! Das war ein Mensch! Candide merkte, dass ihre Hände schwitzten. Ein paar Grashalme kitzelten sie in der Nase. Ja, jetzt hörte sie es deutlich! Da lag ein Mensch in der Schlucht!

Es war schon zu dunkel, als dass sie noch viel sehen konnte und sie wusste, dass ohne die Hilfe anderer nicht viel auszurichten war. In der Ferne grollte der Donner.

Sie legte die Hände an ihren Mund und rief: »Bleib ruhig! Ich hole Hilfe!« Dann stand sie auf und lief so schnell sie konnte zu dem kleinen Haus, das halb aus dem Berghang geschlagen war. Ihre Mutter wartete schon auf sie. Die Laterne brannte am Fenster. Hunderte von Mücken tanzten über dem Licht, ein paar hatten sich schon die Flügel an der Flamme verbrannt.

Candide rannte ins Haus. »Mutter, Mutter! Da liegt jemand in der Schlucht! Er lebt noch, ich höre ihn stöhnen! Wir müssen schnell helfen.« In einem Atemzug hatte sie das alles herausgesprudelt. Catharina legte das Fangnetz, das sie ausbessern musste, beiseite und sah ihre Tochter besorgt an. »Wenn das so ist«, antwortete sie bedächtig, »müssen wir gleich gehen. Noch vor dem Unwetter. Nimm die Laterne und hol Maria und Cornelia. Sie werden wie ich noch wach sein, jetzt, wo Sturm in der Luft liegt. Bitte Maria die Pferdedecke mitzubringen, wir werden sie brauchen, um den Menschen nach oben zu tragen.«

Candide eilte zu den beiden kleinen Häusern etwas weiter oben am Hügel. Dort wohnten die Frauen von Pedro und Alfredo.

Die Kinder schliefen schon auf ihren Seegrassäcken. Wenig später liefen drei Frauen und ein Mädchen zur Schlucht. Zwei von ihnen hielten Laternen. Die anderen trugen die Pferdedecke, Seile und einen Lederbeutel mit frischem Bergwasser. Bei der Schlucht war nichts mehr zu hören. Still standen die Frauen am Rand und lauschten angestrengt. Es dauerte eine ganze Weile, aber dann vernahmen sie alle das leise Stöhnen.

»Dort!«, rief Cornelia und wies in Richtung eines dürren Baums. »Er liegt dahinten zwischen der Mistel und dem Olivenbaum. Dort ist es weniger tief als an anderen Stellen. Da sind beim letzten Sturm ein paar tote Bäume abgebrochen. Wahrscheinlich ist der Mann darauf gefallen und die Bäume haben seinen Sturz aufgehalten. Wäre er ein Stück weiter weg abgestürzt, dann wäre er mausetot gewesen. Eine von uns muss nach unten und dort bleiben, bis der Morgen dämmert.«

Die Frauen sahen sich an. Keine sagte ein Wort. Hinter den Bergen rollte wieder der Donner. Das Unwetter kam näher. Die Frauen bekamen Angst. Alle drei sehnten sich nach ihren Häusern mit den geschlossenen Läden.

»Ich gehe«, sagte Candide tapfer. »Ich habe ihn gefunden.

Ich werde bei ihm bleiben und seine Wunden fürs Erste versorgen, so gut ich kann. Mutter ist zu alt zum Klettern und ihr müsst bei euren Kindern sein, wenn sie aufwachen. Aber kommt beim ersten Morgengrauen zurück.«

Die Frauen nickten. Candide hatte Recht. Catharina sah besorgt zu ihrer Tochter hinüber, die sich an den Sträuchern hinunterließ. Schon bald sah sie nichts mehr. Es war Vollmond, aber in der Schlucht war es pechschwarz.

Candide wusste, dass sich ihre Mutter große Sorgen machte, und ab und zu rief sie etwas nach oben, um sie zu beruhigen. Sie kannte die Schlucht und wusste, wo an den Wänden Sträucher und Bäume wuchsen. Es dauerte nicht lange und sie erreichte die Stelle, an der ein paar Bäume kreuz und quer durcheinander lagen und eine Art zweiten Boden bildeten. Als Kind war sie oft hier gewesen, um junge Eulen in ihrem Nest zu beobachten.

Das Stöhnen war kaum mehr zu hören und sie konnte keine Hand vor Augen sehen. Sie tastete um sich. Ja, hier lag jemand. Ganz vorsichtig tastete sie weiter und befühlte Gesicht und Haar. Es war kein Mann und keine Frau. Es war ein Junge! Als sie ihm übers Haar strich, stöhnte er. Er war am Kopf verletzt und als Candide ihre Hände zurückzog, merkte sie, dass an ihren Fingern Blut klebte.

Vorsichtig hob sie den Kopf des Verletzten an und hielt ihm den ledernen Wasserbeutel an die Lippen. Er trank! Ein Glück.

Sie riss einen Stofffetzen von ihrem untersten Rock, benetzte ihn mit Wasser und rieb damit sanft über sein Gesicht. Sie murmelte leise Worte. Ein Blitzstrahl erhellte für einen kurzen Augenblick die Schlucht. Gerade so lange, dass sie erkannte, wie gefährlich ihre Lage war. Ein dröhnender Schlag ließ den Himmel bersten. Sie krümmte sich neben dem Jungen zusammen.

Nun konnte sie nicht mehr viel tun. Ganz behutsam legte sie den Kopf des Jungen in ihren Schoß und begann leise zu singen, vor allem, um das Klopfen ihres eigenen Herzens nicht mehr hören zu müssen. Es waren die Lieder, die die Mutter ihr vorgesungen hatte, wenn sie als kleines Mädchen nicht hatte einschlafen können, weil der Wind so heftig wehte oder weil der Vater lange wegblieb.

Der Junge stöhnte nicht mehr. Er lag still im Schoß des Mädchens, aber er hörte oder spürte nichts mehr. Er befand sich auf der Schwelle zu der anderen Welt, die schon viele Menschen betreten hatten. Er träumte. Im Traum vernahm er seine eigene Stimme. Immer, wenn er die Schwelle überschreiten wollte, hielt ihn die Stimme zurück. Er wollte so gerne weitergleiten, dem Licht und der Wärme entgegen. Aber die Stimme hielt ihn zurück. Es war seine eigene Stimme und doch auch wieder nicht.

Das Wasser im See war glatt, als er sich darin spiegelte. Seine Augen waren geschlossen, er wagte es nicht mehr, hinzuschauen. Dann würde der Wasserspiegel sich kräuseln und das Bild wieder verschwinden wie in all seinen früheren Träumen. Er spähte durch seine Wimpern, ganz vorsichtig, damit das Wasser nicht merkte, dass er schaute. Das Bild des Gesichts war noch da. Es war nicht verschwunden. Er machte die Augen weiter auf. Das Licht schmerzte. Sein Kopf schmerzte. Er schloss die Augen wieder. Im Dunkeln war er sicher. Dort war nichts. Das Nichts war sicher. Denken tat weh. Nicht mehr denken. Aber die Gedanken kamen dennoch, ohne zu fragen. Wie kleine Windstöße durch eine offene Tür. Seine Augen wollten sich wieder öffnen. Das Gesicht im Wasser war immer noch da. Der Traum dauerte lang. Es tat weniger weh. Seine Augen wollten schauen, sein Kopf wollte denken. Aber er wollte nicht, dass das Gesicht verschwand.

Olrac öffnete die Augen ganz und sah das Gesicht über sich. Zwei hellblaue Augen beobachteten ihn besorgt.

Es war ein Mädchen. Ihr schwarzes Tuch war verrutscht und widerspenstige blonde Locken sprangen hervor. Sie schob sie immer wieder zur Seite, nach hinten, auf ihren Platz zurück. Aber die Locken fielen ihr sofort wieder ins Gesicht. Und das Gesicht ähnelte dem Bild aus dem Traum, der ihn so oft nachts heimgesucht hatte.

Das Mädchen sagte etwas. Ihre Lippen bewegten sich, aber ihre Worte drangen nicht an seine Ohren. Mit beiden Händen wrang sie Wasser aus einem Tuch und betupfte seinen Kopf. Es fühlte sich kühl an und Olrac nahm den Duft von Kamille wahr.

Ein zweiter Kopf beugte sich über ihn. Ein Gesicht voller Runzeln, mit kleinen schwarzen Augen und einem Mund, der sprach. Die Worte wehten sanft heran.

Da verstand er sie.

»Tut es noch weh? Bleib ruhig liegen, jetzt da du wach bist. Die Wunde an deinem Kopf ist noch nicht verheilt.«

Olrac empfand einen stechenden Schmerz am Hinterkopf und der ganze Schädel brummte, als wäre er eine Treppe hinuntergestürzt. Er wollte sich an den Kopf fassen, bekam aber die Hand nicht so weit hoch. Er war zu erschöpft. Wo war er? Wer war er? Was tat er hier? Wer waren diese Leute? Das Mädchen kannte er, aber er kam nicht auf ihren Namen. Olrac stöhnte und das Mädchen flößte ihm einem bitteren Trank ein. Er schmeckte Arnika und Bärenklau. Dann glitt er wieder hinüber in die Welt der Finsternis.

Um ihn herum blieb man wachsam. Candide wich nicht von seinem Schlafplatz. Es war nun schon zwei Wochen her, dass Raffael und die beiden anderen Fischer den Jungen mit Segeltuch und Seilen nach oben gehievt hatten. Er war schlecht dran gewesen. Sie hatten erst befürchtet, er würde es nicht schaffen. Die Wunde an seinem Kopf war so groß wie eine Männerfaust und er hatte viel Blut verloren. Am gleichen Tag hatten sie auch seine Stute gefunden, die unruhig geworden war, weil sie zwischen den Sträuchern feststeckte.

Der Junge war nicht durch seinen Sturz, sondern von grausamer Menschenhand so zugerichtet worden. Auf dem Weg neben der kleinen Schlucht fanden sich Blutspuren.

Aber nun schien die größte Gefahr gewichen. Der Junge war aufgewacht, hatte kurz die Augen aufgeschlagen, ein paar unzusammenhängende Laute von sich gegeben und war danach wieder in tiefen Schlaf versunken. Sein Puls war ruhig und seine Atemzüge gleichmäßig. Er würde es schaffen, aber es würde noch ein paar Wochen dauern, bis er wieder der Alte war.

Als Catharina zum ersten Mal den blonden Schopf des Jungen sah, war sie still geworden. Sie hatte nichts gesagt, aber Candide wusste, dass sie seit diesem Tag eine Sorge mit sich herumschleppte, die sie schwer drückte. Aber sie stellte ihrer Mutter keine Fragen. Auch der alte Raffael sah besorgt aus.

Drei Tage später konnte Olrac sogar wieder lachen.

Stückweise waren seine Erinnerungen an die Zeit davor zurückgekehrt. Stärker denn je war ihm bewusst, dass er nirgends mehr sicher sein würde. Spätestens an dem Tag, an dem er weiterziehen musste, würde die Gefahr wieder an jeder Ecke lauern. Er sollte sterben, das war klar. Und je öfter Olrac daran dachte, desto heftiger verspürte er den Drang, seinen Feind zu bekämpfen. Er würde am Leben bleiben! Auch wenn er keinen Glücksbringer mehr besaß, spürte er eine Kraft in sich, die ihm gebot zu kämpfen und weiterhin nach den Menschen zu suchen, bei denen er geboren war.

Er wusste, dass er sein Leben den Fischersleuten zu verdanken hatte. Seit seinem Aufbruch aus der Höhle hatte er sein Leben ständig anderen zu verdanken. Nein, viel früher! Seit seiner Geburt war das so! Sein Leben war des Öfteren in Gefahr gewesen, aber die Geister des Glücks hatten ihm immer wieder zugelacht. Vielleicht wirklich dank des Glückssteins und des Korallenrings seiner Eltern. Es war furchtbar, dass er alles verloren hatte, denn nun besaß er keinen einzigen Beweis mehr, wer er in Wirklichkeit war. Er musste weiter auf sein Glück hoffen. Schließlich war er noch am Leben!

Mit Candide hatte er sofort Freundschaft geschlossen. Es war, als hätte er sie schon sein ganzes Leben lang gekannt. Er brauchte nur an etwas zu denken und schon hatte sie es erraten und umgekehrt war es ebenso. Sie aßen beide für ihr Leben gern dieselben Gerichte und sie mussten immer wegen derselben Dinge lachen. Es war anders als bei Aude. Bei ihr war er manchmal verlegen gewesen, trotz des Spaßes, den sie miteinander hatten. Der Unterschied lag für ihn darin, dass er Aude wirklich als Mädchen betrachtete, zwar in Jungenkleidung, aber trotzdem, wenn er an sie dachte, kribbelte es in seinem Bauch. Candide dagegen war für ihn wie eine Freundin, die er schon Jahre kannte.

Auch Catharina und Raffael waren freundlich und gaben ihm immer ein Gefühl der Sicherheit. Sie waren alt, aber noch bärenstark und kerngesund. Das komme von der Seeluft und der Kraft der Berge, erzählten sie ihm.

Als Olrac wieder zu Kräften gekommen und die Kopfwunde fast vollständig verheilt war, erzählte er von der Suche nach seinen Eltern. Aber nicht alles. Er wollte nicht noch einmal Menschen in Gefahr bringen. Wenn sie zu viel wüssten, wäre auch ihr Leben nicht mehr sicher. Genau wie bei Johannah der Verrückten und dem Hofnarren Jack.

Candide war wie Olrac ein Findelkind.

Catharina war früher die Hebamme der Gegend gewesen. Weil es in der ganzen Umgebung kein Kloster gab, hatte man ihr mitunter Säuglinge vor die Tür gelegt, so auch Candide. Manchmal tauchte die Mutter nach einiger Zeit wieder auf und manchmal starb das Kind an Schwäche und Unterernährung.

Weil Catharina und Raffael selbst kinderlos geblieben waren, hatten sie Candide als Geschenk des Himmels betrachtet. Aber trotzdem hatte Catharina Angst vor dem Augenblick, in dem plötzlich jemand vor der Tür stehen würde, um ihre Pflegetochter zurückzufordern. Seit Olrac dies wusste, fühlte er sich noch enger mit Candide verbunden.

Nach zehn Tagen konnte er sein Bett verlassen und durfte kleine Aufgaben erledigen. Candide brachte ihm Fingerknüpfen mit einem Hanfseil bei. So konnte er beim Ausbessern der Fangnetze helfen. Jeden Tag gab es eines, das gerissen war oder ersetzt werden musste. Scherzend und lachend, arbeitete er mit seiner neuen Freundin zusammen.

Morgens half er beim Säubern der Tintenfische. Das war eine schmutzige Arbeit und nach einigen Tagen war die Haut seiner Hände von der dunklen Tinte durchtränkt. Er wagte es noch nicht, das Haus zu verlassen; der Schreck saß ihm noch in den Beinen und er konnte noch nicht schnell laufen. Blesse hatte im Stall ein Unterkommen gefunden und befand sich in Gesellschaft eines Maulesels. Sie war noch immer unruhig und reizbar und Olrac wunderte sich darüber.

Als er sich wieder ganz gesund fühlte, unternahm er mit Candide kleine Ausflüge in die Berge hinter dem Haus. Die Landschaft sah anders aus, als er es gewohnt war. Überall war der Boden ausgedörrt und vor Hitze geborsten. Aber dennoch wuchsen dort viele Blumen und Pflanzen, die Olrac zum ersten Mal sah. Als seine Angst sich ein bisschen gelegt hatte, ging er zum ersten Mal in seinem Leben zum Meer. Er war tief beeindruckt und die Seeluft reizte seine Nasenlöcher. Candide hob ihre Röcke hoch und band sie mit einer Schnur um die Taille. Dann watete sie ins Meer und winkte Olrac zu. Sie lachte, als er sich nicht sofort traute ins Wasser zu laufen. Es war, als wollten die kleinen, anrollenden Wellen in seine Zehen beißen. Er konnte zwar schwimmen, aber er kannte nur die Sicherheit eines kleinen Bergsees und eines flachen Flusses. Dieses Wasser lebte! Es rollte heran und zog sich danach wieder zurück. Olrac traute der Sache nicht recht. Aber Candide ließ ihn nicht lange zweifeln. Wie eine Wasserratte tauchte sie unter und schwamm zu seinen Beinen. Wenig später konnte er zum ersten Mal schmecken, wie salzig das Meer war. Sie plantschten im Wasser, bis sie vor Lachen nicht mehr konnten und sich erschöpft in den warmen Sand fallen ließen. Olrac war glücklich. Es war herrlich, zu spielen und einen Augenblick nicht mehr an die Gefahr zu denken, die sein Leben bedrohte. Candide zeigte ihm, wie man die Seeigel von den Felsen ablöste und sie öffnete, um sie auszuschlürfen. Zum ersten Mal lernte Olrac die verschiedenen Geschmäcker des Meeres kennen und er fand sie köstlich.

Die Tage glitten vorbei, ruhig und sicher wie die Wellen in der Meeresbrandung.

Auf der anderen Seite der Hügel ging eine dunkle Prozession.

Eine Frau in Schwarz folgte einem kleinen hölzernen Sarg, der von vier Messdienern getragen wurde. Die Sonne schien gnadenlos auf sie herab und hielt die Wärme in ihren dunklen Kleidern gefangen.

Die Grube war schon ausgehoben. Eine klaffende Wunde in der dunklen Erde. Der Sarg wurde hinabgelassen und von der Tiefe verschluckt.

Einige Kinder hielten sich am schwarzen Rock der Frau fest.

Der Geistliche murmelte ein paar Worte, die keiner verstand, und seine Helfer warfen Erde auf den Sarg hinab.

Die Frau löste sich von den Kindern und lief davon, den Hang hinunter. Sie drehte sich nicht um.

22

Es war die Woche vor San Juan. Im Fischerdorf bereiteten sich alle auf das Johannesfest vor. In den schmalen Gassen wurden die Stände für den Markt aufgebaut und an den Häusern die Fensterläden aufgeklappt. Hier und da schmückte man ein Schwein oder eine Gans mit Glöckchen. Danach ließ man die Tiere los und überall, wo sie hinkamen, wurden sie gefüttert. Das waren die Antoniustiere. Wenn die Erntemonate vorüber waren, wurden sie geschlachtet und den Armenhäusern geschenkt. Jeder, der beim Mästen der Tiere half, verdiente sich nach seinem Tod einen Platz im Himmel. Den ganzen Tag über hörte man das fröhliche Gebimmel der Glöckchen. Die Leute fütterten großzügig und die Tiere fraßen sich fast zu Tode.

Olrac und Candide befanden sich auf dem Weg nach Ampurias. Die Stadt lag zwischen dem Meer und dem Fischerdorf. Von ihr aus führten Wege zur Burg etwas weiter oben in den Hügeln.

Es war das erste Mal, dass Olrac sich so weit von seinem sicheren Schlafplatz entfernte. Candide musste in der Stadt neue Nadeln zum Ausbessern der feinsten Fangnetze kaufen, mit denen sie Garnelen und kleine Krebse fingen.

Heute feierten auch die Fischer. Raffael war schon mit seiner Kniegeige, der Gambe, losgezogen, um sich den Musikanten anzuschließen. Olrac war neugierig. Endlich würde er nach San Martín de Ampurias kommen, der Stadt, die Bruder Ernesto genannt hatte, als er das Spiegelzeichen auf dem Hemdchen betrachtete.

Olrac hatte von Raffael Fischerkleidung bekommen, damit er nicht auffiel. An den blauen Kleidungsstücken, die Ermengarde ihm gewebt hatte, würde jeder sofort erkennen, dass er nicht aus dieser Gegend kam. Und das war das Letzte, was Olrac wollte. Die Fischermütze hatte er so weit ins Gesicht gezogen, dass seine Augen kaum zu sehen waren.

Raffael hatte diese Kleidungsstücke getragen, als er noch jünger war, und auf einmal wurde Olrac bewusst, wie sehr er in den letzten Monaten gewachsen war. Wenn er über sein Kinn strich, spürte er den ersten zarten Bartflaum, und wenn er ein Lied singen wollte, erkannte er seine eigene Stimme kaum wieder. Es war fast eine Männerstimme. Aber er hatte keine Zeit, weiter darüber nachzudenken.

Seine Unruhe wuchs mit jedem Tag. Ohne das Amulett um den Hals hatte er sich erst vollkommen verloren gefühlt, aber nun wachte er jeden Tag mit der drängenden Stimme tief in ihm auf: Such deine Eltern!

Er durfte keine Zeit mehr verlieren. Genau ein halbes Jahr war es her, seit sich sein Leben vollkommen geändert hatte, so wie sich die Erde zur Mittwinterstunde auf die andere Seite gelegt hatte und wie sie es diese Woche zur Mittsommerstunde, der Sonnenwende, wieder tun würde. In der Stadt hatten die Festlichkeiten schon begonnen. Jeden Mittag brach eine Prozession von der Kirche zum Meer auf. Die Leute trugen Fahnen, Banner und ihre jeweiligen Wahrzeichen auf den Schultern. Jeder Tag war einer bestimmten Gruppe gewidmet. Am ersten Tag fand die Prozession der

Geistlichen und des Adels statt, am zweiten Tag die der Gelehrten und Heilkundigen.

An dem Tag, als Olrac in die Stadt kam, brach die Prozession des Volkes und der Fischer auf. Es war ein fröhlicher Zug. Die Frauen waren schwarz gekleidet, aber sie trugen feuerrote Gürtel um die Hüften und dazu viel goldenen Schmuck. Die Fischer trugen weiße Kniestrümpfe und auf den Köpfen rote Barette. Ihre Gesichter waren braun gebrannt und von Meer und Wind gegerbt. Die Kinder tanzten zwischen den Leuten hindurch und trugen geflochtene Kränze aus Schilfblättern in den Händen.

Olrac und Candide blieben stehen, als sie herankamen. Der Zug verließ gerade die Stadt und das Volk war in Hochstimmung. Die Fischer trugen eine weinende Madonna, die einen gekreuzigten Mann in den Armen hielt. Dahinter kamen die Apfelzüchter. Sie trugen einen riesengroßen, gestickten Teppich, auf dem ein nackter Mann und eine nackte Frau abgebildet waren. Die Frau gab dem Mann einen Apfel. Hinter ihnen war eine gestickte Schlange zu sehen. Olrac genoss das Schauspiel.

Auf einmal überlief ihn ein Schauder. Es war, als würde jemand mit der Hand über seine Seele streicheln. Dort! Am Ende des Zugs! Er kniff die Augen halb zusammen, um schärfer sehen zu können. Die Leute kamen näher, die Gesänge wurden deutlicher. Die Flaggen der Fischer trugen das Christussymbol: die Fische aus der Geschichte vom wunderbaren Fischfang. Die Flaggen der Apfelzüchter waren mit Krügen und Früchten geschmückt. Aber alle trugen sie dasselbe Zeichen: das Spiegelzeichen! Olrac hätte es aus tausenden erkannt. Er konnte es im Traum blind nachzeichnen. Es war sein Zeichen! Das goldene Zeichen auf seinem Hemdchen! Das Johannah die Verrückte als Erste Spiegelzeichen genannt hatte, was Bruder Ernesto anschließend bestätigte.

Olrac spürte die Wärme wie Jubel in seinem Körper aufsteigen. Es war eine stille und doch überwältigende Freude, die sich seiner bemächtigte. Sanft stieß er Candide an, die ihrem Vater zuwinkte, der auf seiner Geige spielte. »Candide, weißt du, was das Zeichen dort auf den Fahnen bedeutet?«

Candide warf einen Blick auf die vorbeiziehenden Leute mit ihren Flaggen. »Das ist das Zeichen der Grafschaft Aragón. Es ist der Buchstabe A, der mit anderen Buchstaben verwoben ist. Das A stammt auch von dem Namen Ampurias, dieser Stadt, aber es sind auch die Anfangsbuchstaben von Herrn Alderick und seiner Frau Allemande. Der Buchstabe C ist zweimal darin verwoben. Das C von Cidre und das C von Catalunya, glaube ich. Seit Jahrhunderten wird hier der beste Apfelcidre der Gegend hergestellt, und das hat, gemeinsam mit dem Fischfang, nur Wohlstand für die Stadt gebracht. Hier laufen keine Bettler oder armen Leute herum, wie du vielleicht bemerkt hast. Jeder, der hier wohnt, verdient sich sein Brot.«

Olracs Herz jubelte. Endlich war er dort angelangt, wo er vor dreizehn Jahren das Licht der Welt erblickt hatte. Die Fragen wirbelten ihm durch den Kopf.

»Candide, wird dieses Zeichen nur auf Fahnen gestickt?« Sie schüttelte den Kopf. »Nein, das Zeichen findest du überall. Gleich wirst du es an jedem Haus und auch sonst überall sehen. Es ist in das Tongeschirr geritzt, das verkauft wird. Mütter sticken es mit roten, schwarzen oder goldenen Fäden. Jedes Kind, das hier geboren wird, hat irgendeine Jacke oder eine Mütze mit diesem Zeichen. Auch ich habe noch meine Findelkleider, auf denen sich das Zeichen befindet.«

Olracs Freude wuchs, die Zweifel schwanden. Er war ein

Sohn dieser Stadt. Er wollte noch mehr fragen, aber plötzlich erregte eine betrunkene Gestalt seine Aufmerksamkeit. Es war nicht ganz klar, ob es sich um einen Mann oder eine Frau handelte. Der Körper war vollständig in eine dunkle Decke gehüllt, die weit über den Kopf gezogen war. Die Gestalt wankte und krakeelte. Die Leute gingen zur Seite, aber sie konnten nicht verhindern, dass der Trunkenbold stolperte und gegen Olrac stieß. Gemeinsam fielen sie zu Boden. Unter allerlei gebrabbelten Entschuldigungen stand der Mann wieder auf und lief schwankend weiter die Straße entlang.

Olrac saß noch verwirrt auf dem Boden. Die Narbe von seiner Kopfwunde pochte, aber das war nicht der Grund für seine Verwunderung. Der Trunkenbold hatte ihm blitzschnell ein Stück Pergament in die Hand gedrückt. Olrac war augenblicklich wieder auf der Hut. Obwohl hier ein Fest gefeiert wurde, lauerte die Gefahr doch überall. Das durfte er nicht vergessen.

Auch Candide war erstaunt und sah ihn mit fragenden Augen an. Olrac spähte hastig in die Runde. Der betrunkene Mann war verschwunden und der Zug feiernder Menschen befand sich auf dem Weg zum Fischerhafen. Um ihn herum war niemand mehr zu sehen bis auf ein paar klapprige Straßenköter. Die Marktstände in den Gassen würden erst später geöffnet werden, denn die Leute gingen alle mit der Prozession.

Olrac entfaltete das Pergament. Sein Atem stockte. Es war die zierliche Handschrift Thalans! Schnell überflog er die Worte.

Komm morgen Mittag, wenn die Prozession loszieht, zum Lazarusdorf in der Kalkgrube. Sei vorsichtig. Thalan

Ein tiefer Seufzer entrang sich seiner Kehle. Ein Glück, Thalan lebte noch!

Er hatte es nicht mehr gewagt, an seinen Hauptmann und Lehrmeister zu denken. Er ergriff die Hände des Mädchen und fragte sie eindringlich: »Candide, wo befinden sich das Lazarusdorf und die Kalkgrube?«

Das Mädchen sah erschrocken auf, die hellblauen Augen weit aufgesperrt. »Olrac, da darfst du nicht hingehen. Das ist der Ort, wo alle Aussätzigen wohnen, kurz bevor sie sterben. Es ist lebensgefährlich!! Dort liegt die Krankheit in der Luft. Beim Einatmen kriecht die Lepra in deinen Körper und zerstört alles. Dann ist es zu spät, denn es gibt kein einziges Kraut und keine Arznei, die dich heilen kann!«

Er schüttelte den Kopf und drückte die Hände des Mädchens.

»Ich muss gehen, Candide. Es geht um Leben oder Tod. Wenn ich nicht gehe, bin ich weiter in Gefahr. Eines Tages wird das dann mein Tod. Später werde ich dir alles erklären, aber erst muss ich zu dem Mann, der mich dreizehn Jahre lang beschützt hat. Hab keine Angst. Ich weiß, dass es keine Arznei und kein Kraut gibt, um Lepra zu heilen, aber ich kenne doch etwas ... Besorge mir so schnell wie möglich ein verschimmeltes Brot.«

Seine Worte klangen so ernst und überzeugend, dass Candide seufzte, ihre Hände aus den seinen zog, sich bückte und in den Sand zu ihren Füßen eine Art Plan zeichnete, auf dem der Weg ins Lazarusdorf klar zu erkennen war.

An diesem Abend konnte Olrac nicht einschlafen.

Den Schimmel aus dem Brot hatte er zu Blaupulver verarbeitet. Er kochte es in Wasser und verdünnte es. Das Gebräu schmeckte bitter, als er es trank, und es schien, als würde seine Zunge dadurch gelähmt. Aber er wusste, dass es, zumindest für eine begrenzte Zeit, die Krankheit fern halten konnte.

Was ihn vor allem beschäftigte, war die Frage, weshalb Thalan sich im Lazarusdorf aufhielt. War er vielleicht krank? Lag er im Sterben?

Olrac warf sich hin und her, aber er konnte nicht einschlafen. Gegen Morgen fiel er doch in Schlaf und da war wieder der vertraute Traum: das Gesicht im Wasser. Aber diesmal erkannte er das Antlitz: Es gehörte Candide.

Am nächsten Tag machte sich Olrac früh auf den Weg. Er wollte so weit wie möglich dem Trubel der feiernden Dorfbewohner ausweichen.

Der Pfad führte zum Fischerhafen, danach lief er weiter über einige Felsen, gegen die wilde hohe Wellen donnerten. Es war ein schwieriger Weg, gerade breit genug für einen Menschen. Unmöglich für Pferd und Wagen.

Die Kalkgrube befand sich an einer kleinen Meeresbucht. Die Felsen waren so hoch und steil, dass nirgends ein Sandstrand zu sehen war. Wo sich die Felsen teilten und die Kalkgrube begann, lag ein schmaler Kieselstrand. Dort war ein Ruderboot vertäut.

Der Weg endete ganz plötzlich und Olrac sah, dass er auf der höchsten Klippe stand. Er hörte, wie sich in der Tiefe die Wellen an der Felswand brachen. Vor ihm lag nichts. Es blieb ihm nur eine Möglichkeit: den steilen Felsen zum Kieselstrand hinunterklettern, was ihm nicht gerade verlockend erschien. Doch ohne nachzudenken, machte sich Olrac an den Abstieg. Er sehnte sich nach einem Wiedersehen mit Thalan. Tastend und sehr vorsichtig setzte er die Füße auf Felsvorsprünge und achtete gut darauf, dass er mit den

Händen immer einen kräftigen Strauch oder ein Grasbüschel zu fassen bekam.

Es war noch nicht Mittag, aber die Sonne brannte vom Himmel herab. Die wollene Fischermütze kitzelte auf seinem Kopf, aber er konnte sich nicht kratzen. Ab und zu rutschte sein Fuß dort aus, wo feuchtes Moos die Felsen glitschig machte. Die Möwen schrien über seinem Kopf und er schmeckte das Salz überall in der Luft.

Endlich war er unten. Schweißgebadet. Nirgends war jemand zu sehen, was Olrac nicht weiter verwunderte. Man musste schon ziemlich verrückt sein, um den schwierigen Abstieg zu wagen. Soweit er sehen konnte, gab es keinen anderen Weg. Olrac sah nur undurchdringliches Gestrüpp und überall war der Fels gespalten, als hätte der Donnergott persönlich seinen Riesenhammer geschwungen.

Olrac lief über die nassen Kiesel zu dem schmalen Streifen zwischen den Felsen. Die Öffnung war etwa so breit wie der Durchgang in einer Burgmauer. Die Kiesel unter seinen Füßen waren glatt und rutschten leicht weg, sodass er immer wieder das Gleichgewicht verlor. Als er die Kalkgrube betrat, sah er das Lazarusdorf. Die Grube selbst war rund, als hätte eine Riesenhand einen Brocken aus den Felsen gerissen. In den Felswänden befanden sich kleine runde Öffnungen, vor die hier und da Lappen gespannt waren, die als Vorhänge dienten. Olrac spürte sofort die Blicke, die auf ihn gerichtet waren. Ein paar Lappen vor den Eingängen bewegten sich. Man beobachtete ihn!

Trotz der Wärme, die sich hier in der Grube staute, lief Olrac ein kalter Schauder über den Rücken. Die Hitze war fast unerträglich, denn es wehte kein Lüftchen. Olrac ging bis zur Mitte der Grube und drehte sich um. Was sollte er jetzt machen? Warten oder den Namen des Hauptmanns rufen? Es herrschte eine Grauen erregende Stille, als ob niemand da wäre, und dennoch empfand er die Anwesenheit vieler Menschen. Das Leben in der Räuberhöhle hatte seine Sinne geschärft.

Auf einmal hörte er seinen Namen. Ein Tuch wurde zur Seite geschoben und eine Hand winkte. Olrac zögerte. In den vergangenen Monaten war sein Misstrauen gewachsen. Wer weiß, vielleicht hatte es wieder jemand auf ihn abgesehen. Aber die Handschrift, ja, das war Thalans Schrift gewesen! Olrac ging zu der Öffnung hinüber. Die Stille war unheimlich. Ein Seeadler drehte kreischend seine Runden über ihm. Es roch nach verdorbenem Fisch und getrocknetem Seetang. Die schlechte Luft konnte nicht entkommen, ebenso wenig wie die Bewohner.

Als er sich der Öffnung näherte, sah er wieder die Hand, die ihm das Tuch offen hielt. Er wurde grob hineingezogen. Es war dunkel und er sah nichts.

Plötzlich hörte er eine vertraute Stimme. Thalan!

»Endlich!«

Olrac fühlte zwei starke Arme um sich und Barthaare kitzelten seine Wange. Thalans schwarzer Schnurrbart! Der große Mann erdrückte ihn fast.

»Olrac! Endlich bist du hier. Ich dachte, ich würde dich nie wieder sehen.« Olrac machte sich los. Er konnte kaum glauben, dass er wieder bei seinem Hauptmann war. Er musste ihn sehen! Eine Welle der Freude durchflutete ihn. Thalan!

Nie zuvor hatten sie einander so innig festgehalten, die Monate der Trennung hatte das Band zwischen ihnen noch verstärkt.

»Hauptmann! Warum bist du hier? Bist du krank?« Der Gedanke, Thalan als Leprakranken zu sehen, war unerträglich. Thalan war doch so stark. Der stärkste Mensch der Welt.

»Nein, Olrac, ich bin nicht krank. Aber dies ist der einzige Ort, an dem ich noch sicher bin. Hier kann ich mit dir sprechen, ohne dass jemand Böses im Schilde führt. Diese kranken Menschen sind meine Freunde. Sie helfen mir mit den notwendigen Auskünften und ich helfe ihnen mit Nahrungsmitteln und Arznei. Aber du darfst nicht lange hier bleiben, Olrac. Du darfst keine Lepra bekommen.«

Olrac schüttelte heftig den Kopf. »Du brauchst keine Angst zu haben, ich habe einen Schimmeltrank hergestellt, wie es mir der alte Laszlo beigebracht hat.« Als er den Namen ihres Freundes aussprach, empfand Olrac wieder Kummer. Sogar Thalan biss sich auf die Lippe unter dem schwarzen Schnurrbart.

»Olrac, wir müssen uns noch so viel erzählen. Es ist so viel geschehen seit . . . diesem Tag. Aber dafür ist hoffentlich später noch Zeit. Ich habe dich kommen lassen, um dir das Allerwichtigste mitzugeben: die Geschichte, die ich dir viel früher hätte erzählen müssen, noch bevor ich dich auf deinen ersten Raubzug schickte. Damals wusste ich noch nicht, dass sie uns schon so dicht auf den Fersen waren.«

Thalan öffnete seine Zunderbüchse und zündete eine Fackel aus altem Leinen und Seegras an. Das Licht verbreitete sich in der Höhle und einen Augenblick lang meinte Olrac wieder in der vertrauten Räuberhöhle zu sein . . . mit Thalan. Ein tiefes und ruhiges Glücksgefühl überkam ihn, trotz des Kummers, der sie beide verband.

Thalan betrachtete Olrac im Licht der Fackel und seine schwarzen Augen glänzten. »Du hast dich ziemlich verändert, Olrac. Das Leben hat an dir gearbeitet und seine Spuren hinterlassen. Du bist kein Junge mehr, sondern fast ein Mann.«

Thalan seufzte. Olrac bemerkte zum ersten Mal die tiefen

Furchen in dem dunklen Gesicht. Ja, das Leben hatte auch Thalan gezeichnet.

»Hauptmann, wie kommt es, dass du nicht ermordet wurdest?« Das war eine Frage, die sich Olrac schon oft gestellt hatte.

Thalan spähte durch einen Spalt hinaus. Selbst hier war er auf der Hut. »Olrac, ich werde dir so viel erzählen, wie ich kann. Aber du musst rechtzeitig hier weg, bevor die Flut kommt, denn dann läuft wieder Wasser in die Kalkgrube. Dann kommst du hier nicht mehr weg, bis wieder Ebbe ist. Außerdem muss ich ständig auf jeden Fremden achten. Es ist eine hohe Belohnung auf meinen Kopf ausgesetzt. Sogar in dieser Gegend muss ich mit Verrätern rechnen ... Aber um mit deiner Frage zu beginnen ... Als du in der Mittwinternacht nicht rechtzeitig zurück warst, wurde ich unruhig. Ich hatte schon den ganzen Tag über Gewissensbisse, weil ich dich allein in die Stadt geschickt hatte. Ich beschloss dich zu suchen. Aber ich fand nirgends eine Spur von dir im Schnee. Mitternacht war schon vorüber, als ich zurückging. Ich hoffte, dass du in der Stadt geblieben warst, um dort zu übernachten. Dann entdeckte ich die Spuren. Nicht von dir, sondern von den Leuten des Vogts. Mit Hilfe des verrückten Domien hatte er unsere Höhle gefunden. Als ich mich unserer Schlucht näherte, wusste ich, dass das Unheil schon seinen Lauf genommen hatte. Ich versteckte mich und sah die Mörder mit unseren Schafen herauskommen. Sie lachten und aus ihren Worten konnte ich schließen, dass alle tot waren. Alle außer dir. Als ich in die Höhle kam und unsere Freunde sah ... sie waren tot, bis auf den alten Laszlo ... da ... der alte Laszlo flehte mich an seine Wunden nicht zu versorgen, sondern mich wieder auf die Suche nach dir zu machen. Er erzählte mir, dass die Männer Mareck gefoltert hatten, bis er ihnen erzählte, wer noch zu uns auf den Todesberg gehörte. Sie waren hinter dir her, Olrac. Da bin ich wieder zurückgegangen und habe dich gesucht. Überall, aber ich fand dich nicht. Ich bin sogar in die Stadt gegangen und habe überall nachgefragt. Das hätte ich nicht tun sollen, denn der Vogt ließ die Tore der Stadt für drei Tage schließen. Er war davon überzeugt, dass du dich noch dort befandest. Ich konnte mich beim Schmied verstecken, aber als die Luft wieder rein war und ich zu unserer Höhle zurückkonnte, sah ich, dass du schon verschwunden warst. Und dass du unsere Freunde begraben hattest . . . Es schien mir besser, wenn du nicht mit mir gesehen wurdest. Darum beschloss ich dir nachzureisen und aus der Ferne ein Auge auf dich zu haben. Manchmal verlor ich deine Spur, manchmal kam ich zu spät, manchmal war der Schurke de Boncourt zu schlau. Überall hat er seine Helfershelfer. Überall. Sogar hier im Palast der lebenden Toten.«

Thalan stand auf und schaute wieder hinaus. Mit der Hand über den Augen spähte er in Richtung Meer.

»Schau, Olrac, niemand kommt vom Land aus hierher. Nur ein Junge wie du, der in den Bergen aufgewachsen ist, wagt sich an den Abstieg über die Klippen. Die Aussätzigen und ein paar ihrer treuen Verwandten kommen mit Jakobs Ruderboot her. Er ist der Fährmann und das Bindeglied zwischen dieser Welt und der da draußen. Jakob weiß, dass ich hier bin, ihm kann man vertrauen. Er war es, der sich gestern als Trunkenbold verkleidet hat, um dir meine Nachricht zuzustecken.«

Thalan fühlte sich sichtlich unwohl.

»Bitte, Hauptmann, erzähl weiter. Ich möchte so gern alles

wissen. Alles über meine Eltern und meine Vergangenheit.« Die Worte kamen fast flehend aus Olracs Mund.

»Olrac, ich habe dich vor allem deshalb herkommen lassen, weil ich dir sagen will, dass deine Geduld bald belohnt werden wird. Das Ende deiner Reise ist in Sicht. Aber der wohl schwierigste Teil steht dir noch bevor. Ich bitte dich nur um eines: Vertrau mir. Vollkommen. Ich habe zusammen mit Jakob einen Plan geschmiedet, mit dem wir einerseits den Vogt hinter Schloss und Riegel bringen können – denn solange dieser Schurke noch frei herumläuft, so lange sind dein und mein Leben in Gefahr –, und andererseits will ich dich zu deinen Eltern bringen. Sie leben noch. Zum Glück hast du ja das Hemdchen und die Steine als Beweis deiner Abstammung.«

Olrac wurde kreidebleich. »Hauptmann, das Hemdchen . . . die Steine . . . Ich habe sie nicht mehr. Armand de Boncourt hat sie!« Erst jetzt wurde ihm wirklich klar, dass er alles verloren hatte. Thalans Gesicht verdüsterte sich.

Für ein paar Augenblicke herrschte Stille. Thalan dachte nach. Die Augen zu schmalen Schlitzen gekniffen, schaute er besorgt in die Ferne, wo Jakobs Ruderboot sichtbar wurde.

»Olrac, du musst zurück. Jakob ist schon da. Er bringt dich an Land, damit du die gefährliche Kletterpartie nicht ein zweites Mal machen musst. Hör gut zu. Ich hatte dir heute viel mehr erzählen wollen. Aber ich muss deine Geduld noch etwas auf die Probe stellen. Jetzt, da du die Beweisstücke verloren hast, muss ich mir etwas anderes ausdenken. Ich werde über Jakob wieder Verbindung mit dir aufnehmen. Bleib, wo du bist. Ich weiß, dass du bei Catharina und Raffael wohnst. Du hättest es nicht besser treffen können. Meine Gebete wurden erhört und die Glücksgötter sind auf deiner Seite, mein Junge. Geh jetzt und warte, bis ich dir wieder eine Nachricht zukommen lasse. Sonntag, am Johannesfest, sehen wir uns wieder.«

Thalan fasste Olrac an den Schultern. Sie waren fast gleich groß.

Jakob stand unten und pfiff. Bedrückt ließ sich Olrac über das Wasser wieder in die bewohnte Welt bringen.

23

Endlich war es Sonntag. Das Johannesfest. Der längste Tag und die kürzeste Nacht des Jahres. Der Tag, an dem sich die Erde wieder auf ihre andere Seite legte. Die Sonne brannte gnadenlos heiß, es war windstill und die Wolken hinter den Bergen versprachen ein heftiges Unwetter für den Abend. Aber die Leute von Ampurias scherten sich nicht darum. Heute war ihr Fest. Weihnachten und das Johannesfest waren die wichtigsten Tage für Ampurias. Dann kamen die Leute aus der gesamten Umgebung zu ihrem Vergnügen und ihrer Unterhaltung herbei. Man traf neue Handelsabsprachen und der Bischof segnete die Boote und Obstgärten. Danach begann das Fest auf dem Marktplatz. Der Burgherr kündigte baldige Hochzeiten an und erließ die eine oder andere Schuld. Es war der einzige Tag, an dem die Leute ihren Burgherrn um eine Gefälligkeit bitten durften. Danach zogen sich die adeligen Herrschaften auf ein Bankett in die Burg zurück und die einfachen Leute tanzten ihre Volkstänze, die Sardanas, bis die Sonne wieder aufging. Es war die Nacht, in der alle Gespenster, bösen Geister und alles Ungeziefer verjagt werden mussten. Die Tänzer bildeten Kreise, die nicht durchbrochen werden durften. Kleine und große Kreise, in- und umeinander gewoben, und alle tanzten mit, sogar die Säuglinge, die mit großen schwarzen Tüchern auf dem Rücken ihrer Mütter festgebunden waren.

In der Johannisnacht fuhren die Fischer nicht aus, um die Meeresgeister nicht herauszufordern. Auch die Obstbauern blieben an ihrer Feuerstelle, damit die Baumgeister Ruhe hatten.

Olrac hatte Candide und ihren Eltern von seinem Gespräch mit Thalan berichtet. Zwei Tage vor dem Fest hatte Jakob vor der Tür des kleinen Hauses gestanden. Raffael und seine Frau empfingen ihn freundlich. Bis tief in die Nacht besprachen sie den Plan, den Thalan ausgetüftelt hatte. Raffael hatte auch die beiden Fischer Pedro und Alfredo kommen lassen. Ihre Hilfe war notwendig. Sie zögerten nicht. Raffaels Freunde waren auch ihre Freunde. Am Tag danach kamen sie wieder zusammen, um die Musik einzuüben, die sie auf dem Fest spielen würden.

Olrac lernte von den Männern das Lied der Fischer. Er musste schließlich bei dem Fest als Fischerjunge auftreten.

Die Zeit verstrich viel zu langsam. Olrac kam nicht mehr dazu, über alles nachzudenken. Er wollte nur noch eines: seine Eltern kennen lernen und der Wahrheit über ihn, Thalan und Armand de Boncourt zum Sieg verhelfen.

Am Sonntagmittag machten sie sich fertig. Die Musikanten zogen ihre schwarzen Hosen an und banden kreuzweise rote Bänder um ihre Waden. Auch Olrac und Candide. Sie trugen Hemden aus weißem Leinen mit offenem Kragen und die breiten roten Schärpen um ihre Hüften waren mit Glöckchen besetzt. Auf dem Kopf hatten sie die rote Fischermütze. Candide hatte Olracs Haut mit dem Saft zerquetschter Walnussschalen eingerieben. Wenig später wirkte seine weiße Haut genauso gebräunt wie die jedes anderen Fischers aus dem Dorf.

Die Stimmung in dem kleinen Haus war angespannt. Unausgesprochene Gedanken hingen in der Luft, Fragen wurden nicht gestellt. Es fiel kein Wort. Jeder wusste, dass an diesem Tag etwas Wichtiges geschehen würde.

Als die Sonne direkt über den Bergen stand, ruderten zwei dunkle Männer an Land. Thalan und Jakob, die von der Kalkgrube zum Fischerhaus kamen. Der Hauptmann war nicht wieder zu erkennen. Er hatte seinen dichten Schnurrbart abrasiert und das schwarze Haar unter einer roten Fischermütze verborgen.

Thalan musste sich bücken, damit er durch die niedrige Tür passte. Alle waren bereit, und als der große Mann ankam, waren sie vollzählig: eine Gruppe Musikanten, die beim Johannesfest ihren Burgherrn mit der Musik erfreuen wollte, die die Geschichte ihrer Gegend erzählte.

Thalan spielte Trommel, Olrac und Candide sollten singen, aber auch Flöte und Harfe spielen. Jakob spielte Fiedel, Pedro Dudelsack und Hummel, Raffael Gambe und Alfredo Drehleier.

Draußen herrschte eine Gluthitze und die Grillen gaben ihr übliches Konzert. Es grollte wieder in den Bergen, das Unwetter war nicht mehr fern. Die Schwalben waren unruhig.

Das Musikantentrüppchen stieg schweigend den Berg hinab und folgte dem Weg in die Stadt, wo das Fest schon in vollem Gange war. Am Weg waren Steinbrocken zu Mauern gestapelt. Lavendel, Ringelblume und Johanniskraut blühten aus den Ritzen. Die Wiesen mit ihrem trockenen gelben Gras waren an den Rändern mit farbigen Bändern in Rot, Schwarz und Weiß geschmückt. Aber niemand aus der schweigsamen Gruppe hatte ein Auge dafür.

Die Luft war drückend. Vor ihren Füßen huschten erschrockene Eidechsen davon und versteckten sich zwischen den Steinen am Rand. Die Sonne brannte glutheiß und die roten Mützen waren viel zu warm.

Auf dem Platz bei der Kirche tanzten schon die Kinder. Die Großen brachten den Kleinen die zierlichen Schritte und die leichten Fußbewegungen der Sardanas bei, den Tänzen ihrer Eltern, Großeltern und Urgroßeltern ...

Als sich die Gruppe dem Marktplatz näherte, war die Tribüne der adeligen Herren bereits leer. Sie hatten ihre Pflicht erfüllt und waren schon zur Burg ihres Gastgebers zurückgekehrt.

Auf dem großen Platz vor der Kirche war eine Tanzfläche frei gelassen worden. Bis auf einige stattliche Platanen und tief fliegende Mauersegler war nichts zu sehen. Man hielt noch Siesta. Das Fischergrüppchen überquerte stillschweigend den Platz. Sie gingen in Richtung des schmalen Weges, der zur Burg außerhalb der Stadt hinaufführte. Hüpfende Kinder und magere Hunde liefen eine Zeit lang hinter ihnen her, um sich dann umzudrehen und sich wieder den Festteilnehmern anzuschließen, die sich ausruhten.

Der kleine Weg verlief ziemlich steil bergan. Rosafarbene Gänsemalve überzog die Böschungen am Wegrand. In der Ferne sahen sie die Fahnen, die fröhlich auf dem Hauptturm der Burg flatterten. Olrac spähte dort hin und spürte das Klopfen seines Herzens. Er war auf dem Weg zu seiner Geburtsstätte!

Die Zugbrücke war herabgelassen und die Schildwachen wirkten weniger streng als sonst. Sie ließen die Fischer mit den Instrumenten auf dem Rücken ohne weiteres ein. Sie waren offenbar willkommen.

Auf dem Innenhof waren die Stallknechte damit beschäftigt, die Pferde der Gäste abzuzäumen und zu versorgen. Hühner, Gänse und Enten liefen frei herum und gaben gackernd und schnatternd ihre Meinung zum Geschehen ab. Überall waren Bedienstete zu sehen, die sich um das Bankett kümmerten.

Die Musikanten wurden vom Verwalter begrüßt, einem großen, kräftigen Mann, der ihnen lächelnd entgegenkam, während er sich die Hände rieb. Die Heiterkeit war ihm vom fleischigen Gesicht abzulesen und sein Atem und die Farbe seiner Nase ließen vermuten, dass er der Weinverkoster vom Dienst war.

»Willkommen auf diesem erfreulichen Fest! Es ist noch früh am Tag! Folgt mir ruhig erst einmal zur Küche. Dort ist eine Tafel gedeckt, damit ihr anschließend mit vollem Magen die Herrschaften unterhalten könnt!« Er lachte über seine eigenen Worte.

In der Küche brannten die Herdfeuer und ein Junge drehte ein großes Schwein am Spieß. Es herrschte brütende Hitze. Das Fett tropfte und ließ die Flammen zischen. Der Raum war vollkommen eingehüllt in die Düfte von Knoblauch, frisch gebackenem Brot und würzigem Fleisch.

Auf dem riesigen Tisch walzte eine Küchenmagd große Teigplatten aus. Ein kleines Mädchen rollte lange dünne Teigrollen zwischen den Händen und legte sie kunstvoll in Wellen um die Platten. Danach verzierte sie die Ränder mit dem Abdruck eines Stempels. Es war das Spiegelzeichen.

Olracs Herz machte einen kleinen Satz.

Er wusste gar nicht, wohin er zuerst schauen sollte, um alles aufzunehmen. War dies wirklich das Haus seiner Eltern? Der Teig wurde mit großen Holzschiebern in die Öfen gelegt. Später sollten die gebackenen Platten den Edelleuten als Teller dienen. Unter den Tischen liefen Hühner und ein Ferkel herum. Sie fraßen alles auf, was an Resten herabfiel. Es herrschte ein Gedränge sondergleichen, aber alle waren fröhlich. Ein paar Hühner wurden eingefangen, der Hals wurde ihnen umgedreht und innerhalb weniger Augenblicke waren sie ihrer Federn entledigt. Ein Junge, nicht älter als drei Jahre, schleifte einen großen Sack durch die Küche, in dem jede einzelne Hühnerfeder verschwand.

Die sechs Musikanten wurden an eine lange, voll beladene Tafel gesetzt. Dort lagen Brote aus Buchweizen und Weizen, Fladen, die mit Kümmel und Mohn verziert waren. Es gab Lammkeule mit Gemüse und eine Schüssel mit Muscheln, Tintenfischringen und kleinen Krebsen. Da standen Krüge mit Cidre, der mit Wasser verdünnt war. Jeder durfte essen und trinken, so viel er wollte. Für einen Moment vergaß Olrac, weswegen er gekommen war. Das hätten Mareck und Golus erleben müssen, dachte er zwischen zwei Bissen. Aber trotzdem schmeckte ihm das Essen nicht. In seinem Bauch hatte sich die Angst eingenistet.

Wenn sein Blick den Thalans kreuzte, spürte er, wie die Spannung stieg. Dann pochte die Narbe an seinem Kopf wieder.

Thalan wirkte sehr vornehm, seit der riesige Schnurrbart aus seinem Gesicht verschwunden war. Er hatte seine Mütze abgesetzt und Olrac sah das schwarze Haar, das mit Olivenöl glatt nach hinten gekämmt war. Thalan sah wirklich aus wie ein Edelmann.

Die Fischer aßen ohne Unterbrechung und ohne auf den Jungen an ihrem Tisch zu achten. Nur Candide spürte ganz genau, was in Olrac vorging. Sie betete im Stillen: »San Juan, lass die Wahrheit siegen und nicht die Lüge.«

Sie sah sich in der Küche um und spürte, dass die Geister dieser Burg gut waren. Über den Türen hingen Kränze aus Pinien-, Oleander- und Olivenzweigen; sie sollten jedem, der unter diesem Dach wohnte, Glück bringen.

Das Eichenholz im Herd wurde mit einem Mistelzweig angezündet, um den Segen des heiligen Johannes zu erbitten. Das war ein gutes Zeichen.

Candide blieb keine Zeit weiterzugrübeln. Kaum hatten sie die Schüsseln leer gegessen, standen schon die Knechte mit neuen Gerichten bereit: Linsensuppe und Kuchen, die vor Honig nur so tropften und nach Ingwer rochen.

Olrac aß nichts mehr. Ihm war fast schlecht vor Spannung.

Dann war es so weit. Der Verwalter stellte sich nun, noch immer die Hände reibend, neben ihren Tisch. »Troubadoure, jetzt seid ihr an der Reihe. Ich hoffe, dass eure Musik das Fest verschönern wird. Denn heute findet ein großes Fest statt! Wirklich! Ein sehr erfreulicher Tag, das kann man wohl sagen. Das kann man wohl sagen . . .« Seine Augen glänzten vor Vergnügen; es war ganz offensichtlich, dass ihm seine Mitteilung Freude machte. Das erregte Thalans Aufmerksamkeit. Er hörte auf zu essen und richtete seinen dunklen Blick auf den Verwalter. Mit tiefer Stimme bat Thalan um eine Erklärung. Er sprach gelassen, aber Olrac hörte den besorgten Tonfall.

Der Verwalter war nur allzu froh, dass er weitere Erklärungen abgeben konnte. Er war ein redseliger Mann.

»Heute ist das Fest zu Ehren von San Juan, wie ihr wahrscheinlich schon wisst. Aber es ist auch das Fest zu Ehren des verlorenen Sohns des Burgherrn. Man hat ihn wieder gefunden!« Seine Stimme klang jubelnd und er nickte begeistert mit dem Kopf, um seinen Worten Nachdruck zu verleihen.

Thalan wurde bleich. Was ging hier vor? Der Sohn des Burgherrn? Das war unmöglich!

Olrac schauderte vor Angst. Es schnürte ihm die Kehle zu. Zweifel nagten tief in seinem Inneren. Was nun? Sie konnten nicht mehr zurück. Und wie die scharfe Klinge eines Messers durchfuhr ihn plötzlich der Gedanke »Dies wird unser Ende!«.

Der Verwalter winkte ihnen mit beiden Händen und die Musikantentruppe ging hinter ihm her in den dunklen Gang. Bei jedem Schritt wuchs Olracs Angst. Immer wieder klangen die Worte in seinem Kopf: Fest zu Ehren des verlorenen Sohns des Burgherrn.

Niemand sprach. Sie folgten dem dicken Mann und dabei glitt ihr Blick über die Wände der düsteren Gänge. Überall hingen brennende Fackeln an den Wänden, und wo sich eine schmale Fensteröffnung befand, drang gierig ein Bündel Sonnenstrahlen herein. Das Licht fiel auf gestickte Wandteppiche, die Schlachten und andere Ereignisse aus der Geschichte der Gegend darstellten. An den dunkleren Stellen hingen Schilde und Fahnen.

Es war ein langer Weg von der Küche zum großen Saal. Thalan hielt sich gerade und ließ sich nichts von seinen Gefühlen anmerken. Es schien, als würde er den Weg kennen. Am Eingang mussten sie noch kurz hinter dem Samtvorhang warten, wo zwei Schildwachen standen.

Durch einen Spalt konnte Olrac hineinschauen. Er sah drei verschleierte Frauen, die zu Harfenmusik tanzten. Noch nie hatte er so dunkle Haut gesehen. Maurische Tänzerinnen, ging ihm durch den Sinn. Er schob sich ein Stück vor und hielt mit der Hand die Vorhänge etwas weiter auseinander.

Es war beeindruckend. Der Saal hatte eine sehr hohe Decke, wie bei einer Kirche. Durch die schmalen Fensteröffnungen fiel die späte Nachmittagssonne herein und zeichnete warme Streifen auf den Boden.

Am Deckengebälk hingen große Kronleuchter mit hunderten von brennenden Kerzen. Die Tische waren u-förmig aufgestellt, aber Olrac konnte nur einen Teil davon sehen. Er sah Herren mit Samtbarett und Wams, Edelfrauen mit seidenen Kopftüchern und Damastkleidern. Überall funkelten Juwelen. Ein brennendes Gefühl stieg aus seinem Magen auf und ihm war, als müsste er sich übergeben. Olrac schluckte. Vielleicht hatte Thalan es bemerkt, denn er stand auf einmal hinter Olrac und legte ihm die Hand auf die Schulter. Auch er war voll banger Erwartung. Was, wenn alles schief ging? Wenn man ihnen nicht glauben würde? Die Möglichkeit bestand. Aber jetzt gab es kein Zurück mehr.

Die Tänzerinnen drehten sich zierlich um die eigene Achse und die Glöckchen an ihren dunklen Fußgelenken klingelten. Die Jagdhunde an den Tischen sahen gelangweilt zu und interessierten sich mehr für die Knochen, die ihnen ihre Herren unter die Tische warfen, als für das farbenprächtige Schauspiel. Hausknechte drängten die Musikanten zur Seite. Sie balancierten volle Schüsseln mit Speisen auf dem Kopf. Die Harfenklänge verstummten, die Tänzerinnen verbeugten sich. Sie rafften die Blumen auf, die man ihnen zu Füßen geworfen hatte. Wie zierliche Gazellen liefen sie hinaus, an der Gruppe Musikanten vorbei.

Jetzt waren sie an der Reihe. Raffael als der Älteste betrat als Erster den Saal, gefolgt von Pedro. Sie kamen jedes Jahr hierher, um auf dem Johannesfest zu musizieren. Aber heute fühlten sie sich nicht wohl. Thalan hatte ihnen von den Lügen und den Grausamkeiten des Vogts erzählt und von seinem Plan, etwas dagegen zu tun. Zwar hatten sie in Ampurias nicht unter Armand de Boncourt zu leiden, aber sie wussten, dass der Vogt in den Gebirgsdörfern eine Schreckensherrschaft ausübte, und die Fischer fühlten mit den Bergbewohnern.

Die Leute an den Tischen sahen nicht auf, als die Musikanten hereinkamen und ihre Instrumente aufeinander einstimmten. Sie tranken, aßen und lachten. Olrac hielt sich noch immer halb hinter Thalans Rücken versteckt. Er wagte es nicht, aufzuschauen, sondern betrachtete seine Füße und den eichenen Bretterboden. Er war glänzend gebohnert und überall lagen fremdartige Teppiche, über die man einfach gehen durfte. Sie fühlten sich so weich an, als würde man über Moos laufen.

Als Pedro seinen Dudelsack mit Luft füllte und aus den Pfeifen die ersten gellenden Töne entwichen, traute sich Olrac den Kopf zu heben. So viele Leute! Aber es war keine Zeit jeden Einzelnen anzuschauen. Ein Rippenstoß Candides machte ihm klar, dass er sich bereithalten musste.

Raffael spielte die ersten Klänge des Lieds mit seiner Geige. Jakob fiel mit seiner Fiedel ein. Thalan gab leise den Takt auf zwei kleinen Trommeln an, die an seiner Hüfte befestigt waren. Es war ein Lied über die Schönheit des Sommers. Ein Lied ohne Worte, aber mit einer fröhlichen Melodie. Eine ausgelassene, sorglose Stimmung verbreitete sich im Saal. Genau das hatte Thalan beabsichtigt. »Wir müssen«, hatte er gesagt, »erst die Leute unterhalten. Unsere Musik muss ihnen so gut gefallen, dass sie mehr hören wollen. Erst zum Schluss singen wir das Lied, wegen dem wir gekommen sind.«

Während sie spielten, wagte Olrac es nicht, sich umzuschauen, vor lauter Angst, eine falsche Note zu treffen. Seine Beine waren bleischwer. Er hätte in diesem Moment alles darum gegeben, wenn dieser Tag schon vorbei gewesen wäre. Er hatte bereits so viele Arten von Angst kennen gelernt, aber das Gefühl der Unsicherheit, wie ihr Vorhaben ausgehen würde, brachte ihn wirklich durcheinander.

Dann kam das Lied, in dem Candide von ihrem Geliebten sang, begleitet von der Drehleier und der Fiedel. Sie sang wunderschön und wieder hatte Olrac das Gefühl, sie schon sein Leben lang zu kennen. Ihre frische Stimme beruhigte ihn und für einen kurzen Augenblick ließ er sich von den Tönen der Musik mitreißen. Sein Blick schweifte über die Köpfe der Leute hinweg. Urplötzlich war er hellwach.

Dicht vor ihm, am mittleren Tisch, saß Armand de Boncourt!

24

Herausgeputzt wie ein Samtpfau lauschte er mit wässrigen Augen, ohne die Musikanten in der Mitte des Saals anzuschauen. Olrac spürte, wie sich seine Kehle zuschnürte. Er warf einen schnellen Blick auf Thalan. Hatte der es auch gesehen? Aber Thalans Gesicht war regungslos, er blickte geradeaus und nahm ab und zu sein Instrument auf, wenn der Refrain einsetzte.

Olrac spürte, wie ihm der Schweiß ausbrach. Das war in ihrem Plan nicht vorgesehen! Die Übelkeit in seinem Magen stieg wieder auf. Er musste gelassen bleiben, genau wie Thalan! Bis jetzt hatte der Vogt noch niemanden erkannt. Sie waren immer noch einfache Musikanten, ortsansässige Fischer, die gekommen waren, um die Herrschaften zu unterhalten. Mit äußerster Anstrengung konzentrierte sich Olrac auf sein Flötenspiel. Nichts anmerken lassen! Einfach weiterspielen!

Neben dem Vogt saß ein Junge, etwa im selben Alter wie er. Seine Haare waren so geschnitten, wie es nur Schildknappen und Knaben von edlem Blut zugestanden war. Er trug eine grüne Pelerine aus Brokat und rote Beinkleider. Seine Schuhe entsprachen der neusten Mode: Sie waren aus feinem Kalbsleder, lang und spitz zulaufend. Der Junge wirkte geistesabwesend. Auf seinem Gesicht war keine Regung abzulesen.

Neben ihm saß ein Edelmann. Olrac beäugte ihn neugierig durch die Wimpern. Wer war das? Er saß auf einem Ehrenplatz direkt vor den Musikanten, aber er lauschte nicht der Musik, sondern widmete seine gesamte Aufmerksamkeit dem Jungen neben ihm. Die Musikanten spielten nun das Lied von San Pedro Pescador, das Fischerlied. Die Leute an den Tischen klatschten und sangen mit. Sie waren entzückt.

Olracs Aufmerksamkeit wandte sich immer wieder dem Edelmann zu. Es war ein hoch gewachsener Herr mit braunem welligem Haar, das nach hinten gekämmt war. Sein Gesicht war fein geschnitten, als wäre es aus Marmor oder Alabaster gemeißelt. Der Blick seiner hellen Augen war unbewegt und sein Gesichtsausdruck verriet nichts über seine Gefühle. Er strahlte Kraft aus, hatte aber dennoch Linien unter den Augen, blaue Ringe, die auf Schwäche, Krankheit oder Kummer hindeuteten.

Während des Fischerlieds brachten die Knechte neue Teigteller mit Speisen und Schüsseln mit allerlei Fleischsorten. Thalan spielte unerschütterlich weiter, als wäre nichts Besonderes. Ohne Schnurrbart, die Mütze tief in die Stirn gezogen, war er nicht wieder zu erkennen. Dann war es so weit.

Olrac und Candide traten vor bis zur freien Stelle in der Mitte. Sie sollten gemeinsam das Lied singen, das Thalan geschrieben hatte, während er bei den Lazarusmenschen hauste. Das Lied, das alles erzählen würde. Die ganze Wahrheit. Man ließ Troubadoure immer zu Ende singen, denn es brachte Unglück, wenn man sie unterbrach. Das wusste jeder und damit rechnete Thalan. Aber auf die Anwesenheit des Vogts war niemand vorbereitet gewesen. Wie würde das enden?

Eine fieberhafte Unruhe hatte sie nun alle ergriffen.

Die Stunde der Wahrheit war angebrochen. Wehmütig erklangen die ersten Töne der Harfe. Der Vogt knabberte an einer Lammkeule in seiner fettigen Hand.

Olrac räusperte sich. Seine frische Jungenstimme hatte langsam, aber sicher einer warmen Männerstimme Platz gemacht, doch manchmal ließ ihn diese noch im Stich. Zum Glück klang Candides Stimme hell und kräftig.

Dies ist ein Lied von Liebe.
Dies ist ein Lied von Schmerz.
Aber wenn die Dunkelheit einbricht,
dann herrscht süßer Friede im Herz.

Trotz seiner zitternden Knie klang Olracs Stimme fest. Das machte ihm Mut.

Es war in einer Winternacht,
dass Burgherrin und Gemahl
zogen aus zu speisen
im königlichen Saal.
Aus der Finsternis kamen
Männer wild und gemein.
Sie drangen in die Burg
und brachten Jammer, Kummer, Pein.

Der Vogt hörte auf zu kauen und richtete seinen trägen Blick auf die Musikantengruppe. Von seinem Gesicht war nichts abzulesen, aber irgendetwas, ein Wort, ein Satz, hatte seine Aufmerksamkeit erregt.

Dies ist ein Lied von Liebe.
Dies ist ein Lied von Schmerz.
Aber wenn die Dunkelheit einbricht,
dann herrscht süßer Friede im Herz.

Eine Amme reinen Sinnes
starb einen kalten Tod.
Sie konnte nicht entkommen,
ihr Blut färbt die Kammer rot.
Im Ammenturm der Burg
lagen Kinder, noch kein Jahr alt,
das eine tot, das andere entbehrte.
Es hatte Hunger und ihm war kalt.

Dies ist ein Lied …

Olracs Stimme zitterte und versagte kurz, aber Candide fing die Töne geschickt mit ihrer kräftigen Mädchenstimme auf. Die Stimmung im Saal war gespannt. Alle hörten aufmerksam zu, das Stimmengewirr hatte sich gelegt. Nur die Kerzenflammen knisterten lustig weiter.

Der Edelmann starrte die Sänger an, er sprach nicht mehr mit dem Jungen neben ihm. Seine Hände umklammerten die Tischkante. Aber der Vogt war langsam aufgestanden …

Wer führte dieses Grauen an?
Wer entwarf den list'gen Plan?
War es ein unbekannter Mann
oder die Rache des Ritters Thalan?
Ich bin nur ein Sänger,
ein Spielmann und ein Bard,
doch was ich singe, ist die Wahrheit,
auch ist sie grausam hart.

Dies ist ein Lied von …

»Halt!« Der Becher des Vogts fiel klirrend zu Boden. »Wachen! Ergreift diese Verrückten!« Das bleiche Gesicht wurde feuerrot. »Wie können sie es wagen, an einem so freudvollen Tag von dem Leid zu singen, das über diese Burg kam! Ergreift sie und werft sie in den Kerker!«

Der Vogt kochte vor Wut. Der Junge neben ihm sah sich verwirrt um. Herr Alderick hatte sich erhoben, in seinem Blick lag Verwunderung. Jetzt verstand er gar nichts mehr. Was war hier eigentlich los?

Aus allen Portalen und Nischen stürmten die Schildwachen herbei und innerhalb weniger Augenblicke hatten sie die Musikanten umringt.

Zu spät, schoss es Olrac durch den Kopf. Er sah Candides ängstlichen Blick und hörte die leisen Proteste der Fischer. Meine Schuld, alles meine Schuld, durchfuhr es ihn wie ein Blitz.

Aber Thalan gab nicht auf. Seine Stimme tönte kraftvoll durch den Saal, während die Wächter alle Mühe hatten, den großen Mann in Schach zu halten.

»Herr Alderick, Ihr habt das Lied nicht zu Ende angehört! Euer Sohn ist hier bei mir und nicht neben Euch. Nicht ich bin Euer Feind, sondern Armand de Boncourt! Gebt Acht!«

Der ganze Saal war in Aufruhr. Die Gäste waren allesamt verwirrt. Armand de Boncourt kniff die Augen zusammen und zischte: »Thalan . . . endlich . . .!«

Die Wachen drängten die erschrockenen Musikanten dichter zusammen, während sie ihre Speere auf sie gerichtet hielten.

Der Burgherr hatte sich erhoben, trat in kerzengerader Haltung in die Saalmitte und richtete die Augen unverwandt auf Thalan.

Nun stand er vor dem Räuberhauptmann. Sie waren

gleich groß und gleich stark und blickten einander ausdruckslos an.

»Thalan.« Die Stimme des Herrn Alderick klang beherrscht und nichts verriet, wie es in ihm aussah.

»Thalan, ich hege fast Bewunderung für deinen unverschämten Wagemut. Vor dreizehn Jahren hast du meine Burg ausgeraubt, meine Tochter getötet und meinen Sohn entführt. Du warst mein Freund, du wurdest mein Feind. Du hast unser Leben zerstört. Und heute, genau an dem Tag, an dem wir endlich unseren Sohn wieder in die Arme schließen dürfen, dringst du mit unglaublicher Frechheit und als Fischer verkleidet abermals in mein Haus ein. Wie schamlos! Nur ein Wahnsinniger, einer der den Verstand verloren hat, kann sich so etwas ausdenken! Heute soll nicht nur ein Festtag sein, sondern auch ein Tag, an dem Recht geschehen wird.«

Herr Alderick wandte sich den erschrockenen Gästen an den Tischen zu. Es war mucksmäuschenstill, alle lauschten und sahen gespannt zu.

Olrac war fassungslos. Dies war sein ... sein Vater!

Der Burgherr streckte den Leuten die Arme entgegen.

»Ihr Geladenen alle!« Seine Stimme füllte den ganzen Raum. Seine Ruhe war bewundernswert und niemand hätte vermuten können, dass hinter diesem unbewegten Gesicht ein Sturm der Gefühle wütete. Der Zorn, der Hass und der unvorstellbare Kummer der vergangenen dreizehn Jahre tobten wie Sturmböen durch sein Gemüt. Doch kein Muskel seines Gesichts zuckte. »Heute werde ich Recht sprechen, ohne Ratsversammlung, ohne vorhergehende Befragung. Alle Anwesenden hier sind Zeugen, wie ich diesen Mann, Thalan de Marquès, zum Tod durch den Strang verurteile. Morgen früh beim ersten Hahnenschrei wird die

Strafe vollzogen werden. Wenn noch jemand unter den Anwesenden etwas zu sagen hat, so möge er das jetzt tun. Falls nicht, erkläre ich diesen Rechtsspruch für gültig.«

Jeder nahm diese Worte als Aufforderung, seine Meinung zu äußern. Die Stimmen tönten wild durcheinander, aber es war ganz eindeutig. Die Gäste waren hellauf begeistert über diesen Rechtsspruch. Ein Todesurteil! Das gehörte zu einem großen Fest! Genau wie Hochzeitssegnungen und Gnadenerlasse.

Der Vogt blieb sitzen. Das Lachen auf seinem Gesicht war das eines Siegers. Hiervon hatte er immer geträumt.

Alle Edelleute erhoben sich und als Zeichen ihrer Zustimmung klopften sie mit ihren schweren Trinkbechern auf die Tische. Olrac verkrampfte sich bei dem dumpfen Geräusch. Es war geschehen! Sie waren gescheitert! Thalan und er würden sterben . . . Verwirrt schüttelte er den Kopf. Es konnte nicht wahr sein. Hier stand sein Vater und doch . . . doch sollte er sterben. Der Tumult wurde immer größer. Die Schildwachen machten einen Schritt auf sie zu. Jetzt standen sie zu siebt aneinander gedrängt. Olrac spürte, wie Candides Körper zitterte. Er griff nach ihrer Hand und ließ sie nicht mehr los. Sie war unschuldig! Die Fischer waren unschuldig! Fast hätte er es herausgebrüllt, aber allein der Lärm nahm ihm allen Mut, noch etwas zu sagen.

Es war zu spät, sie hatten es riskiert und . . . verloren. Daran war nichts zu ändern.

Auch die Frauen an der Seite des Raums waren aufgestanden und klatschten in die Hände. Nur eine einzige Frau am letzten Tisch blieb unbeweglich wie ein steinernes Bildnis sitzen.

Plötzlich trat sie vor. Sie war weniger üppig herausgeputzt als die anderen. Sie sah aus wie die Frau eines wohlhabenden Gutsbesitzers, der eigenes Land von seinem Lehnsherrn hatte kaufen können. Über ihrem Kopf lag ein schwarzer Schleier. Wegen des Tumults achtete niemand auf die Frau.

Nur der Vogt sah sie. Sein Lachen gefror.

Die Frau ging an den Tischen vorbei zum Burgherrn. Ihr Gesicht war weiß wie eine Maske, eine Totenmaske.

Der Lärm ließ nach, ein paar Edelleute verstummten, Becher rollten auf den Boden.

»Herr Graf, ich möchte gern etwas sagen.« Ihre Stimme war kaum zu vernehmen, ihr Gesicht war halb zum Boden gewandt. Als wäre sie eine Dienstmagd, die ihren Herrn etwas fragen musste. Herr Alderick war höchst erstaunt. Wer war diese Frau? Er hatte sie noch nie gesehen. War sie auch zu seinem Fest eingeladen oder war sie eine neue Dienstbotin?

»Sprich, Frau, wenn es sich um diese Sache handelt. Ansonsten schweig.«

Der Vogt war wie versteinert. Seine Haut nahm die Farbe verdünnten Breis an.

»Herr Alderick, diese Leute sind unschuldig. Thalan de Marquès spricht die Wahrheit.«

Das Gemurmel und Gerede im Saal schwoll an. Niemand verstand noch, was da vor sich ging.

Herr Alderick war verärgert. Wer war diese Frau und weshalb verkündete sie hier mit so viel Mut, dass all das, was bewiesen war, nicht stimmte?

»Herr Graf, lasst mich sprechen, bevor es zu spät ist. Dreizehn Jahre lang habe ich geschwiegen und besaß nicht den Mut, den Mund aufzumachen. Ich hätte es mit meinem Leben bezahlen müssen. Meine versiegelten Lippen waren meine Sicherheit, so blieb ich am Leben.«

Im Saal war es mucksmäuschenstill. Alle hatten wieder Platz genommen und freuten sich auf ein unerwartetes Schauspiel.

»Vor zehn Tagen ...«, ihre Stimme war fast nicht zu hören, »... ist mein jüngstgeborenes Kind gestorben. Es starb, weil ich nicht mehr genug Milch hatte und mein Mann keinen Zuschuss bezahlte, um eine Amme in Dienst zu nehmen. In den vergangenen Wochen sah ich, wie mein Töchterchen immer schwächer wurde und wie das Leuchten in ihren Augen erlosch. Daher beschloss ich aus Verzweiflung jeden Tag eine Kerze in der Kirche des heiligen Johannes anzuzünden. Vielleicht – so hoffte ich – kam ja dadurch das Leuchten in ihren Augen wieder. Es sollte nicht sein ... Aber mir geschah etwas anderes. Ich saß beim Bildnis der heiligen Maria. Auf ihrem Schoß befand sich das göttliche Kind. Zu ihren Füßen spielte der kleine Johannes mit einem Lamm. Es war, als würde Maria zu mir sprechen. Immer wieder klangen ihre Worte in mir: ›Auch ich habe mein Kind geopfert, rette das andere!‹ Ich verstand es nicht, wollte es nicht verstehen, aber als mein Töchterchen starb, wusste ich, was ich zu tun hatte.« Sie hielt einen Moment inne und holte tief Luft. »Ich bin Adèle de Boncourt, die Frau des Vogts ...«

Wieder erhob sich erstaunte Aufregung unter den Edelleuten. Die Augen des Vogts waren eiskalt und hasserfüllt, aber er rührte sich nicht.

Herr Alderick sah die Frau streng an. Was geschah hier? Hatte sie wirklich etwas zu erzählen oder wollte sie nur ihr persönliches Leid loswerden? Nie zuvor hatte er die Frau des Vogts gesehen. Nie hatte er gewusst, dass dieser Mann auch Kinder hatte.

Adèle machte ein paar Schritte in Richtung der Haupttafel

und zeigte auf den Jungen mit dem bleichen Gesicht und den angstvollen Augen. »Dies ist unser Sohn Kwinten. Er wurde von seinem Vater darauf vorbereitet, ein würdiger Nachfolger für Eure Grafschaft, Eure Schatzkammer, Eure Burg und den Rest Eures Erbes zu werden.«

Alle schauten in stummer Verblüffung zu dem ängstlichen Jungen hin. Man sah, dass er vollkommen verwirrt war und kurz davor stand, in Weinen auszubrechen.

»Herr Alderick, vergebt ihm. Er ist mein Sohn. Er ist erst dreizehn Jahre alt und ich liebe ihn wie meine anderen Kinder. Er hat getan, was ihm sein Vater aufgetragen hat. Euer wirklicher Sohn . . .«, sie wandte sich wieder um und es war offensichtlich, dass sie nun mehr Mut zum Sprechen gefasst hatte, ». . . steht dort neben dem Mann, der morgen gehängt werden soll. Dem Mann, der sein Leben dafür gegeben hat, Euren Sohn zu beschützen und der ihm eine würdige Erziehung hat angedeihen lassen, wie es einem Edelmann zukam.«

»Schweig, Frau!« Der Vogt war aufgestanden, sein bebender Finger war auf seine Frau gerichtet. Er verschluckte sich fast am eigenen Speichel, als er das Wort ergriff.

»Herr Alderick, vergebt mir, dass ich sie zu diesem Fest mitgenommen habe. Sie ist verrückt! Der Geist des Kindes, das sie verloren hat, hat ihren Verstand ausgesogen und ihr Gemüt getrübt. Sie redet wirres Zeug, nichts als Unsinn! Vergebt ihr, Herr Graf . . .« Ein listiger Ausdruck schlich sich wieder in seinen Blick. »Es wäre gut, wenn sie bei den Zisterziensern ein Unterkommen fände. Dort sorgt man gut für Menschen, die den Verstand verloren haben.«

Im Saal erklang zustimmendes Gemurmel, ein paar Leute nickten zustimmend. Der Vogt merkte, dass er seine Kräfte wiedererlangte. Er brauchte keine Angst zu haben. Schließlich hatte er die Beweise.

»Lasst diese Frau im Kloster unterbringen! Sie weiß nicht, was sie sagt! Ich habe hier die Beweise, dass es sich ganz bestimmt um den Sohn unseres Herrn handelt.« Er griff in seine Pelerine und zog das waschlederne Säckchen und das weiße Hemdchen hervor.

»Hier sind die Beweisstücke, das Hemdchen mit dem goldenen Spiegelzeichen und die Steine!«

Er schwenkte sie durch die Luft, triumphierend und von seinem Sieg überzeugt. Er, Armand de Boncourt, war nicht unterzukriegen, schon gar nicht von seiner eigenen Frau!

Adèle schaute ihren Mann an. Damit hatte sie gerechnet. Sogar der Hass, den sie immer gegen ihn gehegt hatte, war verschwunden, sie empfand lediglich unermesslichen Kummer, weil sie nicht eher eingegriffen und zugelassen hatte, dass dieser Mann so viele Leben zerstörte.

Herr Alderick wusste nicht mehr, was er davon halten sollte.

Auch die niedergeschlagenen Fischer, die in einem Kreis aus Speerspitzen festgehalten wurden, rührten sich nicht mehr. Thalans Augen glänzten. Olrac wagte nicht mehr zu atmen, aber Candides Hand ließ er nicht los. Es war zu viel, um alles aufzunehmen.

Herr Alderick wandte sich wieder an die Frau neben ihm. Der Vogt hatte Recht. Diese Frau wusste nicht, was sie da sagte, übermannt von dem großen Kummer, der ihre Seele gezeichnet und ihren Geist vernebelt hatte.

»Frau, du hörst, was dein Ehemann sagt. Die Beweise sind erbracht worden, mein Sohn sitzt schon zu meiner Rechten.«

Aber die Frau ließ sich nicht beirren.

»Herr Graf, ich schwöre bei der Seele meines verstorbenen Kindes, dass ich die Wahrheit spreche. *Ich* habe das Beweisstück!«

Sie lüftete einen ihrer vielen Röcke und holte ein kleines Leinensäckchen hervor. Daraus zog sie ein weißes Hemdchen.

Das Rumoren im Saal schwoll an, Verwirrung lag in der Luft. Für eine Frau, die angeblich verrückt ist, bleibt sie sehr gelassen, durchfuhr es den Burgherrn. Mit erhobener Stimme, aber doch mit spürbarem Zweifel, sprach er: »Frau, sag uns, was du zu sagen hast, und dann geh, damit wieder Ruhe in dieser Burg einkehren kann.«

»Herr Alderick, mein Mann macht schon seit dreizehn Jahren Jagd auf Thalan. Vor sechs Monaten entdeckte er, dass Thalan einen Jungen unter seiner Obhut hatte. Da hat er gemeinsam mit dem Hilfsvogt Ludovic und mit seinen Soldaten Jagd auf diesen Knaben gemacht. Durch einen unglücklichen Vorfall kamen die Beweisstücke in seine Hände. Aber ich habe alles gehört: über den grausamen Mord an den Räubern, an Domien, einer unschuldigen Seele, an Johannah . . . und seinen Plan unseren Sohn als Euren Sohn auszugeben, sich Eurer Besitzungen und derer Thalans zu bemächtigen. Er hatte das Hemdchen versteckt, aber ich habe es an mich genommen und meinem Neugeborenen angezogen. Dann habe ich auf ein Hemdchen meines Kindes das Spiegelzeichen gestickt, es aber leicht abgeändert. Wer das ursprüngliche Zeichen gestickt hat, wird die Unterschiede erkennen und wissen, welches der beiden das richtige ist.« Sie hielt das weiße Hemdchen hoch und zum ersten Mal wagte sie es, ihren Blick ganz offen durch den Saal schweifen zu lassen.

Herr Alderick spürte, wie ihm der Boden unter den Füßen wegrutschte. Wieder diese Zweifel, wieder diese Angst! Wieder wurde die Freude vernichtet, die er empfunden hatte, als er seinen Sohn endlich gefunden hatte. Wie konnte er wissen, welches das richtige Zeichen war? Wer hatte es vor dreizehn Jahren gestickt? Er schaute wild um sich, seine äußerliche Gelassenheit war verschwunden. Den Blick, der sich auf ihn geheftet hatte, nahm er nicht wahr. Olrac sah zu seinem Vater hinüber und trotz der Angst, Verwirrung und Verzweiflung empfand er tief in seinem Inneren eine große Wärme. Liebe für diesen erschütterten Mann, der sein Vater war und den er nie gekannt hatte. Diesen Mann, dem noch nicht bewusst war, dass sein Sohn direkt vor seiner Nase stand. Langsam wich die Angst in seinem Herzen. Der alte Laszlo hatte wieder einmal Recht behalten: Folge der Stimme des inneren Feuers und das Vertrauen zu dir selbst und dem Leben wird sich einstellen. Was immer noch geschehen würde – Olrac spürte, dass dies sein Auftrag gewesen war und dass er ihn erfüllt hatte. Er war ins Haus seines Vaters zurückgekehrt.

25

Es war vollkommen still in dem großen Saal. Die Sonne bündelte ihre letzten goldenen Strahlen und schickte sie durch die schmalen Fenster hinein. Das Licht fiel auf die kleine Gruppe Musikanten, die zusammengedrängt dastanden und von den Wachen in Schach gehalten wurden. Das Sonnenlicht spiegelte sich auf den Kupferhelmen der Wachen.

Plötzlich erhob sich die Frau, die die ganze Zeit wie versteinert am vordersten Tisch sitzen geblieben war. Es war Frau Allemande. Kerzengerade ging sie auf Adèle zu, nahm das Hemdchen und betrachtete aufmerksam das Spiegelzeichen.

»Ich habe es gestickt!« Ihre Stimme klang fest und klar und durch den Saal ging eine Welle ungläubigen Staunens. Die Burgfrau sprach! Sie sprach!!!

Mit einem Ruck wandte sich Olrac um, ohne den Schmerz zu spüren, den der Griff eines Soldaten um seinen Arm verursachte.

Herr Alderick lief zu Frau Allemande und griff hastig nach dem Hemdchen. Wenn seine Gemahlin nach dreizehn Jahren des Schweigens verkündete, dieses sei das richtige Hemdchen, dann war kein Zweifel möglich. Aber das bedeutete . . .

Unvermittelt wandte er sich an Armand de Boncourt. Der saß leichenblass am Tisch. Der Junge neben ihm weinte leise und ängstlich wie ein Kind, das jeden Augenblick eine Tracht Prügel von seinem Vater erwartet.

Herr Aldericks Augen waren voller Fragen, als er zu den Musikanten hinüberschaute. Da sah er Olrac.

Er kam näher und zog die rote Mütze vom Kopf des Jungen. Ein blonder Lockenschopf fing das letzte Licht ein, das durch eines der Fenster fiel. Es war die Farbe reifen Korns. Die gleiche Farbe wie das Haar Frau Allemandes, die gleichen Locken. Herr Alderick hob mit einem Finger Olracs Kinn an und schaute in die weit aufgerissenen Augen.

Atemlos folgten die Menschen im Saal seinem Tun.

Herr Alderick sah das Blaugrün des Meeres, das sich in den Augen des Jungen zu spiegeln schien. Es waren die gleichen Augen wie die Frau Allemandes. Wie hatte er nur so blind sein können?

Ungestüm schloss er Olrac in die Arme und drückte ihn an sich. Olrac verlor beinahe die Fassung. Tränen brannten in seinen Augen. Die Angst in ihm machte einem unbeschreiblichen Gefühl Platz. Dann löste der Burgherr seinen Griff und Frau Allemande umarmte den Jungen. Sie schluchzte. Ihre Tränen fielen auf seine Schultern, ihre weiße Hand streichelte den blonden Kopf, als handele es sich um einen Säugling.

Da konnte sich Olrac nicht mehr beherrschen. Die Tränen rollten ihm über die Wangen und zögernd sprach er zum ersten Mal das Wort aus, das dreizehn Jahre lang wie eine vergessene Erinnerung in seiner Seele gewohnt hatte, das Wort, das ihm auf den Lippen gelegen hatte, als er die Wachtelmutter und ihre Küken beobachtete und als die junge Frau im Schuppen ihr Kind zur Welt brachte.

»Mutter . . .?«

Sie nickte, aber sie ließ den Jungen dabei nicht los.

Olrac schluchzte und lachte gleichzeitig.

Die Schildwachen wussten nicht mehr, was sie tun sollten. Sie waren daran gewöhnt, ihre Befehle vom Vogt zu erhalten, und niemand hatte ihnen gesagt, dass sie ihren Griff lösen und die Speere wegnehmen sollten. Herr Alderick schickte sie mit einer Handbewegung auf ihren Posten zurück.

Thalan lächelte. Das war knapp gewesen. Aber nun war sein Auftrag erfüllt. Olrac war wieder bei seinen Eltern. Er fuhr sich müde über den Kopf und in seinem Blick war nichts mehr von dem starken Räuberhauptmann zu erkennen.

Herr Alderick sah den großen, dunklen Mann an. Er durfte gar nicht daran denken, dass er fast eine unverzeihliche Tat begangen hätte. Morgen früh hätte er den Retter seines Sohnes zum Galgen führen lassen. Er fand keine Worte, um seine Scham, seine Dummheit, seine Verlegenheit und sein Schuldgefühl zum Ausdruck zu bringen. Thalan sah ihn an und begriff augenblicklich, wie dem Burgherrn zu Mute war.

»Herr Alderick, Frau Allemande, ich bin allen eine Erklärung schuldig. Darf ich das Wort ergreifen?«

Alle Anwesenden saßen auf der Stuhlkante, um ja kein Wort und keine Geste zu verpassen. Ein paar Knechte hatten auf einen Wink des Verwalters hin einen Tisch und Stühle für die Fischer herbeigebracht.

Candide stand immer noch mit großen Augen da. Die Burgfrau hatte Olrac neben sich Platz nehmen lassen, aber ihre Augen ließen ihn nicht los. Olrac spürte ihre zarten Hände um die seinen. Er war wie betäubt.

Thalan verbeugte sich, wie es nur ein Ritter, ein Edelmann gelernt hatte.

»Ich schwöre auf den Namen von San Juan, dass ich hier die Wahrheit sprechen werde. Dreizehn Jahre lang habe ich auf diesen Augenblick gewartet.«

Aller Augen hingen an dem dunklen Mann. So kam es, dass niemand bemerkte, wie sich Armand de Boncourt unter den Tisch gleiten ließ. Nur sein Sohn Kwinten schaute hin und sah seinen Vater unter den Tischen durchkriechen wie ein Jagdhund auf der Suche nach einem Knochen.

Thalan wandte sich an alle Leute im Saal: »Gern will ich jeden hier Anwesenden zum Zeugen meiner Geschichte machen. Es ist für mich von großer Bedeutung, dass alle sie kennen. Von Anfang an. Beginnt nicht jedes dramatische Geschehen, jede Geschichte bei der Geburt des Menschen? Oder noch früher?

Mein Name ist Thalander de Marquès und ich stamme aus der Gegend von Andorra. Ich wuchs in der Burg von Frau Allemande auf. Sie ist meine Kusine. Unser Väter waren Brüder. Meine Mutter starb im Wochenbett und mein Vater fiel während des ersten Kreuzzugs. Er war einem religiösen Wahn verfallen und hatte all seine Besitztümer dem Bistum von Pamiers hinterlassen. Den Gesetzen des Königs zufolge kann ein Vater seinen Sohn jedoch nicht völlig enterben. Die Burg und ein Teil der Ländereien gehörten rechtmäßig mir. Der Bischof war nur zu froh über die Hinterlassenschaft. Ihm lag sehr daran, seine Kathedrale zu vollenden, und der Ertrag der vielen fruchtbaren Böden war mehr als willkommen. Ich war noch jung, gerade vierzehn Jahre alt. Ich wusste nicht, dass ich meine Besitzungen wieder einfordern konnte. Der König war damals in einen Kampf um die Krone verwickelt und konnte sich daher nicht um meine Sache kümmern. Außerdem war es sehr wichtig für ihn, weiterhin mit dem Bischof von Pamiers auf gutem Fuß zu stehen. Dieser Mann besaß große Macht und der König wollte die Unterstützung und politische Sympathie des Bischofs behalten. Aber der Bischof wusste, dass er keinen Anspruch auf mein Land und meine Einkünfte hatte. Also erklärte er mich für unfähig. Er verbreitete Gerüchte, ich sei gefährlich und unehrlich, jemand, der einen Pakt mit dem Teufel geschlossen hatte. Der Beweis war schließlich schon erbracht. Hatte nicht der eigene Vater den Sohn enterbt?

Der Bischof von Pamiers wurde mein erster Feind. Ich selbst fand Aufnahme in der Burg von Frau Allemande. Ihr Vater, der frühere Herr Sancho, nahm mich in Schutz und zog mich auf wie einen Sohn. Ich war arm, aber glücklich. Ich liebte Frau Allemande sehr. Sie wurde zum wichtigsten Menschen in meinem Leben. Sie war das schönste Mädchen, das ich je gekannt habe. Ich brachte ihr das Reiten bei und sie lehrte mich Singen und Musizieren. Frau Alle mande, als Ihr und ich gemeinsam aufwuchsen, gehörte Euch meine Liebe. Niemand wusste davon. Nur Armand de Boncourt, der Sohn des damaligen Pachtverwalters, hatte es in Erfahrung gebracht, als er eines Tages meine Verse fand, die an Euch gerichtet waren. Schon damals war er voller Missgunst und wollte nur eines: eine Grafschaft und einen Adelstitel. Es passte ihm nicht, dass Ihr meine Gesellschaft der seinen vorgezogen habt, daher wollte er mich loswerden. Damals schon. Wir waren sechzehn. Kurz darauf wurdet Ihr mit Herrn Alderick verheiratet. Es war eine gute Verbindung, denn so kamen Aragón und Andorra zusammen. Wie Ihr wisst, habe ich Euer Vertrauen und das des Herrn Alderick nie enttäuscht. Aber der Vogt ging listig vor. Er säte Zweifel und Zwietracht und befleckte meinen Ruf. Er beeinflusste Herrn Alderick so, dass Ihr nur noch zweifeln konntet.«

Thalans Gesicht war traurig, als er das Wort an Herrn Alderick richtete.

»Als Eure Frau schwanger war, habe ich mich Ihrer eines Tages helfend angenommen. Sie trug schwer an ihrer Last während dieses heißen Sommers. Ihr hattet das beobachtet und zusammen mit dem Gerede des Vogts lag es nah zu denken, dass ich Eurer Frau den Hof machte. Ich an Eurer Stelle hätte denselben Gedanken gehegt. Wir waren Jünglinge von siebzehn Jahren, ein Alter, in dem das Herz noch vor dem Verstand die Flucht ergreift. Als Frau Allemande Zwillinge bekam, streute der Vogt das Gerücht, dass damit der Beweis geliefert sei: Es gebe zwei Väter, Euch und mich. Da habt Ihr mich weggeschickt, aber ich weiß, dass dies eine sehr schwierige Entscheidung war. Ich bin gegangen, ohne Abschied zu nehmen, aber auch ohne meine Urkunden, die Beweise, dass ich Ländereien und eine Burg besaß, das Erbe meines Vaters. Der Vogt sorgte dafür, das man mich für vogelfrei erklärte. Ein paarmal habe ich versucht die Urkunden zu holen, aber immer war der Vogt da und kam mir in die Quere. Ihm wurde daraufhin klar, dass meine Urkunden noch irgendwo in der Burg zu finden sein mussten. Ich lebte in den Bergen und fand dort neue Freunde, denen ich nichts von meiner Herkunft erzählte. Ich bin allerdings auch nicht ganz unschuldig, denn als der Winter kam, lernte ich zum ersten Mal wirklich Armut und Hunger kennen. An einem Wintertag vor dreizehn Jahren beschloss ich in Eure Burg einzudringen, zunächst und vor allem, um meine Urkunden zu holen, aber auch, um einige Pferde, Nahrung und Geld an mich zu bringen. Ich wusste, dass Ihr mit Eurer Gemahlin zum Hof des Königs gereist wart. Wir fanden nichts. Weder Urkunden noch Geld oder Nahrung. Jemand war uns zuvor gekommen. Armand de Boncourt! Er hatte mit seinen Männern die ganze Burg auf der Suche nach den Urkunden auf den Kopf gestellt. Aber auch er hatte nichts gefunden. Aus purer Rache hat er überall mein Zeichen hinterlassen; überall stand der Buchstabe T, mit Blut geschrieben. Er und seine Leute ermordeten jeden, der ihn hätte verraten können. Eine Dienstmagd, die sich um Eure Kinder kümmerte, blieb am Leben. Aber man goss ihr heißes Öl in die Augen. Es machte sie blind und verrückt. Johannah die Verrückte, wie sie genannt wurde. Sie wohnte in den Bergen. Dort irrte sie herum und suchte nach den verschwundenen Kindern, für die sie sorgen sollte; später hat sie mir in einem klaren Moment erzählt, dass sie den Vogt erkannt hatte und dass sie die beiden Säuglinge im Turm verstecken ließ. Als wir damals ankamen, fanden wir die beiden Kinder. Eines davon bewegte sich nicht mehr ...« Thalans Stimme stockte kurz. Ein Schluchzen kam über die zartrosa Lippen von Frau Allemande. »... aber das andere lebte und wir nahmen es mit uns. Die Amme war kaltblütig ermordet worden. Ich sah die Blutzeichen überall und ich wusste, dass der Verdacht auf mich fallen würde: dass man glauben würde, ich sei aus Rache in die Burg eingedrungen. Als ich das schreiende Kind auf dem großen Bett sah, konnte ich es nicht zurücklassen. Es wäre ganz bestimmt vor Kälte und Entbehrung umgekommen, und das hätte Frau Allemandes Herz gebrochen. Darum beschloss ich den kleinen Jungen mitzunehmen. Ich hoffte später alles erklären zu können, wenn der Herr und seine Gemahlin zurück waren. Aber es lief anders. Ich wurde des Raubüberfalls und der Entführung verdächtigt. Im ganzen Land verkündeten die Statthalter, dass ein Preis auf meinen Kopf ausgesetzt sei. Wer mich zu fassen bekäme, sollte fürstlich belohnt werden. Seitdem war ich Freiwild, von jedem gejagt. Zum Glück hatte ich noch ein paar Freunde in der Stadt. Von ihnen hörte ich in regelmäßigen Abständen, wie der Stand der Dinge war. Sie erzählten mir, dass Herr Alderick all seine Verwaltungsmandate dem Vogt übertragen wolle und dass dieser alles daran setzte, sein Nachfolger zu werden. Ich beschloss zu warten, bis der Junge ein Mann war, um dann mit ihm zur Burg zurückzukehren. Ich gab ihm einen anderen Namen, damit niemand erfuhr, wer er wirklich ist. Aber Armand de Boncourt kam dahinter, dass der Junge noch lebte. Das Schicksal wollte es, dass Olrac ausgerechnet ihn vor sechs Monaten zu bestehlen versuchte. Er muss die Verwandtschaft sofort gesehen haben. Olrac ist seiner Mutter wie aus dem Gesicht geschnitten. Da bekam es der Vogt mit der Angst zu tun . . .«

Im Saal hätte man eine Stecknadel fallen hören können. Atemlos lauschten alle dem dunklen Mann, Ritter Thalan de Marquès. Auch Frau Allemande. Ihre Haut war weiß und durchscheinend wie flüssiges Wachs.

»Thalan . . . als wir zurückkamen . . . nach dem Fest . . . mein kleines Mädchen . . . wo war sie? Sie war ebenfalls verschwunden!«

Thalan sah die Frau, die er so sehr geliebt hatte, voller Wärme an. Er nickte.

»Ja. Meine Geschichte ist noch nicht zu Ende. Wir eilten mit dem Jungen in unseren Schaffellen nach unten, denn wir wollten die Burg so schnell wie möglich verlassen. Wir standen schon auf dem Innenhof, als ich entdeckte, dass mir mein Messer aus dem Gürtel gefallen war. Ich lief wieder nach oben in den Turm und sah auf einmal, dass sich am Fenster des Ammenzimmers etwas bewegte. Es war ein kleines Mädchen, kaum sechs Jahre alt. Sie hatte sich die ganze Zeit unter dem großen Bett versteckt, und als ich den

Raum verlassen hatte, war sie zum Vorschein gekommen und hatte den anderen Säugling, das leblose Bündel, auf die Arme genommen. Wie eine junge Mutter war sie dabei, das Kind warm zu reiben, und tatsächlich kam ein Laut aus den Tüchern. Es lebte. Ich empfand eine tiefe Zuneigung zu den beiden Kleinen, denn sie waren die Kinder von Frau Allemande und Herrn Alderick. Dennoch war ich davon überzeugt, dass dieses schwache Wickelkind den Tag nicht überleben würde. Ich gab dem verängstigten Mädchen mein letztes Goldstück und den Auftrag, das Kind so schnell wie möglich zu einer Hebamme zu bringen. Ich wusste, dass eine Frau am Berghang wohnte. Ich kritzelte ein paar Worte auf ein Stück Pergament und wies ihr den Weg zum Haus dieser Frau. Sie würde das Kind vielleicht retten können. Ich nicht. Auf den Zettel schrieb ich: Sorg für Candide, bis die Gefahr vorüber ist . . . Ich war allerdings davon überzeugt, das Mädchen würde bald sterben. Das ist nicht geschehen . . . Glücksgötter haben über sie gewacht. Nicht nur Götter. Catharina, die Hebamme, und Raffael, der Fischer, haben dreizehn Jahre lang für das Mädchen gesorgt. Hier ist Eure Tochter, Candide . . .«

Verblüffung malte sich auf allen Gesichtern. Am meisten verblüfft aber war Candide. Und auch Olrac. Es drang nicht sofort zu ihm durch. Aber dann auf einmal . . .! Sein Herz machte einen Satz. Candide war seine Schwester!!

Deshalb hatte er immer diese Einheit mit ihr empfunden. Diese Selbstverständlichkeit, wenn er bei ihr war. Und sein Traum. Das Bild im Wasser war das seiner Schwester. Die vergessene Erinnerung hatte dreizehn Jahre lang am Grund seiner Seele gelebt und gewartet.

Auch Frau Allemande und Herr Alderick konnten es kaum fassen. Dreizehn Jahre lang hatten sie gehofft, dass ihre Kinder noch am Leben waren. Und jetzt, endlich! Ihr größter Wunsch war in Erfüllung gegangen. Ihr Leben hatte wieder einen Sinn. Sie umarmten ihre Tochter und sofort sahen sie die Ähnlichkeit zwischen Bruder und Schwester.

Olrac und Candide sahen sich lächelnd an. Es war kaum zu glauben. Sie nahmen sich bei den Händen, schauten einander tief in die Augen und erkannten sich selbst im jeweils anderen. Auch Raffael hatte ein Lächeln auf seinem zerfurchten Gesicht. Er hatte immer gewusst, dass dieser Tag einmal kommen würde. Und Thalan hatte ihnen, ihm und Catharina, vor drei Tagen alles gesagt. Es bedeutete jedoch auch, Abschied von dem Mädchen zu nehmen, das dreizehn Jahre lang ihre Tochter gewesen war. Aber es war gut so. Sehr gut! Aus seinem Beutel zog er ein waschledernes Säckchen mit einer roten, gedrehten Kordel und ein weißseidenes Hemdchen. Das goldene Spiegelzeichen glänzte im Kerzenschein. Er legte es sanft in Frau Allemandes Hände. Aber Thalan hatte noch nicht zu Ende gesprochen.

Er wandte sich an Olrac.

»Dein wahrer Name ist Carlo. Olrac ist die gespiegelte Form deines Namens. Ich habe sie zu deiner Sicherheit gebraucht, denn ich wusste, dass der Vogt sofort misstrauisch werden würde, wenn ihm jemals der Name Carlo zu Ohren kommen würde. In dem Spiegelzeichen stehen die beiden C für Carlo und Candide, verflochten mit den beiden A.«

»Dieser Name«, fügte Herr Alderick hinzu, »bedeutet freier Mann. Ein Mann, der in voller Freiheit seinen Lebensweg geht, und Candide bedeutet unbefleckt, rein, schneeweiß. Ich glaube, dies alles hat sich bestätigt.«

26

Als Thalan seine Geschichte beendet hatte, erteilte Herr Alderick den Befehl, Armand de Boncourt gefangen zu nehmen, aber mit der Schläue, die ihm eigen war, hatte er sich seiner Strafe entzogen. Unter den Tischen durch, unsichtbar wegen des schweren Tafelleinens, hatte er seinen Weg gefunden. Kwinten hatte sich nicht gerührt. Aber sein Gesichtsausdruck ließ erkennen, dass er froh über den Ausgang war.

Adèle, seine Mutter, hatte sich neben ihn gesetzt und hielt seine Hand.

Die Suche nach dem größten Schurken konnte beginnen.

Es wurde spät an diesem Tag, denn es musste noch so viel gesagt werden. Genug für ein ganzes Menschenleben ...

Olrac selbst brachte kein Wort mehr heraus. Sein Hals war wie zugeschnürt. Ihm war, als hätte er seine Stimme verloren. Es war zu viel geschehen an diesem Tag. Er war glücklich, aber ganz wirr im Kopf.

In dieser Nacht lag er in einem fremden Bett. Das Bettzeug war ungewohnt fein. Er vermisste seinen mit Seegras gefüllten Sack. Das Gefühl großer Freude vermischte sich mit Traurigkeit. Er wusste, dass er eine neue Welt betreten, aber auch eine vertraute Welt hinter sich lassen würde. Vor seinen Augen sah er Friggor, seinen Freund mit dem Wolfsrachen. In Gedanken spannte er gemeinsam mit ihm Pfeil und Bogen. Er hörte Marecks zärtliche

Worte für die neugeborenen Lämmer und er sah ihn am Feuer sitzen und mit einer selbst geschnitzten Spindel Wolle spinnen. Er sah Golus und seine glänzenden Augen, wenn er den Topf mit dem Abendessen erspähte, wenn er die Spur einer fetten Gämse fand. Und wieder spürte er die Hände des alten Laszlo.

Nein, er hatte keinen Vater und keine Mutter gehabt, aber der alten Laszlo hatte dreizehn Jahre lang für ihn gesorgt. Er war ihm Vater und Mutter zugleich gewesen.

Olrac sah die Grabhügel seiner Freunde vor sich. Die Saat, die er verstreut hatte, stand nun in Blüte. Er wusste, dass das grüne Gras wogte, der Lavendel duftete, der Rosmarin Ruhe ausstrahlte. Sie befanden sich allesamt in dem jenseitigen Land, wo man Geist ist unter Geistern.

Olrac spürte, dass der Schlaf nicht kommen würde.

Er stand auf und ging mit schweren Beinen zu dem runden Fenster. Er schaute auf den Burggraben und sah, wie sich der Mond im unbewegten schwarzen Wasser spiegelte.

Auf einmal vernahm er die Stimme des alten Laszlo. So einfach aus dem Nichts, aber sie war doch klar verständlich:

»Olrac, dein Auftrag ist erfüllt. Dank der Stimme deines Herzens bist du angekommen. Verleih deinen Gedanken auch weiterhin Flügel, so wie sich die Lerche jeden Tag aufs Neue in die Lüfte schwingt. Halte deine Gefühle edel und gerecht wie das kristallklare Wasser, das Pflanzen und Blumen Trost bringt. So werden deine Taten heilend sein, wann immer du dein Bestes gibst . . .«

Olrac sah, wie die Sterne funkelten. Die Nacht war fast vorüber. Der Horizont färbte sich hellblau. Es war dasselbe Blau wie die Fäden auf dem Webstuhl des kleinen Hauses in den Bergen. Wo Ermengarde wohnte. Olrac spürte, wie die Schmetterlinge in seinem Bauch erwachten. In den blauen Himmelsfarben erschien ein Gesicht. Es war Audes liebes schönes Gesicht. Irgendwann einmal . . . eines Tages würde er die Gefühle aussprechen, die er für sie hegte.

Epilog

Die Festgäste stimmten alle darin überein, dass »das Geschehene einmal besungen werde«, es war eine Geschichte wie für Spielleute und Barden gemacht.

Thalan bekam seine Urkunden wieder. Frau Allemande hatte sie die ganze Zeit für ihn verwahrt. Sie hatte immer gewusst, dass er unschuldig war. Er bekam seine Ländereien und seine Burg zurück und seine Ehre wurde wieder hergestellt.

Am nächsten Tag erzählte Catharina aufgeregt, weshalb Blesse die ganze Zeit so unruhig gewesen war. Sie hatte zwei Fohlen zur Welt gebracht: ein männliches und ein weibliches.